21世纪高等学校规划教材 | 计算机科学与技术

Java ME程序设计

郭克华 主编

盛　羽　周宜洁　副主编

清华大学出版社

北京

内 容 简 介

本书分为 7 部分共 21 章,包括入门、高级界面开发、工具 API、低级界面开发、RMS 开发、网络应用开发、游戏开发等内容。本书使用的开发环境是 JDK 1.6＋WTK 2.5＋Eclipse 3.2.2＋EclipseMe 1.7.7,逐步引领读者从基础到各个知识点的学习。全书内容由浅入深,并辅以大量的实例说明,每一个专题后面都给出了完整的项目课程设计,如短信界面开发、动画开发、电话簿开发、拼图游戏、赛车游戏等。

本书提供了所有实例和上机习题的源代码,以及开发过程中用到的软件,供读者学习参考。

本书为学校教学量身定做,每个章节都有建议的课时,对于一些比较难的章节,定为选学内容。本书供高校 Java ME 移动开发相关课程使用,也可供有 JavaSE 基础但没有 Java ME 基础的程序员作为入门用书,更可以作为社会上 Java 嵌入式培训班教材使用,对于缺乏项目实战经验的程序员来说,可用于快速积累项目开发经验。

图书在版编目(CIP)数据

Java ME 程序设计/郭克华主编.--北京:清华大学出版社,2011.1

(21 世纪高等学校规划教材·计算机科学与技术)

ISBN 978-7-302-23364-0

Ⅰ.①J…　Ⅱ.①郭…　Ⅲ.①JAVA 语言—程序设计　Ⅳ.①TP312

中国版本图书馆 CIP 数据核字(2010)第 152959 号

责任编辑:魏江江　薛　阳
责任校对:白　蕾
责任印制:王秀菊

出版发行:清华大学出版社　　　　　　　　　地　　址:北京清华大学学研大厦 A 座
　　　　　http://www.tup.com.cn　　　　　　邮　　编:100084
　　　　社　总　机:010-62770175　　　　邮　购:010-62786544
　　　　投稿与读者服务:010-62795954,jsjjc@tup.tsinghua.edu.cn
　　　　质　量　反　馈:010-62772015,zhiliang@tup.tsinghua.edu.cn
印　刷　者:北京市人民文学印刷厂
装　订　者:三河市兴旺装订有限公司
经　　销:全国新华书店
开　　本:185×260　印　张:23　字　数:553 千字
版　　次:2011 年 1 月第 1 版　　印　　次:2011 年 1 月第 1 次印刷
印　　数:1～3000
定　　价:36.00 元

产品编号:037049-01

编审委员会成员

（按地区排序）

清华大学	周立柱	教授
	覃 征	教授
	王建民	教授
	冯建华	教授
	刘 强	副教授
北京大学	杨冬青	教授
	陈 钟	教授
	陈立军	副教授
北京航空航天大学	马殿富	教授
	吴超英	副教授
	姚淑珍	教授
中国人民大学	王 珊	教授
	孟小峰	教授
	陈 红	教授
北京师范大学	周明全	教授
北京交通大学	阮秋琦	教授
	赵 宏	教授
北京信息工程学院	孟庆昌	教授
北京科技大学	杨炳儒	教授
石油大学	陈 明	教授
天津大学	艾德才	教授
复旦大学	吴立德	教授
	吴百锋	教授
	杨卫东	副教授
同济大学	苗夺谦	教授
	徐 安	教授
华东理工大学	邵志清	教授
华东师范大学	杨宗源	教授
	应吉康	教授
东华大学	乐嘉锦	教授
	孙 莉	副教授
浙江大学	吴朝晖	教授

出 版 说 明

随着我国改革开放的进一步深化,高等教育也得到了快速发展,各地高校紧密结合地方经济建设发展需要,科学运用市场调节机制,加大了使用信息科学等现代科学技术提升、改造传统学科专业的投入力度,通过教育改革合理调整和配置了教育资源,优化了传统学科专业,积极为地方经济建设输送人才,为我国经济社会的快速、健康和可持续发展以及高等教育自身的改革发展做出了巨大贡献。但是,高等教育质量还需要进一步提高以适应经济社会发展的需要,不少高校的专业设置和结构不尽合理,教师队伍整体素质亟待提高,人才培养模式、教学内容和方法需要进一步转变,学生的实践能力和创新精神亟待加强。

教育部一直十分重视高等教育质量工作。2007 年 1 月,教育部下发了《关于实施高等学校本科教学质量与教学改革工程的意见》,计划实施"高等学校本科教学质量与教学改革工程(简称'质量工程')",通过专业结构调整、课程教材建设、实践教学改革、教学团队建设等多项内容,进一步深化高等学校教学改革,提高人才培养的能力和水平,更好地满足经济社会发展对高素质人才的需要。在贯彻和落实教育部"质量工程"的过程中,各地高校发挥师资力量强、办学经验丰富、教学资源充裕等优势,对其特色专业及特色课程(群)加以规划、整理和总结,更新教学内容、改革课程体系,建设了一大批内容新、体系新、方法新、手段新的特色课程。在此基础上,经教育部相关教学指导委员会专家的指导和建议,清华大学出版社在多个领域精选各高校的特色课程,分别规划出版系列教材,以配合"质量工程"的实施,满足各高校教学质量和教学改革的需要。

为了深入贯彻落实教育部《关于加强高等学校本科教学工作,提高教学质量的若干意见》精神,紧密配合教育部已经启动的"高等学校教学质量与教学改革工程精品课程建设工作",在有关专家、教授的倡议和有关部门的大力支持下,我们组织并成立了"清华大学出版社教材编审委员会"(以下简称"编委会"),旨在配合教育部制定精品课程教材的出版规划,讨论并实施精品课程教材的编写与出版工作。"编委会"成员皆来自全国各类高等学校教学与科研第一线的骨干教师,其中许多教师为各校相关院、系主管教学的院长或系主任。

按照教育部的要求,"编委会"一致认为,精品课程的建设工作从开始就要坚持高标准、严要求,处于一个比较高的起点上;精品课程教材应该能够反映各高校教学改革与课程建设的需要,要有特色风格、有创新性(新体系、新内容、新手段、新思路,教材的内容体系有较高的科学创新、技术创新和理念创新的含量)、先进性(对原有的学科体系有实质性的改革和发展,顺应并符合 21 世纪教学发展的规律,代表并引领课程发展的趋势和方向)、示范性(教材所体现的课程体系具有较广泛的辐射性和示范性)和一定的前瞻性。教材由个人申报或各校推荐(通过所在高校的"编委会"成员推荐),经"编委会"认真评审,最后由清华大学出版社审定出版。

目前,针对计算机类和电子信息类相关专业成立了两个"编委会",即"清华大学出版社计算机教材编审委员会"和"清华大学出版社电子信息教材编审委员会"。推出的特色精品教材包括:

(1) 21世纪高等学校规划教材·计算机应用——高等学校各类专业,特别是非计算机专业的计算机应用类教材。

(2) 21世纪高等学校规划教材·计算机科学与技术——高等学校计算机相关专业的教材。

(3) 21世纪高等学校规划教材·电子信息——高等学校电子信息相关专业的教材。

(4) 21世纪高等学校规划教材·软件工程——高等学校软件工程相关专业的教材。

(5) 21世纪高等学校规划教材·信息管理与信息系统。

(6) 21世纪高等学校规划教材·财经管理与计算机应用。

(7) 21世纪高等学校规划教材·电子商务。

清华大学出版社经过二十多年的努力,在教材尤其是计算机和电子信息类专业教材出版方面树立了权威品牌,为我国的高等教育事业做出了重要贡献。清华版教材形成了技术准确、内容严谨的独特风格,这种风格将延续并反映在特色精品教材的建设中。

清华大学出版社教材编审委员会
联系人:魏江江
E-mail:weijj@tup.tsinghua.edu.cn

前言
FOREWORD

Java ME 是利用 Java 技术系列进行嵌入式开发和移动开发的基础,具有广泛的应用前景。本书针对 Java ME 移动开发编程进行了详细的讲解,以通俗易懂的案例,逐步引领读者从基础到各个知识点进行学习。本书涵盖了 Java ME 体系介绍、环境配置、高级界面开发、工具 API、低级界面开发、RMS 开发、网络应用开发和游戏开发等内容。大部分章节后面都有上机习题,用于对该章内容进行总结和演练,另外,每个部分后面都配备了一些课程设计案例。

1. 本书的知识体系

学习 Java ME 开发最好能有 Java 面向对象编程的基础,本书的知识体系结构如图 0-1 所示,遵循了循序渐进的原则,逐步引领读者从基础到各个知识点的学习。

第 1 部分:入门
第 1 章:体系介绍和环境配置

第 2 部分:高级界面开发	第 5 部分:RMS 开发
第 2 章:界面和 Command 命令按钮	第 12 章:RMS 基础编程
第 3 章:List、TextBox、Ticker 和 Alert	第 13 章:RMS 高级编程
第 4 章:表单元素及其事件	第 14 章:课程设计 4:电话簿模拟
第 5 章:课程设计 1:短信界面开发	

第 3 部分:工具 API	第 6 部分:网络应用开发
第 6 章:异常处理和多线程	第 15 章:TCP 编程
第 7 章:数据处理和工具类	第 16 章:UDP 编程
	第 17 章:HTTP 编程

第 4 部分:低级界面开发	第 7 部分:游戏开发
第 8 章:Canvas 绘图	第 18 章:游戏画布和图层
第 9 章:Canvas 事件	第 19 章:Sprite
第 10 章:课程设计 2:自定义控件	第 20 章:TiledLayer 和图层管理器
第 11 章:课程设计 3:动画和简单游戏	第 21 章:课程设计 5:赛车游戏

图 0-1　知识体系结构

2. 章节内容介绍

全书共分为 7 部分。

第 1 部分为入门部分,包括 1 章。

第 1 章首先讲解 Java ME 的体系架构,引导读者在自己的计算机上建立起一个完整的开发环境,以利于开发、运行、调试本书中的所有程序,学习各个知识点。本书所使用的开发环境是 JDK 1.6＋WTK 2.5＋Eclipse 3.2.2(配有 EclipseMe 插件)。该章内容包括 Java ME 简介、Java ME 体系结构、JDK 的安装、WTK 的安装、Eclipse 和 EclipseMe 的安装,最后介绍如何编写一个简单的手机应用程序。

第 2 部分为高级界面开发,共分为 3 章讲解和 1 章课程设计。

第 2 章介绍了界面和 Command 命令。包括 MIDlet 结构详解,用 Command 实现命令按钮和按钮排布规律,以及 Command 事件的实现。

第 3 章介绍了 List、TextBox、Ticker 和 Alert,介绍如何利用 List 开发电话簿、利用 TextBox 开发短信界面、利用 Ticker 开发滚动条、利用 Alert 开发提示界面。

第 4 章首先讲述表单元素的使用,然后介绍利用 ChoiceGroup 开发选择框、利用 DateField 开发日期控件、利用 Gauge 开发进度条、利用 ImageItem 开发图像控件、利用 TextField 开发文本框等内容,接下来对表单元素事件进行讲解,主要介绍了两种表单元素事件: ItemCommand 事件和 ItemState 事件。

第 5 章的课程设计 1 用一个短信界面开发案例复习前面的内容。

第 3 部分为工具 API 的介绍,包括两章。

第 6 章的内容为异常处理和多线程,首先详细讲解了异常的出现、常见异常、异常的处理;然后介绍了多线程,包括多线程的必要性、多线程的两种开发方法和多线程的安全问题。

第 7 章讲解了数值运算、字符串处理和时间管理,以及其他工具类和数据类型转换。

第 4 部分为低级界面开发,包括两章讲解和两章课程设计。

第 8 章的内容为 Canvas 绘图,首先介绍了 Canvas 结构,然后介绍了如何在 Canvas 上画图形、画字符串和画图片。

第 9 章讲解了 Canvas 事件,包括按键事件和指针事件。

第 10 章的课程设计 2 根据 Canvas 的事件,开发了含有事件功能的自定义控件。

第 11 章的课程设计 3 根据前面的内容,进行了动画和简单游戏的开发。

第 5 部分为 RMS 开发,包括两章讲解和 1 章课程设计。

第 12 章的内容为 RMS 基础编程,主要包括 RecordStore 基本操作、RecordStore 记录操作和 RMS 对象存储。

第 13 章的内容为 RMS 高级编程,包括了记录集遍历、记录监听、记录过滤和记录排序。

第 14 章的课程设计 4 开发了一个电话簿案例。

第 6 部分是网络应用开发,包括 3 章内容。

第 15 章的内容为 TCP 编程,主要介绍了客户端和服务器端的连接,客户端和服务器端如何传递信息。

第 16 章的内容是 UDP 编程,介绍了利用 UDP 实现客户端和服务器通信,和多客户端开发。

第 17 章的内容是 HTTP 编程,首先介绍了 HTTP 服务器的安装,然后阐述了 MIDlet 如何连接到 HTTP 服务器。

第 7 部分是游戏开发,包括 3 章讲解和 1 章课程设计。

第 18 章的内容是游戏画布和图层介绍。介绍了 GameCanvas 的结构和 Layer 的特点。

第 19 章是 Sprite 介绍。包括 Sprite 生成、Sprite 旋转、Sprite 悬挂点设置、Sprite 碰撞检测和带动画的 Sprite。

第 20 章介绍了 TiledLayer 和图层管理器,包括 TiledLayer 的切割和填充、TiledLayer 高级填充、TiledLayer 和 Sprite 的碰撞检测以及用图层管理器开发地图的滚动。

第 21 章的课程设计 5 用一个赛车游戏对 Sprite 以及地图滚动进行了演示。

本书为学校教学量身定做,供高校 Java ME 移动开发相关课程使用,也可供有 JavaSE 基础但没有 Java ME 基础的程序员作为入门用书,更可以作为社会上 Java 技术培训班教材使用,对于缺乏项目实战经验的程序员来说可用于快速积累项目开发经验。

本书提供了全书所有实例和上机习题的源代码,供读者学习参考,所有程序均经过了作者精心的调试。

由于时间仓促和作者的水平有限,书中难免有错误之处,敬请读者批评指正。

有关本书的意见反馈和咨询,读者可在清华大学出版社相关版块中与作者进行交流。

本书配套光盘中的内容,读者也可以在清华大学出版社相关版面中下载。

郭克华

2010 年 10 月

目录
CONTENTS

体系介绍和环境配置

建议学时：2

Java ME 是目前一种非常热门的技术，非常多的编程爱好者都希望能够对此进行学习。本章首先介绍 Java ME 移动开发中的体系结构，对它的概念以及关系进行讲解。

Java ME 应用程序的开发，一般首先在 PC 上进行，在 PC 的模拟器中经过测试之后，植入到移动设备中。对于初学者来说，在 PC 上进行移动应用开发的学习，不仅节省成本，而且有很多方便的软件能够简化移动应用的开发，提高工作效率。

本章内容特别针对 PC 上的开发进行配置。首先对 JDK、WTK 的安装过程进行阐述；基于提高开发效率的考虑，本章接着对目前最流行的 Java 开发 IDE——Eclipse 的安装进行介绍；然后，将最流行的 Java ME 插件——EclipseMe 和 Eclipse 进行整合；最后开发一个最简单的手机应用程序。

1.1 Java ME 概述

提起 Java ME，需要介绍 Java 的三个版本。

JavaSE(Java (Software Development Kit) Standard Edition，Java 技术标准版)，以界面程序、Java 小程序和其他一些典型的应用为目标。

JavaEE(Java Enterprise Edition，Java 技术企业版)，以服务器端程序和企业软件的开发为目标。

Java ME(Jave Micro Edition，Java 技术微型版)，为小型设备、独立设备、互连移动设备、嵌入式设备程序开发而设计。

这三个版本在技术上的应用可以用图 1-1 表示。

从图 1-1 中可以看出，JavaSE 程序运行在台式 PC 或笔记本电脑上。例如，利用 Applet 编写的小程序，可以理解成 JavaSE 程序，这种程序在 Java 虚拟机(JVM)中运行。学习 Java ME，应该具备 JavaSE 的基础。在此不再叙述。

在图 1-1 左边，是 JavaEE。JavaEE 的程序运行在工作站或服务器上。例如，如果要开发一个大型电子商务网站，就可以在服务器端编写 JavaEE 程序。同样，JavaEE 程序也是运行在 JVM 中。学习 Java ME，可以没有 JavaEE 的基础，不过了解一些 JavaEE 的基本概念

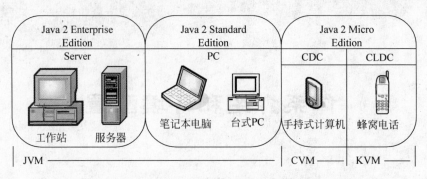

图 1-1　JavaSE、JavaEE、Java ME 之间的关系

会更好。

在图 1-1 最右边的是 Java ME,这正是本书学习的重点。

提到 Java ME,读者可能想到的是手机游戏。手机游戏的确可以用 Java ME 来实现,但是,将 Java ME 等同于手机游戏,就太片面了。Java ME 可以支持的开发分为两个系列。

CDC:互联设备配置(Connected Device Configuration),面向强大的可以间歇式的与网络连接的设备(有稳定的电源供应,设备性能强劲),如机顶盒、Internet 电视、家用电器和汽车导航系统等。

CLDC:互联受限设备配置(Connected Limited Device Configuration),主要面对大量的微型设备和嵌入式设备。

移动开发(特别是手机移动开发),一般情况下,属于 CLDC。因此,本书所叙述的内容主要是针对 CLDC 来进行讲解的。

1.2　剖析 Java ME

前面讲解了 Java ME 支持的两个系列,还只是从表面上了解了一些概念,从深层次来说,图 1-2 中显示了 Java ME 的基本体系结构。

图 1-2 中,最底层的是操作系统,任何程序必须在某个操作系统平台上才能运行,例如手机游戏必须在相应厂商的手机里才能运行,这个基本的环境就是操作系统。

有了操作系统,不代表机器能够运行 Java ME 程序。例如,运行 JavaSE 程序,必须安装 Java 运行环境。因此,操作系统上方又出现了 Java 虚拟机。值得一提的是,对于 Java ME 移动开发,这里的 Java 虚拟机特指 KVM(Kilo Virtual Machine),由于资源的宝贵,里面的资源分配是以"千字节"为单位的。

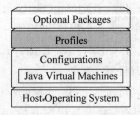

图 1-2　Java ME 体系结构

有了 Java 虚拟机,是否就能够开发 Java ME 程序了呢? 不一定,Java 虚拟机只是提供了一个基本的环境。Java ME 程序分为 CDC 和 CLDC,它们的运行机制不同,因此针对不同的类型,应该有不同的支持。这就是图 1-2 中的 Configuration。上节中讲的 CDC(互联设备配置)和 CLDC(互联受限设备配置)就在这个地方体现出来的。例如,要开发手机应用程序,在 Configuration 内应该确定的是 CLDC,实际上,就是要安装 CLDC 的支持包。

Configuration 确定之后,例如安装的是 CLDC,是否就能够进行 Java ME 程序开发了呢? 还不行。因为,CLDC 里面也不仅有移动程序,还可能有别的程序。因此针对移动设备,还必须确定是哪一种。如何确定呢? 这就是 Profiles(描述)。在本书中,手机属于互联受限设备中的移动信息设备,相对应的描述称为 MIDP(Mobile Information Device Profile,移动信息设备描述)。

因此,CLDC 是 MIDP 的基础,要开发手机应用程序,除了导入 CLDC 的支持包,还要导入 MIDP 的支持包。

在本书中安装的 CLDC 是 1.1 版本,MIDP 是 2.1 版本。确定这些之后,就可以开发普通的 Java ME 移动程序了。但是有些手机会有额外的功能,如三维浏览功能和蓝牙功能,这些功能在开发的过程之中可以选用,这就是可选包(Optional Packages)。一般说来,可选包的使用和一些特殊的手机功能有关。

总的来说,要想开发 Java ME 手机应用程序,需要一个操作系统(Host Operating System)、一个 Java 虚拟机(KVM)和安装 CLDC,在此基础上安装 MIDP,如果需要建立额外的功能,可以安装一些可选包(Optional Packages)。

基本概念弄清楚之后,接下来就可以搭建环境平台了。

1.3　安装 JDK

在 PC 上利用模拟器进行移动应用开发时,为方便起见,会利用到 Java 移动开发工具包(WTK)、Eclipse 以及相应插件(EclipseMe)。这些软件的运行,都需要有 JavaSE 的支持。所以,需要进行 JavaSE 开发环境(JDK)的安装,方便以后开发的进行。

1.3.1　获取 JDK

在浏览器地址栏中输入 http://java.sun.com/javase/downloads/index.jsp,可以看到 JavaSESDK 的可下载版本,如图 1-3 所示。目前最流行的版本是 Java SE 6,单击 Download 按钮,可以根据提示下载。

图 1-3　Java SE 6 下载页面

注意：如果是在 Windows 平台下进行开发，请务必下载 Windows 版本。下载之后，得到一个可执行文件，在本节中为 jdk-6u1-windows-i586-p.exe。如果是在 Linux 下开发，方法类似。

读者访问此页面时，可能显示的界面会稍有不同，可自行下载最新的应用版本。

1.3.2　安装 JDK

1. JDK 安装

双击下载后的安装文件，得到如图 1-4 所示的安装界面。

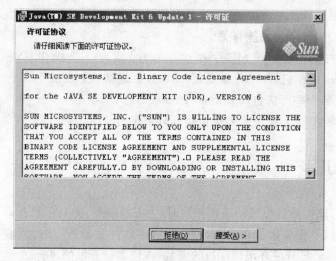

图 1-4　安装界面

单击"接受"按钮，得到如图 1-5 所示的界面。该界面中，需要选择安装的组件，一般情况下，只需要选择"开发工具"即可，如果需要安装额外功能，可以选用后面的三个选项。本节中使用默认选项，单击"下一步"按钮，程序即进行安装。

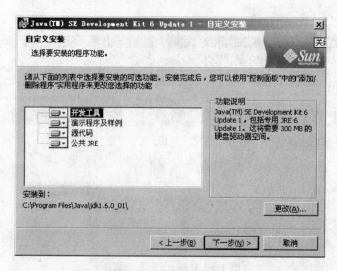

图 1-5　安装组件选择

注意：安装过程中可能有一些需要选择的选项，使用默认即可。

2．安装目录介绍

JDK 安装完毕之后，在 C:\Program Files\Java\jdk1.6.0_01 下可以找到安装的目录，如图 1-6 所示。

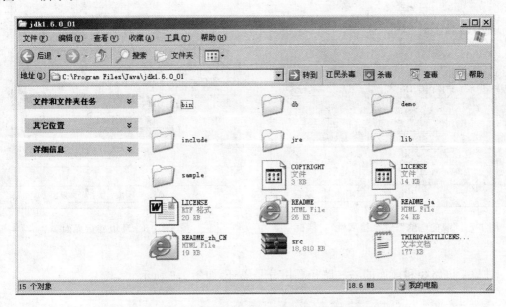

图 1-6 JDK 安装目录

JDK 安装目录中，比较重要的文件夹或文件的内容详见表 1-1。

表 1-1 JDK 安装目录中文件或文件夹的内容

文件夹/文件名称	文件夹内容
bin	支持Java 应用程序运行的常见的 exe 文件
demo	系统自带的一些示例程序，包含源代码
jre	Java 运行环境的一些支持核心库
src	源代码

3．环境变量设置

在本章后面将会安装 Eclipse 和相应的 Java ME 插件，这些软件安装时可能没有自带 JDK，但它们的运行必须依赖于 Java 运行环境。为了方便以后相关软件的运行，最好将 JDK 的常用环境变量进行配置。在这里，主要配置 Path 环境变量。

在桌面上右击"我的电脑"，选择"属性"选项，得到如图 1-7 所示的界面。在"高级"选项卡中选择"环境变量"选项，得到如图 1-8 所示的界面。

在"系统变量"中找到 Path 选项，单击"编辑"按钮，将 C:\Program Files\Java\jdk1.6.0_01\bin 目录添加到变量内容的最后。

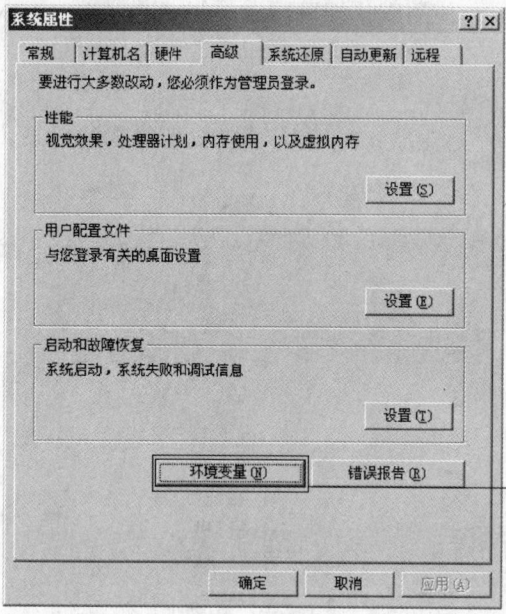

6

图 1-7　"我的电脑"→"系统属性"对话框 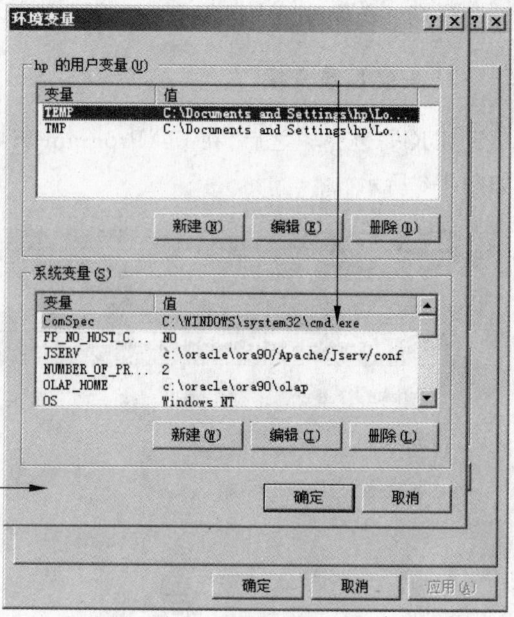　　　　　图 1-8　环境变量界面

注意：该路径和前面的一些路径要用分号隔开，如图 1-9 所示。

图 1-9　环境变量配置

单击"确定"按钮完成设置。

可以利用命令提示符来测试环境变量设置的正确性。在"开始"菜单中选择"程序"→
"附件"→"命令提示符"选项，如图 1-10 所示。

程序(P)
文档(D)
附件
Windows Media Player
Apache Tomcat 5.5
画图
命令提示符

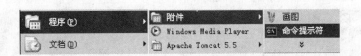

图 1-10　“程序”→“附件”→“命令提示符”选项

在命令提示符下输入如下命令：java　-　version。

按 Enter 键，如图 1-11 所示。

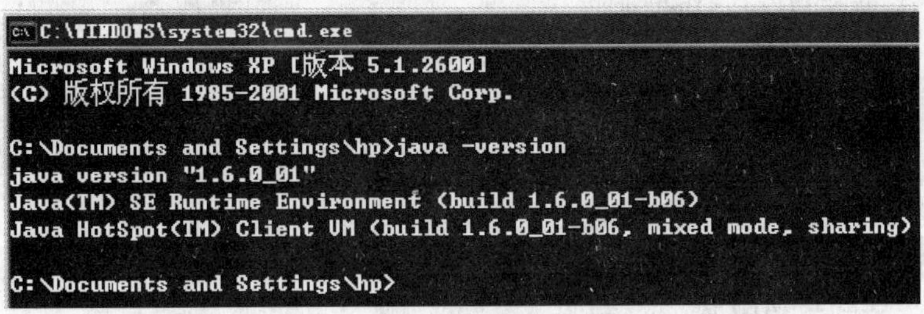

C:\WINDOWS\system32\cmd.exe
Microsoft Windows XP [版本 5.1.2600]
(C) 版权所有 1985-2001 Microsoft Corp.
C:\Documents and Settings\hp>java -version
java version "1.6.0_01"
Java(TM) SE Runtime Environment (build 1.6.0_01-b06)
Java HotSpot(TM) Client VM (build 1.6.0_01-b06, mixed mode, sharing)
C:\Documents and Settings\hp>

图 1-11　命令输入后的测试效果

如果输入命令之后，系统显示当前 JDK 的版本，说明环境变量设置成功。

1.4　安装 WTK

JavaSE 的安装只是提供了一个开发环境的支持，为了在 PC 上进行移动应用开发，还必须安装无线开发工具包(Wireless Toookit，WTK)。所以，本节需要进行 WTK 的安装，为移动应用开发提供基础支持。

注意：此处安装的 WTK 是 SUN 公司提供的，如果需要开发的是其他手机厂商手机上的应用程序，可以在其他手机厂商的网站上下载相应的开发包，然后根据文档进行安装。常见其他手机厂商的开发包下载站点如下：Nokia：http://www.forum.nokia.com/，Motorola：http://developer.motorola.com/等。

1.4.1　获取 WTK

在浏览器地址栏中输入 http://java.sun.com/javame/downloads/index.jsp，可以看到 WTK 的可下载版本，如图 1-12 所示。虽然可能有最新版本，但本节下载的版本是 WTK 2.5.2，单击 Download 按钮，可以根据提示下载。

注意：如果是在 Windows 平台下进行开发，请务必下载 Windows 版本，下载之后，得到一个可执行文件，在本节中为 sun_java_wireless_toolkit-2_5_2-ml-windows.exe。如果是在 Linux 下开发，方法类似。

同样，读者访问此页面时，可能显示的界面会稍有不同，读者可自行下载最新的版本应用。

8

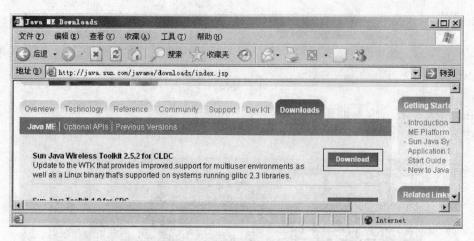

图 1-12　WTK 下载页面

1.4.2　安装 WTK

1. WTK 安装

双击安装文件,得到如图 1-13 所示的安装界面。

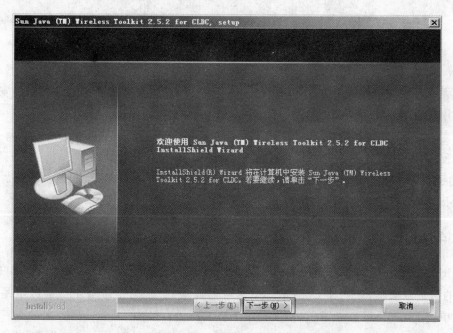

图 1-13　WTK 安装界面

单击"下一步"按钮,得到如图 1-14 所示的界面。

单击"接受"按钮,得到如图 1-15 所示的界面。该界面中需要将 WTK 和 JDK 绑定。

注意:如果系统中没有安装 JDK,安装无法进行;如果系统中已安装 JDK,安装程序能够自动找到。当然,也可以通过单击"浏览"按钮选择另外的 JDK。

图 1-14 单击"下一步"按钮之后的界面

图 1-15 绑定 JDK

单击"下一步"按钮,出现如图 1-16 所示的界面,选择安装目录。

图 1-16　WTK 安装目录确定

单击"下一步"按钮,在后面的各个选项中,选择默认值,程序即开始安装。最后安装完毕。

2. 安装目录介绍

安装完毕之后,在 C:\WTK2.5.2 路径下可以找到安装的目录,如图 1-17 所示。

图 1-17　WTK 安装目录结构

WTK 安装目录中,几个重要的文件夹内容详见表 1-2。

表 1-2　WTK 安装目录中重要的文件夹的内容

文件夹名称	文件夹内容
bin	WTK 下应用程序需要运行的常用的 exe 文件
apps	系统自带的一些示例程序,包含源代码
docs	WTK 文档
lib	Java 运行环境运行的一些核心库

值得强调的是,建议在学习的过程中大量使用文档。实际上,文档的使用对于程序员来说非常重要。最常用的是在 C:\WTK2.5.2\docs\api\midp 下的核心文档,进入这个目录,双击 index.html,即可打开文档,如图 1-18 所示。

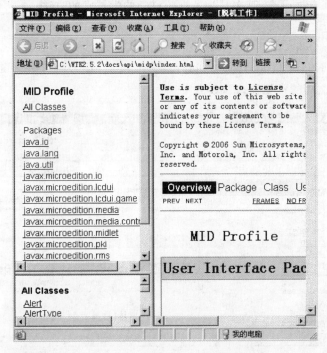

图 1-18　WTK 中的 MIDP 文档

在文档窗口的左上角,列出了 CLDC 1.1&MIDP 2.1 中的 11 个包,这些包中的 API 是 Java ME 移动开发的基础,本书的内容将重点围绕这些包进行讲解。这些包的作用如表 1-3 所示。

表 1-3　CLDC 1.1&MIDP 2.1 中包的作用

包名称	内容	隶属
java.io	标准 Java I/O 包,JavaSE I/O 包的子集	CLDC 1.1
java.lang	核心语言包,JavaSE 核心语言包的子集	CLDC 1.1
java.util	工具包	CLDC 1.1
javax.microedition.io	CLDC 通用连接框架类和接口	CLDC 1.1& MIDP 2.1

11

续表

包 名 称	内 容	隶 属
javax. microedition. midlet	MIDlet 类包,只包含一个 MIDlet 类,可作为所有 MIDlet 的父类	MIDP 2.1
javax. microedition. lcdui	界面类包,对 GUI 组件提供支持	MIDP 2.1
javax. microedition. rms	记录管理系统,支持类似数据库系统 API	MIDP 2.1
javax. microedition. lcdui. game	MIDP 2.0 游戏编程扩展	MIDP 2.1
javax. microedition. media	多媒体类包	MIDP 2.1
javax. microedition. media. control	多媒体控制类包	MIDP 2.1
javax. microedition. pki	数字签名类包	MIDP 2.1

本书在后面的篇幅中讲解的所有内容都是从文档中获得。这主要是基于两个考虑,首先让每个知识点都有据可查,其次是为了推行科学的学技术的方法。

3. 文档的使用

进入 C:\WTK2.5.2\docs\api\midp,双击 index. html,打开如图 1-19 所示的文档。图 1-19 中显示了文档的常见窗口及其意义。

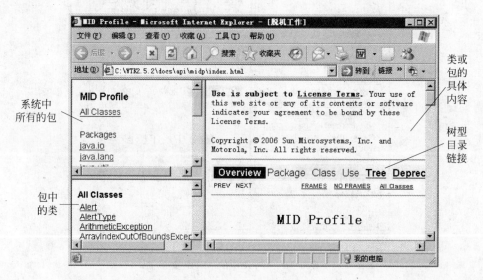

图 1-19　文档中的常见窗口

在左上角的窗口中显示了系统中所有的包。如果单击某个包的链接,则会在左下方显示该包中的所有类。如选择左上方窗口中的 java.io,则左下方窗口变为如图 1-20 所示的界面。

右方窗口显示了某个包或类的具体内容。对于包来说,一般可以观察其树型结构,对于类来说,一般观察其内容。在右方的窗口中有一个 Tree 链接,可以显示某个包的树型结构。单击 Tree 链接,在右方窗口中将会列出系统中所有的包,如图 1-21 所示。

图 1-20　java. io 包

13

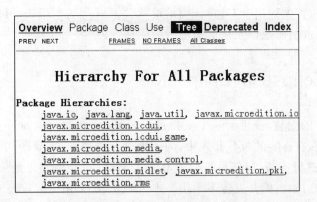

图 1-21　Tree 链接效果

　　任选一个包,就可以看到其树型结构。如选择 javax. microedition. lcdui. game 包的链接,显示的树型结构如图 1-22 所示。

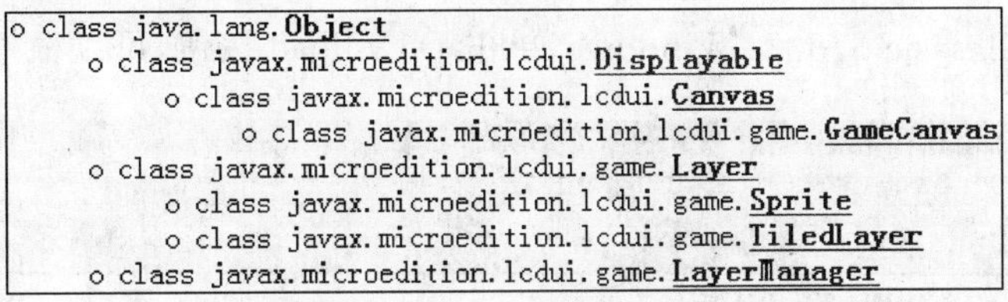

```
o class java.lang.Object
    o class javax.microedition.lcdui.Displayable
        o class javax.microedition.lcdui.Canvas
            o class javax.microedition.lcdui.game.GameCanvas
    o class javax.microedition.lcdui.game.Layer
        o class javax.microedition.lcdui.game.Sprite
        o class javax.microedition.lcdui.game.TiledLayer
    o class javax.microedition.lcdui.game.LayerManager
```

图 1-22　javax. microedition. lcdui. game 包的树型结构

　　另外,还可以查看一个类的基本内容。一般情况下,可以在左下方窗口单击一个类的链接,这个类的内容就显示在右方窗口。如选择 javax. microedition. lcdui 包中的 Canvas 类(首先在左上角的窗口中选择 javax. microedition. lcdui,然后在左下角的窗口中选择Canvas),右方的窗口如图 1-23 所示。

图 1-23　javax. microedition. lcdui. Canvas 类的文档

在右方窗口中,首先列出了 Canvas 类的继承关系以及基本用法,可以在里面看到该类的成员、构造函数、成员函数以及从父类继承的成员等内容。

1.5　安装 Eclipse 和 EclipseMe

JDK 和 WTK 的安装,提供了一个支持的开发环境,此时可以通过文本编辑器编写移动应用程序。但是,在真实的项目开发中,为了提高开发效率,需要采用一些简便快捷的集成开发环境(IDE)进行支持,目前最流行的 IDE 是 Eclipse,同时它也是免费的;还有一个收费的 IDE(JBuilder),本书的开发暂不采用。本节将安装 Eclipse 3.2.2,方便程序的开发。

1.5.1　获取 Eclipse

在浏览器地址栏中输入 http://www.eclipse.org/downloads/,可以看到 Eclipse 的可下载版本,如图 1-24 所示。本书中使用的版本是 Eclipse 3.3.2,如果在 Windows 下进行开发,选择 Eclipse Classsic 3.3.2 -Windows,单击 Download 按钮,可以根据提示下载。

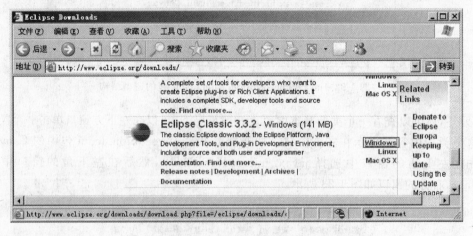

图 1-24　Eclipse 下载页面

如果是在 Windows 平台下进行开发,请务必下载 Windows 版本,下载之后,得到一个压缩文件,在本节中为 eclipse-SDK-3.3.2-win32.zip。同样,读者访问此页面时,可能显示的界面会稍有不同,读者可自行下载最新的应用版本。

1.5.2　安装 Eclipse

可以直接将这个文件解压缩,得到一个 Eclipse 目录。进入这个目录,双击 Eclipse .exe,就可以打开 Eclipse,如图 1-25 所示。

在打开的过程中,程序可能需要进行一个路径选择,也就是以后工程存放的默认路径,可以通过单击 Browse 按钮改变路径,也可以用默认路径。本处使用默认路径。

单击 OK 按钮,打开的界面如图 1-26 所示。

注意:打开前,请确保系统中已经安装了 JDK,并且配置了环境变量,否则 Eclipse 将无

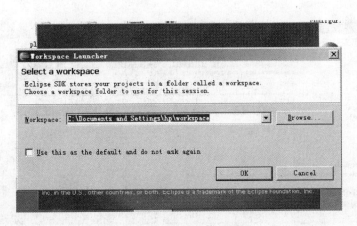

图 1-25 Eclipse 的打开界面

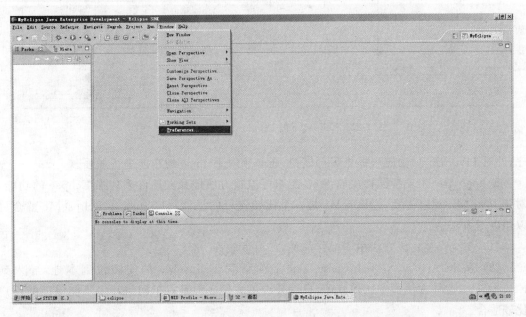

图 1-26 Eclipse 界面

法打开。另外,在打开界面时,有时候会出现一个欢迎标签,可以直接关掉这个标签,也会得到如图 1-26 所示的界面。

Eclipse 下的 Java 开发,需要利用 JDK 来进行支持,首先需要将 Eclipse 和 JDK 进行绑定。打开 Eclipse,选择 Window→Preferences,得到如图 1-27 所示的界面。选择 Java→Installed JREs,可以看到 Eclipse 已经和 JDK 1.6 绑定,也可以单击右边的 Edit 按钮改变 JDK 绑定。

1.5.3 Eclipse 整合 EclipseMe

1. EclipseMe 的安装方法

Eclipse 的安装,只能让用户很方便地编写 Java 程序,但是要方便地编写 Java ME 程

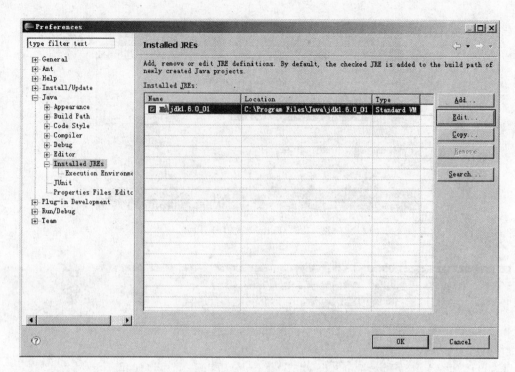

图 1-27　Eclipse 下的 Window→Preferences 界面

序,并对 Java ME 移动应用提供运行模拟,还必须对 Eclipse 的功能进行加强。

Eclipse 是一个支持插件的软件,各组织可以很方便地开发插件来加强 Eclipse 的功能,对于 Java ME 程序开发,EclipseMe 是一个比较流行的插件。Eclipse 和 EclipseMe 整合可以用以下方法。

(1) 在线安装。该方法由于操作简便,认可度较高。

(2) 从 http://www.eclipseme.org 上面下载 EclipseMe 的安装包到本地,导入到 Eclipse 中。这种方法操作比较麻烦,自动升级不方便。但是对于网络环境不能保证的用户比较适合。

本节中将重点讲解这两种安装方法。

2. EclipseMe 在线安装

打开 Eclipse,选择 Help→Software Updates→Find and Install 选项,出现如图 1-28 所示的界面。如果是对一个已有的功能进行更新,选择上面的单选按钮;如果安装新的功能,选择下面的单选按钮。

本章中选择下面的单选按钮 Search for new features to install,单击 Next 按钮,得到如图 1-29 所示的界面。

在图 1-29 右上方有三个按钮,其中,New Remote Site 适合在线安装插件,New Local Site 适合将插件以文件夹的形式下载到本地安装,New Archived Site 适合将插件以压缩包的形式下载到本地安装。本文中,单击 New Remote Site 按钮,出现如图 1-30 所示的界面。

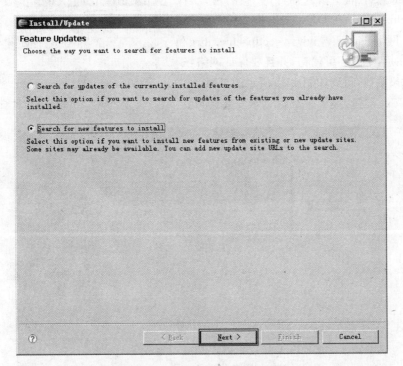

图 1-28 插件安装初始界面

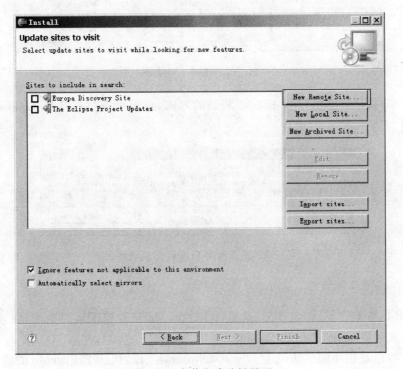

图 1-29 安装方式选择界面

在 Name 文本框中输入插件的名称，可以自定义，如 EclipseMe；在 URL 文本框内输入该插件所在的网址 http://www.eclipseme.org/updates。注意，千万不可输错，并且要保证网络畅通。单击 OK 按钮，得到如图 1-31 所示的界面。

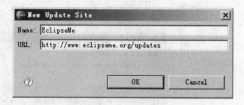

图 1-30　在线安装信息输入

单击 Next 按钮，接下来根据提示安装即可。

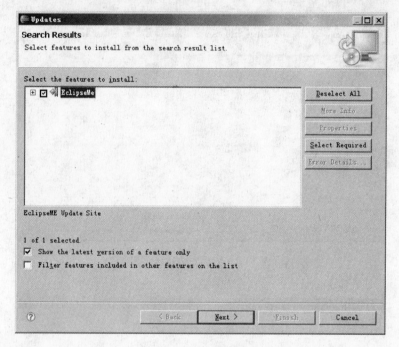

图 1-31　选择插件界面

安装完毕，系统将会出现如图 1-32 所示的界面，提示是否重新启动 Eclipse，单击 Yes 按钮即可。

图 1-32　重新启动 Eclipse 的提示界面

3. EclipseMe 本地安装

EclipseMe 本地安装，顾名思义，就是将 EclipseMe 安装包下载到本地，导入到 Eclipse 中。首先应该获取 EclipseMe 的安装包。

在浏览器地址栏中输入 http://www.eclipseme.org，到达 EclipseMe 的官方网站，如图 1-33 所示。单击左边的 Downloads 按钮，可以根据提示下载，本节下载的版本是 EclipseMe 1.7.7。

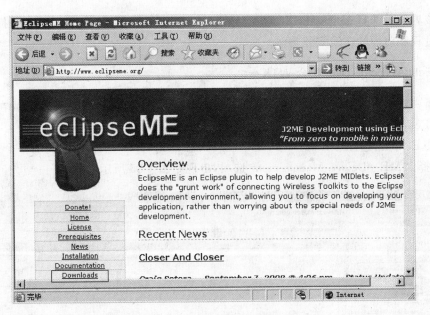

图 1-33　EclipseMe 官方站点

注意：如果是在 Windows 平台下进行开发，请务必下载 Windows 版本，下载之后，得到一个压缩包，在本节中为 eclipseme. feature_1. 7. 7_site. zip。如果是在 Linux 下开发，方法类似。

同样，读者访问此页面时，可能显示的界面会稍有不同，读者可自行下载最新的应用版本。

打开 Eclipse，选择 Help→Software Updates→Find and Install，出现如图 1-28 所示的界面。选择下面的单选按钮 Search for new features to install，单击 Next 按钮，得到如图 1-29 所示的界面。

在图 1-29 所示的界面中，单击 New Archived Site 按钮，出现如图 1-34 所示的界面。

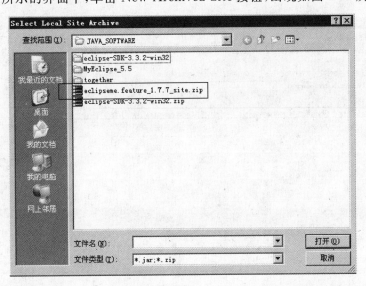

图 1-34　选择插件压缩包

在该界面中选择 eclipseme. feature_1. 7. 7_site. zip 选项,接下来就可以按照提示安装,其安装过程和前面的在线安装类似。

4. Eclipse、EclipseMe 整合 WTK

前面讲解了 Eclipse 和 JDK 的整合,但是只能保证 Eclipse 下的 Java 开发。在这里,把 Eclipse、EclipseMe 和 WTK 进行统一整合,以方便以后 Java ME 的开发。

打开 Eclipse,选择 Window→Preference,如果 EclipseMe 正常安装,将有一个 J2ME 的选项,选择 J2ME→Device Management 选项,出现如图 1-35 所示的界面。

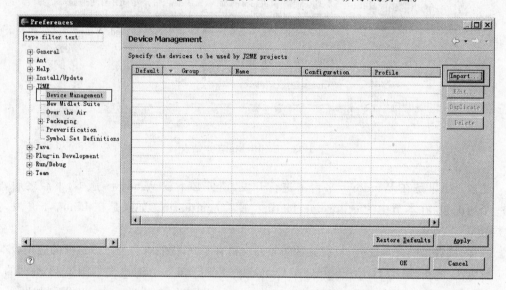

图 1-35 选择 Window→Preference 选项的界面

该界面将会提供 WTK 的选择,单击 Import 按钮,出现如图 1-36 所示的界面。

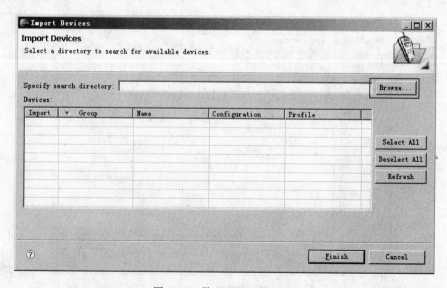

图 1-36 导入 WTK 的界面

单击 Browse 按钮,选择 WTK 的安装目录(本文中是 C:\WTK2.5.2),单击 Refresh 按钮,就可将 WTK 中的模拟设备导入,其结果如图 1-37 所示。

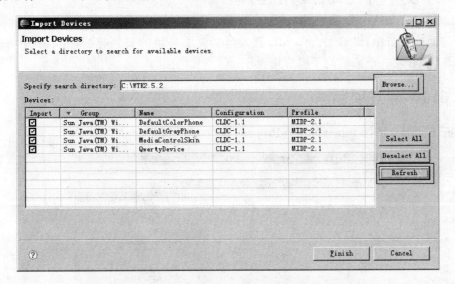

图 1-37　导入 WTK 后的结果

单击 Finish 按钮,出现如图 1-38 所示的界面。

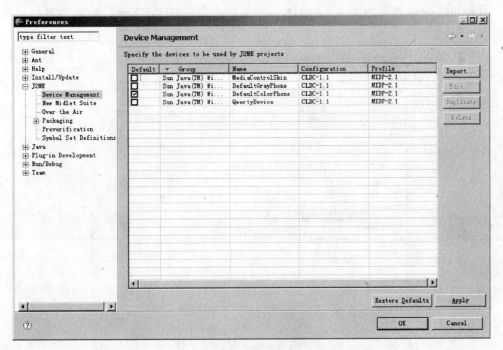

图 1-38　模拟器选择

在界面中可以看出,在 Sun WTK 中提供了 4 种风格的模拟器,最常用的是 DefaultColorPhone,在后面将使用案例显示这种模拟器的效果。选择这个模拟器,单击 OK 按钮。

1.6 开发一个手机应用程序

在前面的章节中,讲解了 Java ME 开发所必需的环境的安装与配置,本节中将基于已配置的环境,开发一个简单的手机应用程序。

1.6.1 建立项目

打开 Eclipse,选择 File→New→Project,如图 1-39 所示。

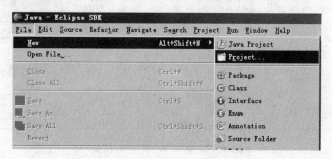

图 1-39 新建项目 1

得到如图 1-40 所示的界面。在 J2ME 中选择 J2ME Midlet Suite 选项,表示建立一个 Java ME 项目。

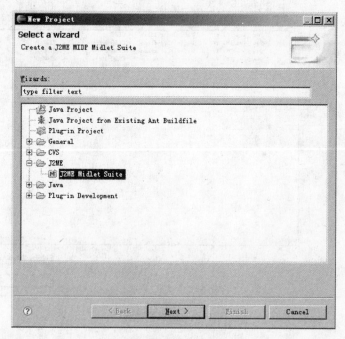

图 1-40 新建项目 2

单击 Next 按钮,出现如图 1-41 所示的界面。

图 1-41　输入项目名称

　　输入项目名称,如 Prj1_1,单击 Next 按钮,出现如图 1-42 所示的界面。

　　在这个界面中,可以选择模拟器,默认为 DefaultColorPhone,单击 Next 按钮,再单击 Finish 按钮即可。得到的项目结构如图 1-43 所示。

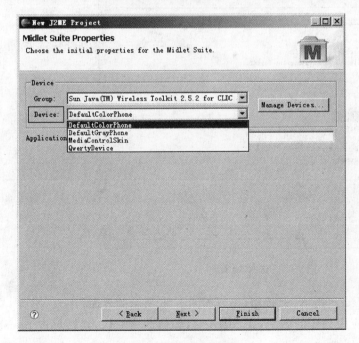

图 1-42　选择模拟器

图 1-43　项目结构

1.6.2　建立手机应用程序

1. 建立应用程序

右击工程中的 src 节点，选择 Other 选项，如图 1-44 所示。

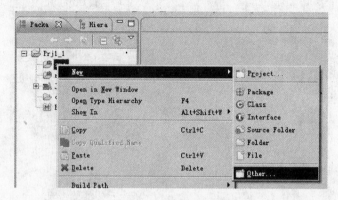

图 1-44　新建 MIDlet

出现如图 1-45 所示的界面。

图 1-45　选择 MIDlet

选择 J2ME→J2ME Midlet，单击 Next 按钮，得到如图 1-46 所示的界面。

在 Name 文本框中输入应用程序的名字，如 MIDlet1，其他选项默认，直接单击 Finish
按钮，系统中项目结构如图 1-47 所示。

产生的代码如下。

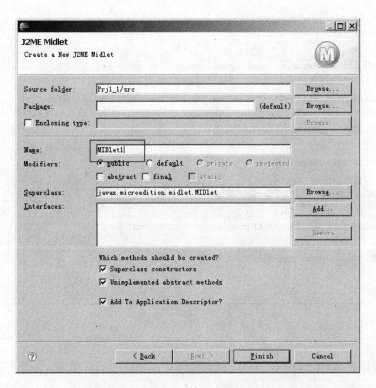

图 1-46　输入名称

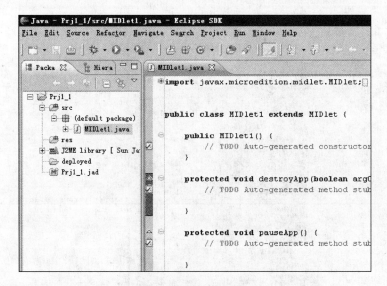

图 1-47　新的项目结构

MIDlet1.java

---

import javax.microedition.midlet.MIDlet;
import javax.microedition.midlet.MIDletStateChangeException;

public class MIDlet1 **extends** MIDlet

```
{
    public MIDlet1()
    {
    // TODO Auto - generated constructor stub
    }
    protected void destroyApp(boolean arg0) throws MIDletStateChangeException
    {
    // TODO Auto - generated method stub
    }
    protected void pauseApp()
    {
    // TODO Auto - generated method stub
    }
    protected void startApp() throws MIDletStateChangeException
    {
    // TODO Auto - generated method stub
    }
}
```

2. 效果

右击应用程序名称,选择 Run As→Emulated J2ME Midlet 选项,如图 1-48 所示。

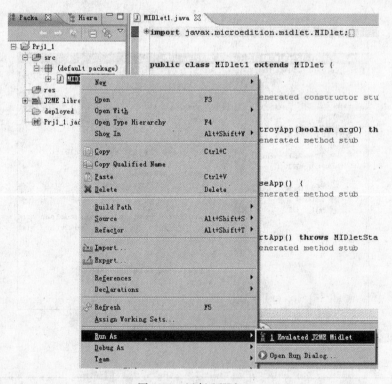

图 1-48　运行 MIDlet

得到的效果如图 1-49 所示。可以单击手机模拟器右上方的"关闭"按钮,关闭模拟器。
也可以改变模拟器。右击项目,选择 Properties 选项,如图 1-50 所示。

图 1-49 运行效果

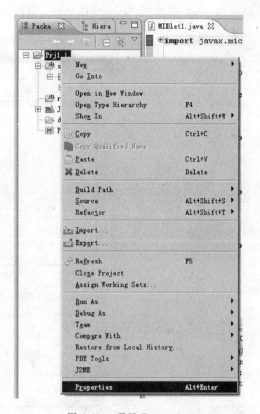

图 1-50 项目 Properties

得到如图 1-51 所示的界面。在该界面中的 J2ME 选项中可以修改模拟器,修改之后重新运行,将会得到相应的效果。

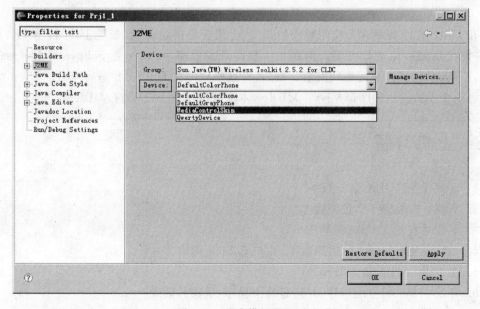

图 1-51 改变模拟器配置

如在图 1-51 中选择 QwertyDevice 选项,单击 OK 按钮,运行模拟器,得到的效果如图 1-52 所示。

图 1-52　QwertyDevice 运行效果

1.7　小结

在 PC 上进行 Java ME 应用程序的开发,必须首先搭建环境,安装 JDK 和 WTK,理论上,在此之后就可以进行开发。但是为了提高开发效率,可以安装 Eclipse 和 EclipseMe。其中,EclipseMe 可以进行在线安装。最后,将这些软件在 Eclipse 中进行整合。

每一个手机应用程序都是一个 MIDlet,本章开发了一个简单的 MIDlet。

1.8　上机习题

1. 下载并安装 JDK 最新版本。
2. 下载并安装 WTK 最新版本。
3. 下载并安装 Eclipse 最新版本。
4. 在线安装 EclipseMe 最新版本,并与 Eclipse 绑定。
5. 在 Eclipse 中配置 WTK。
6. 开发一个手机应用程序,并运行这个程序,观察其效果。
7. 改变模拟器再运行上题程序,观察其效果。

第2章

界面和Command命令按钮

建议学时：2

第 1 章开发了一个简单的手机应用程序，但是，该程序还不能做任何工作。本章首先对 MIDlet 的生命周期进行讲解。

要想让手机应用程序完成一定的功能，还必须在界面上添加相应的控件。界面元素是 Java ME 移动开发中的基础，本章内容将特别针对界面开发中最常见的元素：Command 命令按钮进行讲解。

本章的讲解针对如下两个包（可参考文档）。

javax. microedition. midlet：只包含一个 MIDlet 类，可作为所有 MIDlet 的父类。

javax. microedition. lcdui：界面类包，对 GUI 组件提供支持。

这两个包里面提供了界面元素开发的重要内容。

2.1 详解 MIDlet 结构

javax. microedition. midlet 包中，只包含一个类 MIDlet。MIDlet(Mobile Information Devices let)是手机上运行的 Java ME 应用程序，即移动信息设备小程序。理论上讲，手机应用程序都是 MIDlet，所以在编写的过程中，为了让 MIDlet 有自己的功能，编写的程序应该继承 javax. microedition. midlet. MIDlet。

2.1.1 MIDlet 基本 API

打开 Eclipse，首先按照第 1 章中的方法新建一个名为 Prj2_1 的项目，在里面创建一个名为 MIDlet1 的 MIDlet 程序（参考第 1 章中建立项目和 MIDlet 的方法）。

观察 MIDlet1. java，会发现它的定义为：

```
import javax.microedition.midlet.MIDlet;
public class MIDlet1 extends MIDlet{
```

说明 MIDlet1 继承了 MIDlet。打开文档，可以看到 MIDlet 类的定义为：

```
public abstract class MIDlet
extends Object
```

此处说明,该类是一个抽象类,抽象类无法直接实例化,但可以继承它,并且重写里面的抽象函数。

在这个类里有一些成员函数,其中有 6 个比较重要。

(1) 三个抽象函数(必须被重写)

```
protected abstract void startApp()
                        throws MIDletStateChangeException
protected abstract void pauseApp()
protected abstract void destroyApp(boolean unconditional)
                        throws MIDletStateChangeException
```

(2) 三个普通函数

```
public final void notifyPaused()
public final void notifyDestroyed()
public final void resumeRequest()
```

这些函数体现了 MIDlet 的生命周期。

(1) 当 MIDlet 运行时,startApp 函数会自动调用,应用程序进入运行(active)状态,此时程序正在运行中。

(2) 在 MIDlet 运行时,可以通过一些手段让 MIDlet 暂停,此时,pauseApp 函数自动调用,让程序进入暂停(paused)状态。

(3) 当 MIDlet 消亡时,自动调用 destroyApp 函数。

以上三个函数都是自动调用的函数。接下来的几个函数可以手动调用。

(1) 手动调用 notifyPaused 函数,MIDlet 立刻进入暂停(paused)状态,MIDlet 持有的所有资源暂时被释放,但它随时可能被运行。

(2) 手动调用 notifyDestroyed 函数,MIDlet 立刻进入销毁(destroyed)状态,MIDlet 被永久地关闭并且释放占用的所有资源,等待着废物清理程序的处理。

(3) 手动调用 resumeRequest 函数,MIDlet 立刻进入运行(active)状态,并调用 startApp 函数。

2.1.2 生命周期测试

选择 MIDlet1.java,将代码改成如下形式。

MIDlet1.java

```
import javax.microedition.midlet.MIDlet;
import javax.microedition.midlet.MIDletStateChangeException;

public class MIDlet1 extends MIDlet
{
    //构造函数
    public MIDlet1()
    {
    System.out.println("构造函数被调用");
```

```
     }
     //此函数调用完毕,到达运行状态
     protected void startApp() throws MIDletStateChangeException
     {
     System.out.println("startApp 被调用");
     }
     //此函数调用,到达暂停状态
     protected void pauseApp()
     {
     System.out.println("pauseApp 被调用");
     }
     //此函数调用,销毁
     protected void destroyApp(boolean arg0) throws MIDletStateChangeException
     {
     System.out.println("destroyApp 被调用");
     }
     }
```

31

运行此 MIDlet(参考第 1 章运行 MIDlet 的方法),出现手机界面(参考第 1 章的手机界面),控制台上打印如下信息:

> 构造函数被调用
> startApp被调用

此代码说明,程序运行,系统自动调用构造函数和 startApp 函数,不过,构造函数以后就不能调用了,而 startApp 函数则可能还会被调用。因此,可以根据自己的需要,将一些初始化代码写在构造函数或 startApp 里面,这个策略将在后面的程序中体现出来。

手机模拟器的上方,有一个 MIDlet 菜单,如图 2-1 所示。

图 2-1　手机模拟器菜单

在 MIDlet 菜单中单击"暂停"按钮,会发现控制台打印如下信息。

> pauseApp被调用

再在 MIDlet 菜单中单击"恢复"按钮,控制台又会打印如下信息。

> startApp被调用

最后,可以在 MIDlet 菜单中单击"退出"按钮关掉模拟器,也可以单击模拟器右方的"手机电源开关"按钮关掉模拟器。

综上所述,MIDlet 的生命周期如图 2-2 所示。

关于生命周期中的其他函数,可在上机习题中完成。

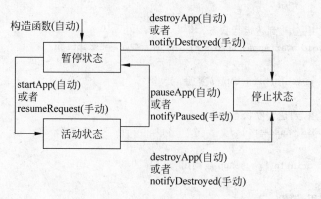

图 2-2　MIDlet 生命周期

2.1.3　MIDlet 配置文件

　　MIDlet 开发好之后,如果需要放在手机上运行,就必须进行打包。打包方法为:右击项目节点,打开 J2ME 菜单,可以选择 Create Package 选项来创建普通包,也可以选择 Create Obfuscated Package 选项来创建加密的包,如图 2-3 所示。

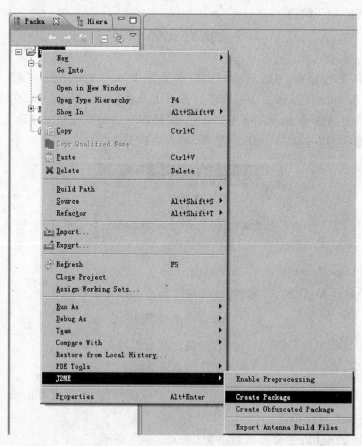

图 2-3　打包

创建完毕,生成了一个包 Prj2_1.jar,一个配置文件 Prj2_1.jad。项目视图变为如图 2-4 所示。

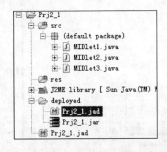

图 2-4　打包之后的程序结构

理论上讲,将 deployed 下面的两个文件复制到目标系统中就可以运行。

用记事本打开 Prj2_1.jad,内容如下。

Prj2_1.jad

```
MIDlet - 1: MIDlet1,,MIDlet1
MIDlet - Jar - Size: 2921
MIDlet - Jar - URL: Prj2_1.jar
MIDlet - Name: Prj2_1 Midlet Suite
MIDlet - Vendor: Midlet Suite Vendor
MIDlet - Version: 1.0.0
MicroEdition - Configuration: CLDC - 1.1
MicroEdition - Profile: MIDP - 2.1
```

该文件里面有些比较重要的项目,其中最重要的内容如下所示。

MIDlet-Name:MIDlet Suite 的名称。

MIDlet-Version:MIDlet Suite 的版本号,格式为主版本.次版本.微版本,例如 0.0.0。版本号主要用于安装或升级。

MIDlet-Vendor:MIDlet Suite 的提供商。

MIDlet-Jar-URL:下载该 MIDlet Suite 的 URL 地址。虽然这里可以使用绝对位置或相对位置,但还是建议用绝对位置。

MIDlet-Jar-Size:JAR 文件的大小,计算单位为字节。

2.2　添加 Command 命令按钮

上节中编写的 MIDlet,还不能做任何事情,要想在里面添加功能,就必须添加一些具体的界面元素。而最常见的功能就是 Command 命令按钮。

命令按钮在 WTK 中,通常由右软键激发,有时候也可以用左软键激发,图 2-5 中显示了键盘上的一些常见的功能键。

如图 2-6 所示的界面是一个最简单的 MIDlet 界面,模拟短信编辑的功能。

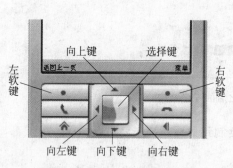

图 2-5　键盘上常见的功能键

图 2-6　一个含有命令按钮的界面

在界面左上方有一个"请您选择相应操作"标题,左下方有一个"返回上一页"命令按钮;右边有一个菜单,内含三个命令按钮"删除该号码"、"编辑该号码"和"退出该程序"。

2.2.1　界面基本知识

图 2-6 中显示的是一种高级界面,什么是高级界面呢? 所谓高级界面就是界面上的效果都是由控件组成的;与此对应的是低级界面,就是界面效果都是通过手工编程,在画布上画出来的。

高级界面中的控件有两种。能够充满整个界面的控件和不能充满整个界面的控件。其中,能够充满整个界面的控件都是 javax. microedition. lcdui. Displayable 的子类,不能充满整个界面的控件都是 javax. microedition. lcdui. Item 的子类。本章中主要讲解的是前者。

打开文档,找到 javax. microedition. lcdui 包,这个包里面包含了制作界面的最基本的 API。打开这个包的树型结构图,可以看到如图 2-7 所示的结构。

```
o class javax.microedition.lcdui.Displayable
    o class javax.microedition.lcdui.Canvas
    o class javax.microedition.lcdui.Screen
        o class javax.microedition.lcdui.Alert
        o class javax.microedition.lcdui.Form
        o class javax.microedition.lcdui.List (implements
          javax.microedition.lcdui.Choice)
        o class javax.microedition.lcdui.TextBox
```

图 2-7　Displayable 结构

javax. microedition. lcdui. Displayable 的定义如下:

```
public abstract class Displayable
extends Object
```

可以看出,它是一个抽象类,因此用户可以运用它的子类。

在图 2-7 中可以看出,Displayable 的子类有两个 javax. microedition. lcdui. Canvas 和

javax. microedition. lcdui. Screen,其中前者用于低级界面开发中的画布,后者是对高级界面的支持。本章重点针对的是 Screen。

Screen 的子类有以下几个。

javax. microedition. lcdui. Alert:用于高级界面开发中的提示框。

javax. microedition. lcdui. Form:用于高级界面开发中的表单。

javax. microedition. lcdui. List:用于高级界面开发中的列表框。

javax. microedition. lcdui. TextBox:用于高级界面开发中的文本框。

可以任选一个类来充当界面控件。不过,高级界面中最常见的是 javax. microedition. lcdui. Form。

在讲解 Form 之前,有几个重要规定需要理解。

(1) MIDlet 只是提供一个运行平台,上面的界面需要自己加上去才能生成,如可以将 Form 加到 MIDlet 上。

(2) 用 Display 类可以将 Form 加到 MIDlet 上。打开文档,找到 javax. microedition. lcdui. Display 类,会发现 Display 类中有一个方法:

```
public static Display getDisplay(MIDlet m)
```

因此,可以将 MIDlet 对象传进去,相当于取得屏幕上的 Display 对象,具体代码如下:

```
Display display = Display.getDisplay(this);
```

Displayable 类的子类能够显示到 MIDlet 上并且充满整个界面。在 javax. microedition. lcdui. Display 类中还有一个方法:

```
public void setCurrent(Displayable nextDisplayable)
```

因此,可以将 Displayable 类的子类(Form 就是 Displayable 类的子类)对象传进去。

从文档中可以看出,javax. microedition. lcdui. Form 构造函数如下。

(1) 实例化一个 Form 对象,确定其标题:

```
public Form(String title)
```

(2) 实例化一个 Form 对象,确定其标题,并确定其上的子项目:

```
public Form(String title,
            Item[] items)
```

一般情况下,使用第一个构造函数。

在图 2-6 中,软键上方的菜单(命令按钮)是 javax. microedition. lcdui. Command 对象,但是,打开 javax. microedition. lcdui. Command 文档,会发现其定义如下:

```
public class Command
extends Object
```

因此,Command 不是 Displayable 的子类,不能充满整个界面。不过,Command 虽然不能充满整个界面,但是可以依赖于 Displayable,添加到 Displayable 上,因为 Form 是 Displayable 的子类,因此可以添加到 Form 上。

javax. microedition. lcdui. Displayable 中有如下方法可以进行命令按钮的维护。

（1）添加命令按钮：

$$\text{public void } \textbf{addCommand}(\text{Command cmd})$$

（2）移除命令按钮：

$$\text{public void } \textbf{removeCommand}(\text{Command cmd})$$

Displayable 有这些功能，当然它的子类 Form 也有这些功能。因此，可以在 Form 上添加命令按钮对象。

如下代码就可以在 Form 对象上添加一个命令按钮 cmd1，移除 cmd2。

```
Form frm = new Form("请您选择相应操作");
frm.addCommand(cmd1);
frm.removeCommand(cmd2);
```

另外，通过如下函数可以设置 Displayable 对象的标题：

$$\text{public void } \textbf{setTitle}(\text{String s})$$

得到 Displayable 对象标题：

$$\text{public String } \textbf{getTitle}()$$

得到 Displayable 对象的宽度：

$$\text{public int } \textbf{getWidth}()$$

得到 Displayable 对象高度：

$$\text{public int } \textbf{getHeight}()$$

2.2.2 添加命令按钮

图 2-6 中左下方有一个"返回上一页"按钮，右边有一个菜单，内含三个命令按钮"删除该号码"、"编辑该号码"和"退出该程序"，它们都是 javax.microedition.lcdui.Command 对象。

打开 javax.microedition.lcdui.Command 文档，构造函数一共两个。

（1）

```
public Command(String label,
               int commandType,
               int priority)
```

（2）

```
public Command(String shortLabel,
               String longLabel,
               int commandType,
               int priority)
```

最常见的是第一个，在里面有三个参数。

label：字符串，表示按钮上的标题。

commandType：整型，表示按钮类型。

按钮类型一共有 8 种,定义为 javax. microedition. lcdui. Command 中的静态变量,实际上是整型,将按钮分为 8 种,其目的是让程序员在不同的按钮使用场合可以灵活设定,增加程序可读性。8 种按钮类型及其使用场合如表 2-1 所示。

表 2-1　8 种按钮类型及其使用场合

按钮类型/静态变量	按钮使用场合
Command. SCREEN	面向整个屏幕组件进行操作
Command. BACK	返回上一个操作时可用
Command. CANCEL,Command. OK	在有是否选择的情况下可用
Command. HELP	想要出现在线帮助时可用
Command. STOP	停止某个操作而不做屏幕切换
Command. EXIT	退出当前应用程序时可用
Command. ITEM	面向屏幕的局部进行操作

应该注意,按钮类型只是提供了一个分类而已,不代表单击按钮会有相应的事件发生。如单击了一个类型为 Command. HELP 的按钮,不代表能够出现在线帮助,如果需要出现在线帮助,其事件代码必须手工输入。实际应用中,最常见的是 Command. SCREEN(普通按钮)、Command. BACK(返回按钮)等,因为这些按钮在大量的场合中都可能出现。

priority:按钮出现的优先级,为整数。数字越小,优先级越高,出现在菜单中越靠前的位置。注意,这个优先级只对同一个种类的按钮有效。如有两个 Command. SCREEN 类型的按钮,一个优先级为 2,另一个优先级为 1,则后者比较优先。如果这两个按钮的类型不同,则优先级的数字无效。

下面用一个案例,开发如图 2-6 所示的效果,在项目 Prj2_1 中新建一个 MIDlet2,代码改为如下。

MIDlet2. java

```
import javax.microedition.lcdui.Command;
import javax.microedition.lcdui.Display;
import javax.microedition.lcdui.Form;
import javax.microedition.midlet.MIDlet;
import javax.microedition.midlet.MIDletStateChangeException;

public class MIDlet2 extends MIDlet
{
    private Form frm = new Form("请您选择相应操作");
    private Display dis;
    //右边三个按钮,都是 Command.SCREEN 型,优先级为 1
    private Command cmdDel = new Command("删除该号码",Command.SCREEN,1);
    private Command cmdEdit = new Command("编辑该号码",Command.SCREEN,1);
    private Command cmdExit = new Command("退出该程序",Command.SCREEN,1);
    //左边按钮,是 Command.BACK 型,优先级为 1
    private Command cmdBack = new Command("返回上一页",Command.BACK,1);

    protected void startApp() throws MIDletStateChangeException
    {
```

```
                    //获得当前 MIDlet 上的显示对象
                    dis = Display.getDisplay(this);
                    //将 frm 设置为当前界面
                    dis.setCurrent(frm);

                    frm.addCommand(cmdDel);
                    frm.addCommand(cmdEdit);
                    frm.addCommand(cmdExit);
                    frm.addCommand(cmdBack);
                }
        protected void pauseApp() {}
        protected void destroyApp(boolean arg0) throws MIDletStateChangeException {}
    }
```

运行以上代码，便得到如图 2-6 所示的效果。

2.3 按钮排布规律

在上面的例子中，大家可能会提出一个问题，为什么 cmdBack 会跑到左边去呢？另外，右边三个按钮都是 Command.SCREEN 类型，如果是其他类型，按钮出现的先后顺序会有什么规律呢？本例中重点讲解这个问题。

对于同一种按钮，如果优先级相同，则按照代码先后顺序添加到菜单中。关于其他情况下的按钮排布，有如下规律。

（1）不同种类的按钮，在 WTK 优先级排序依次是 Command.ITEM、Command.SCREEN、Command.OK、Command.HELP、Command.BACK、Command.EXIT、Command.CANCEL 和 Command.STOP。优先级高的按钮优先显示在菜单中靠前的位置。

如下代码：

```
Command SCREEN = new Command("SCREEN",Command.SCREEN,1);
Command BACK = new Command("BACK",Command.BACK,1);
Command OK = new Command("OK",Command.OK,1);
Command HELP = new Command("HELP",Command.HELP,2);
Command ITEM = new Command("ITEM",Command.ITEM,1);
frm.addCommand(SCREEN);
frm.addCommand(BACK);
frm.addCommand(OK);
frm.addCommand(HELP);
frm.addCommand(ITEM);
```

在界面上的效果如图 2-8 所示。

说明不同种类的按钮添加到界面上，完全按照规定中的顺序。当然，BACK 按钮会跑到左边去，这个问题将在后面叙述。

（2）Command.BACK、Command.CANCEL、Command.EXIT、Command.STOP 倾向于抢占左方位置。优先顺序：Command.BACK、Command.EXIT、Command.CANCEL、Command.STOP。也就是说，如果在 Form 上添加了类型为 Command.BACK 的按钮，它

图 2-8　界面效果(1)

将自动出现在左方。

如下代码：

```
Command SCREEN = new Command("SCREEN",Command.SCREEN,1);
Command CANCEL = new Command("CANCEL",Command.CANCEL,1);
Command OK  = new Command("OK",Command.OK,1);
Command HELP = new Command("HELP",Command.HELP,2);
Command STOP = new Command("STOP",Command.STOP,1);
frm.addCommand(SCREEN);
frm.addCommand(CANCEL);
frm.addCommand(OK);
frm.addCommand(HELP);
frm.addCommand(STOP);
```

在界面上的效果如图 2-9 所示。

图 2-9　界面效果(2)

这说明在没有 Command.BACK 类型的按钮时，Command.CANCEL 类型的按钮会跑到左边去，当然，右边的按钮顺序仍然遵循规则(1)。

(3) 同一种类的按钮，在构造函数内可以用参数 priority 来确定优先级，数字越小越优先，越优先的显示在菜单中越靠前的位置。

如下代码：

```
Command HELP2 = new Command("HELP2",Command.HELP,2);
Command ITEM2 = new Command("ITEM2 ",Command.ITEM,2);
Command HELP1 = new Command("HELP1",Command.HELP,1);
Command ITEM1 = new Command("ITEM1 ",Command.ITEM,1);
```

```
frm.addCommand(ITEM2);
frm.addCommand(HELP2);
frm.addCommand(ITEM1);
frm.addCommand(HELP1);
```

在界面上的效果如图 2-10 所示。

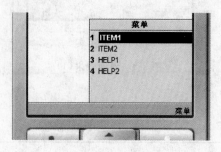

图 2-10　界面效果(3)

这说明同一种按钮的排布规律,可以由构造函数 priority 来确定。不过,如果按钮类型不同,则按照规则(1)来确定位置。

(4) 只是在 WTK 内满足这个规律,其他模拟器可能不相同,具体可以查询文档。

以下是一个例子。在项目 Prj2_1 中新建一个 MIDlet3,代码改为如下。

MIDlet3.java

```java
import javax.microedition.lcdui.Command;
import javax.microedition.lcdui.Display;
import javax.microedition.lcdui.Form;
import javax.microedition.midlet.MIDlet;
import javax.microedition.midlet.MIDletStateChangeException;

public class MIDlet3 extends MIDlet
{
    private Form frm = new Form("请您选择相应操作");
    private Display dis;
    /* SCREEN,BACK,CANCEL,OK,HELP,STOP,EXIT,ITEM */
    private Command SCREEN = new Command("SCREEN",Command.SCREEN,1);
    private Command BACK = new Command("BACK",Command.BACK,1);
    private Command CANCEL = new Command("CANCEL",Command.CANCEL,1);
    private Command OK = new Command("OK",Command.OK,1);
    private Command HELP = new Command("HELP",Command.HELP,2);
    private Command STOP = new Command("STOP",Command.STOP,1);
    private Command EXIT = new Command("EXIT",Command.EXIT,1);
    private Command ITEM = new Command("ITEM",Command.ITEM,1);
    private Command HELP1 = new Command("HELP1",Command.HELP,1);
    protected void startApp() throws MIDletStateChangeException
    {
        //获得当前 MIDlet 上的显示对象
        dis = Display.getDisplay(this);
        //将 frm 设置为当前界面
```

```
        dis.setCurrent(frm);

        frm.addCommand(SCREEN);
        frm.addCommand(BACK);
        frm.addCommand(CANCEL);
        frm.addCommand(OK);
        frm.addCommand(HELP);
        frm.addCommand(STOP);
        frm.addCommand(EXIT);
        frm.addCommand(ITEM);

        frm.addCommand(HELP1);
    }

    protected void pauseApp() {}
    protected void destroyApp(boolean arg0) throws MIDletStateChangeException {}
}
```

运行结果,右边的命令按钮顺序如图 2-11 所示。

图 2-11　运行效果(4)

从图中可以发现,按钮的先后顺序遵循了本节中的规则(1);BACK 按钮跑到界面左边,遵循了规则(2);对于两个 HELP 按钮,遵循了规则(3)。

2.4　按钮事件

Command 添加到 Form 上之后,还不能实现任何功能,只有具有一定事件的命令按钮才有实际作用。如图 2-12 所示界面,标题为"这是一个 Form";在界面右下方有一个命令按钮,标题为"命令按钮"。单击该命令按钮,界面变为图 2-13 所示,Form 的标题改为"按钮被选择"。这就是一个命令按钮的效果。

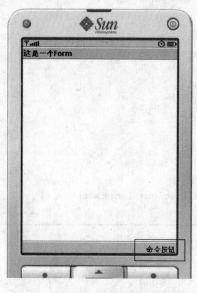

图 2-12　程序效果

图 2-13　选择按钮之后的效果

学习过 J2SE 的读者都知道,Java 的事件机制是监听机制。在 Java ME 中的事件,也是利用监听机制进行实现的,具体编写步骤如下。

(1) 编写事件处理类,实现 javax. microedition. lcdui. CommandListener。

实现一个接口,需要将接口里面的函数进行重写。打开文档,找到 javax. microedition. lcdui. CommandListener,里面有一个函数

public void **commandAction**(Command c,
　　　　　　　　　　　　　　　　　Displayable d)

此函数里面有两个参数:

第一个参数是表示发出事件的 Command 按钮;

第二个参数是表示发出事件的 Displayable 对象。

从第 1 章中知道,Command 是依附于 Displayable 的,因此,在事件处理类中,不但可以处理事件,还可以知道这个事件是由哪个 Command 按钮发出,以及那个 Command 按钮所在的 Displayable 对象。

(2) 重写 CommandListener 里面的 commandAction 方法,编写事件响应代码。

如下代码:

```
public void commandAction(Command c,Displayable d)
{
    d.setTitle("按钮被选择");
}
```

表示将 Command 按钮所在的 Displayable 标题改为"按钮被选择"。

（3）将事件源和事件响应对象绑定。

事件处理类编写完之后，只是能够处理事件，并不能保证 Command 按钮被选择之后会触发事件，因此还需要将 Command 按钮和事件处理类（CommandListener）对象绑定。在 Java ME 中，由于 Command 是依附于 Displayable 的，因此，绑定的工作可以由 Displayable 完成。打开文档，找到 javax. microedition. lcdui. Displayable，会发现有如下函数。

将 Displayable 对象和 CommandListener 对象绑定：

public void **setCommandListener**(CommandListener l)

因此，在项目中建立 MIDlet4，打开该程序，将代码改为：

MIDlet4.java

```java
import javax.microedition.lcdui.Command;
import javax.microedition.lcdui.CommandListener;
import javax.microedition.lcdui.Display;
import javax.microedition.lcdui.Displayable;
import javax.microedition.lcdui.Form;
import javax.microedition.midlet.MIDlet;
import javax.microedition.midlet.MIDletStateChangeException;

public class MIDlet4 extends MIDlet
{
    private Form frm = new Form("这是一个 Form");
    private Display dis;
    private Command cmd1 = new Command("命令按钮", Command.SCREEN, 1);

    protected void startApp() throws MIDletStateChangeException
    {
        dis = Display.getDisplay(this);
        dis.setCurrent(frm);

        frm.addCommand(cmd1);

        //Step3:绑定 frm 和 CommandOpe 对象
        frm.setCommandListener(new CommandOpe());
    }
    protected void destroyApp(boolean arg0) throws MIDletStateChangeException {}
    protected void pauseApp() {}
}
//Step1:事件响应类,实现 CommandListener
class CommandOpe implements CommandListener
{
    //Step2:必须重写 commandAction 函数,在里面写响应代码
    public void commandAction(Command c, Displayable d)
    {
        d.setTitle("按钮被选择");
    }
}
```

运行这个 MIDlet 程序,便得到如图 2-12 所示的效果;选择"命令按钮",便得到如图 2-13 所示的效果。

以上的代码中,需要编写两个类,实际上,由于 Java 支持一个类单重继承并实现多个接口,则上面的代码可以进行简化。

在项目 Prj2_1 中建立 MIDlet5,将代码改为如下效果。

MIDlet5.java

```java
import javax.microedition.lcdui.Command;
import javax.microedition.lcdui.CommandListener;
import javax.microedition.lcdui.Display;
import javax.microedition.lcdui.Displayable;
import javax.microedition.lcdui.Form;
import javax.microedition.midlet.MIDlet;
import javax.microedition.midlet.MIDletStateChangeException;

//Step1:事件响应类,实现 CommandListener
public class MIDlet5 extends MIDlet implements CommandListener
{
    private Form frm = new Form("这是一个 Form");
    private Display dis;
    private Command cmd1 = new Command("命令按钮",Command.SCREEN,1);

    protected void startApp() throws MIDletStateChangeException
    {
        dis = Display.getDisplay(this);
        dis.setCurrent(frm);
        frm.addCommand(cmd1);
        //Step2:绑定 frm 和 this
        frm.setCommandListener(this);
    }
    //Step3:必须重写 commandAction 函数,在里面写响应代码
    public void commandAction(Command c,Displayable d)
    {
        d.setTitle("按钮被选择");
    }
    protected void destroyApp(boolean arg0) throws MIDletStateChangeException {}
    protected void pauseApp() {}
}
```

运行程序,得到的效果和前一步相同。

另外,如果多个按钮都能发出事件,考察 CommandListener 中的事件响应函数:

public void commandAction(Command c,
Displayable d)

通过其中的参数 1 就可以确定事件由哪一个 Command 按钮发送。通过如下代码可以进行判断。

```
public void commandAction(Command c,Displayable d)
{
    if(c == 按钮 1)
    {
    //按钮 1 事件响应
    }
    else if(c == 按钮 2)
    {
    //按钮 2 事件响应
    }
    ......
    else
    {
    //其他按钮响应
    }
}
```

以上代码,适合 Command 对象事先已经确定的情况。如果 Command 对象是动态添加的,我们还可以使用如下方法。

```
public void commandAction(Command c,Displayable d)
{
    if(c.getLabel().equals("按钮 1 标题"))
    {
    //按钮 1 事件响应
    }
    else if(c.getLabel().equals("按钮 2 标题"))
    {
    //按钮 2 事件响应
    }
    ......
    else
    {
    //其他按钮响应
    }
}
```

关于多个按钮情况下的事件响应,可在上机习题中完成。

2.5 小结

本章中首先对 MIDlet 的生命周期进行了系统的阐述,然后对界面的开发进行了系统的讲解,最后我们在界面上添加了命令按钮。本章中还对按钮的事件进行了介绍。

2.6 上机习题

1. 在 MIDlet 的生命周期中,手工调用 notifyPaused 函数可以让程序进入暂停状态;手工调用 notifyDestroyed 函数可以让程序销毁。请编写程序进行测试。

2. 结合 Form 和 Command 的文档,完成如下效果。

在如图 2-14 所示的界面左方有一个"返回"按钮,在界面右方有一个菜单,包含 3 个按钮"删除该号码"、"编辑该号码"和"退出程序"。选择右边的"删除该号码"、"编辑该号码"按钮,要求能够将按钮标题打印出来;选择右边的"退出程序"按钮,要求退出该程序;选择左边的"返回"按钮,要求将 Form 标题改为"返回"。例如,首先选择右边的"删除该号码"按钮、"编辑该号码"按钮,然后选择左边的"返回"按钮,就得到如图 2-15 所示的效果。

图 2-14　效果(1)

图 2-15　效果(2)

第3章

List、TextBox、Ticker和Alert

建议学时：2

前面讲到，Displayable 的子类可以充满整个界面。Displayable 的子类中，Screen 用来创建高级界面。除了 Form 之外，Screen 的子类还有以下几个：

javax. microedition. lcdui. Alert：用于高级界面开发中的提示框；

javax. microedition. lcdui. List：用于高级界面开发中的列表框；

javax. microedition. lcdui. TextBox：用于高级界面开发中的文本框。

另外，为了对界面进行渲染，滚动条 javax. microedition. lcdui. Ticker 也可以起到很大的作用。不过，滚动条并不是 Displayable 的子类，不能单独出现，它只能对 Displayable 起到渲染的功能。

本章将对以上控件进行讲解。由于在控件开发的过程中，需要进行字体或图片渲染，因此，本章还要讲解如下类：

（1）字体类：javax. microedition. lcdui. Font。针对字体类，将介绍字体对象的生成，字体对象风格、大小的设置。

（2）图片类：javax. microedition. lcdui. Image。针对图片类，将介绍图片对象的生成与基本使用。

3.1 List 开发

List 用于开发能够充满整个界面的列表框。List 在 Java ME 移动开发中应用较广，如图 3-1 所示的界面，就是一个 List 的例子。

界面上出现一个列表框，该列表框中有 4 个选项："删除该号码"、"向该号码发送短信"、"编辑该号码"和"将该号码设置为好友"；这个列表框可以进行多选，用户将光标定位到某一项，单击选择键，就可以进行选择。其中，第 1 项的字体为大号粗斜体；第 4 项有一个图片标记。

3.1.1 List 类型

List 是列表框，是 Displayable 的子类，可以充满整个界面。因此，List 添加到界面上的方

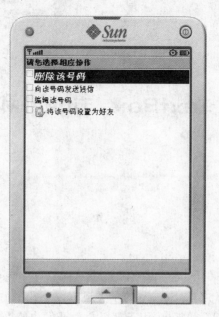

图 3-1　界面

法和 Form 完全相同。打开文档,找到 javax. microedition. lcdui. List 选项,其中构造函数有 2 个。

(1)

$$public\ List\ (String\ title,\ int\ listType)$$

参数 1 是给 List 一个标题,是字符串;

参数 2 决定了 List 的类型,为静态变量定义的整数。

参数 2 可以有 3 种选择,代表了 List 的 3 种类型。

List. EXCLUSIVE:互斥,表示只能选择一个选项,每个选项左边有一个单选按钮,将光标定位到该选项之后,必须单击选择键才能选择该选项。其效果如图 3-2 所示。

List. IMPLICIT:另一种互斥,光标定位到该选项,就表示该项被选择。效果如图 3-3 所示。

图 3-2　互斥

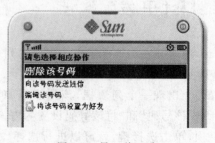

图 3-3　另一种互斥

List. MULTIPLE:多选,光标定位到某选项,单击选择键,该选项前面的方框会被打钩,如果光标定位在一个被打钩的选项,再次单击选择键,则选项前面方框内的钩会消失。该风格效果如图 3-4 所示。

图3-4 多选

说明：此处的 List 风格，实际上也可以用 Choice. EXCLUSIVE、Choice. IMPLICIT 和 Choice. MULTIPLE，因为这些静态变量实际上在 javax. microedition. lcdui. Choice 中定义，List 的定义如下：

```
public class List
extends Screen
implements Choice
```

说明 List 类实现了 Choice 接口，也可以使用 Choice 里面的成员。

如下代码生成一个空的多选列表框。

```
List lst = new List("请您选择相应操作",List.MULTIPLE);
```

（2）

```
public List(String title,
            int listType,
            String[] stringElements,
            Image[] imageElements)
```

参数 1 和参数 2 的意义和前面一个构造函数相同。参数 3 是一个字符串数组，确定列表框内的选项；参数 4 是一个图片数组，确定列表框内各个选项前的图片。如果不要图片，则用 null 表示。

一般使用的是第一个构造函数。

如果使用第一个构造函数，列表框内的选项应该一项项添加。List 可以通过如下函数来添加选项。

```
public int append(String stringPart,
                  Image imagePart)
```

第一个参数是项目的字符串内容，也就是选项标题；

第二个参数是项目的图片对象，如果为 null，表示不要图片。

选项添加之后，每个选项都有一个编号，从 0 开始。如图 3-1 的界面中，共有 4 个选项，编号为 0、1、2、3。

3.1.2　字体

在图 3-1 的界面中，列表框的第一项字体为大号粗斜体，在 List 类中，有一个函数：

```
public void setFont(int elementNum,
                    Font font)
```

通过这个函数可以设置某个项目的字体,参数 1 是选项的编号,参数 2 是字体对象。

字体对象怎样生成?本书用到的是 javax. microedition. lcdui. Font 类。

在文档中找到 javax. microedition. lcdui. Font 类,会发现,这个类没有构造函数。在此时一般是通过它里面的静态函数来生成对象,在 Font 的文档中可以找到如下函数:

```
public static Font getFont(int face,
                           int style,
                           int size)
```

该函数的参数意义如下。

参数 1 为整数,表示字体的类型,一般可以有如下选择: Font. FACE_SYSTEM、Font. FACE_MONOSPACE、Font. FACE_PROPORTIONAL。具体意义可以参见文档。

参数 2 为字体风格,可以选择: Font. STYLE_PLAIN(普通风格)、Font. STYLE_BOLD(粗体)、Font. STYLE_ITALIC(斜体)和 Font. STYLE_UNDERLINED(下划线)的组合,组合时风格之间用"|"隔开。

参数 3 为字体大小,可以选择 Font. SIZE_LARGE(大号字体)、Font. SIZE_MEDIUM(中等字体)、Font. SIZE_SMALL(小号字体)。

例如,如下代码生成了一个大号粗斜的系统字体对象。

```
Font f = Font.getFont(Font.FACE_SYSTEM,
                Font.STYLE_BOLD|Font.STYLE_ITALIC,
                Font.SIZE_LARGE);
```

关于字体,还有几个重要函数,在 Font 文档中,可以看到以下函数。

(1) 得到字符的高度:

```
public int getHeight()
```

(2) 得到某字符的宽度:

```
public int charWidth(char ch)
```

(3) 得到某字符串的宽度:

```
public int stringWidth(String str)
```

这些函数在界面画图和字符排版中非常有用。

3.1.3 图片

图 3-1 中,列表框的第 4 项前有一张图片。在 List 中添加项目时,用到了 append 函数,其中参数 2 是一个 Image 对象。

```
public int append(String stringPart,
                  Image imagePart)
```

Image 对象怎样生成?这里用到的是 javax. microedition. lcdui. Image 类。在文档中找到这个类,会发现,这个类也没有构造函数,在此时也是通过它里面的静态函数 createImage

来生成对象,这个函数有好几个版本,其中最常见的是:

```
public static Image createImage(String name)
                    throws IOException
```

参数为文件路径。注意在项目的树型目录下面有一个 res 目录,可以将图片放在这里,这个目录就作为资源的根目录"/",可以写绝对路径。如图 3-5 所示,res 目录下的 img. png 的路径为/img. png。

图 3-5　res 目录中的图片

51

例如,如下代码生成了一个 Image 对象。

```
Image img = 'null;
try
{
    img = Image.createImage("/img.png");
}catch(Exception ex){}
```

关于图片,还有几个重要函数,在 Image 文档中,可以看到以下函数。

(1) 得到图片的高度:

```
public int getHeight()
```

(2) 得到图片的宽度:

```
public int getWidth()
```

3.1.4　编写代码

下面的代码将实现如图 3-1 所示的效果。综合以上叙述,在项目 Prj3_1 中建立 MIDlet1,然后将图片文件 img. png 复制到/res 目录下,建立如下代码。

MIDlet1. java

```
import javax.microedition.lcdui.Display;
import javax.microedition.lcdui.Font;
import javax.microedition.lcdui.Image;
import javax.microedition.lcdui.List;
import javax.microedition.midlet.MIDlet;
import javax.microedition.midlet.MIDletStateChangeException;

public class MIDlet1 extends MIDlet
{
    private List lst = new List("请您选择相应操作",List.MULTIPLE);
    private Display dis;
    protected void startApp() throws MIDletStateChangeException
    {
        dis = Display.getDisplay(this);
        dis.setCurrent(lst);
        //添加
        lst.append("删除该号码", null);
        lst.append("向该号码发送短信", null);
```

```
        lst.append("编辑该号码", null);
        //设置图片
        Image img = null;
        try
        {
            img = Image.createImage("/img.png");
        }catch(Exception ex){}
        lst.append("将该号码设置为好友", img);
        //设置字体
        Font f = Font.getFont(Font.FACE_PROPORTIONAL,
                                Font.STYLE_BOLD|Font.STYLE_ITALIC,
                                Font.SIZE_LARGE);
        lst.setFont(0, f);
    }
    protected void destroyApp(boolean arg0) throws MIDletStateChangeException {}
    protected void pauseApp() {}
}
```

运行这个 MIDlet 程序,就可以得到如图 3-1 中的效果。

3.2 List 的功能

List 中的内容还可以进行维护,其中最常见的就是选定,并对选定的项目进行处理,如判断、删除等,如图 3-6 所示。

在界面右下方有一个"确定"按钮,当选定某个项目之后单击"确定"按钮,能将界面标题改为相应的选项值,如图 3-7 所示。选定相应选项之后,单击"确定"按钮,可以将选定的项目打印出来。

图 3-6 单选效果

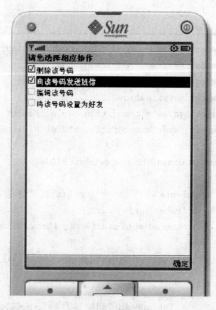

图 3-7 多选效果

3.2.1　List 维护基本知识

对于 List 内项目的维护，从 List 文档可以看出，List 类内提供了如下方法：

（1）删除某一项，后面的项前移：

$$public\ void\ \mathbf{delete}(int\ elementNum)$$

（2）删除全部：

$$public\ void\ \mathbf{deleteAll}()$$

（3）修改某位置的那一项：

$$public\ void\ \mathbf{set}(int\ elementNum,$$
$$String\ stringPart,$$
$$Image\ imagePart)$$

（4）在某个位置插入一项，后面的项向后移：

$$public\ void\ \mathbf{insert}(int\ elementNum,$$
$$String\ stringPart,$$
$$Image\ imagePart)$$

（5）判断某项是否被选：

$$public\ boolean\ \mathbf{isSelected}(int\ elementNum)$$

（6）在单选的情况下，得到被选项的序号：

$$public\ int\ \mathbf{getSelectedIndex}()$$

（7）在多选的情况下，得到各项是否被选的 boolean 数组：

$$public\ int\ \mathbf{getSelectedFlags}(boolean[]\ selectedArray\_return)$$

如一共 4 项，前两项被选，得到的数组为{true,true,false,false}。

（8）设置某项被选状态：

$$public\ void\ \mathbf{setSelectedIndex}(int\ elementNum,$$
$$boolean\ selected)$$

（9）设置某些项被选：

$$public\ void\ \mathbf{setSelectedFlags}(boolean[]\ selectedArray)$$

如一共 4 项，如果该函数传入数组{true,true,false,false}，表示前两项被选。

（10）得到某项的字符串：

$$public\ String\ \mathbf{getString}(int\ elementNum)$$

（11）选项的数量：

$$public\ int\ \mathbf{size}()$$

由此可见，想得到被选的是哪一项，可以采用如下方法：

（1）对于单选：可以用 getSelectedIndex()

如下代码：

```
int selectedIndex = lst.getSelectedIndex();
String str = lst.getString(selectedIndex);
Systen.out.println(str);
```

打印的将是单选情况下被选项的内容。

（2）对于多选：

方法 1：遍历各个选项，判断每项有没有被选。

如下代码：

```
int size = lst.size();
for(int i = 0;i < size;i++)
{
    if(lst.isSelected(i))
    {
        System.out.println(lst.getString(i));
    }
}
```

可以打印多选情况下各个被选项的内容。

方法 2：利用 getSelectedFlags 函数返回一个 boolean 数组，然后判断哪些项被选。

如下代码：

```
int size = lst.size();
boolean[] flags = new boolean[size];
lst.getSelectedFlags(flags);
for(int i = 0;i < size;i++)
{    if(flags[i])
    {
        System.out.println(lst.getString(i));
    }
}
```

也可以打印多选情况下各个被选项的内容。

现在实现图 3-6 中的效果。在项目 Prj3_1 中新建一个 MIDlet2，代码改为如下。

MIDlet2.java

```
import javax.microedition.lcdui.Command;
import javax.microedition.lcdui.CommandListener;
import javax.microedition.lcdui.Display;
import javax.microedition.lcdui.Displayable;
import javax.microedition.lcdui.List;
import javax.microedition.midlet.MIDlet;
import javax.microedition.midlet.MIDletStateChangeException;


public class MIDlet2 extends MIDlet implements CommandListener
{
```

```java
private List lst = new List("请您选择相应操作",List.EXCLUSIVE);
private Display dis;
private Command cmdOK = new Command("确定",Command.SCREEN,1);

protected void startApp() throws MIDletStateChangeException
{
    dis = Display.getDisplay(this);
    dis.setCurrent(lst);

    lst.append("删除该号码", null);
    lst.append("向该号码发送短信", null);
    lst.append("编辑该号码", null);
    lst.append("将该号码设置为好友", null);

    lst.addCommand(cmdOK);
    lst.setCommandListener(this);
}
public void commandAction(Command c,Displayable d)
{
//得到list选择的项目并打印
    int selectedIndex = lst.getSelectedIndex();
    String str = lst.getString(selectedIndex);
    lst.setTitle(str);
}
protected void destroyApp(boolean arg0) throws MIDletStateChangeException {}
protected void pauseApp() {}
}
```

程序运行结果如图3-6所示,选择List中某项之后再单击"确定"按钮,可以对标题进行修改。

关于图3-7中的效果,可以在上机习题中完成。

3.2.2　另一种单选列表框

单选列表框还有一种风格List.IMPLICIT,之所以将这种列表框单独拿出来讲解,是因为这种情况下的选择具有更简便的特点。

如图3-8所示的界面,可以看到,界面右下方没有"确定"按钮。

用上下键移动到某项,按中间的选择键(注意,不是像前面的例子中单击"确定"按钮),就能够自动触发事件。因此,界面右下角的"确定"按钮可以省略。这是这种列表框和其他列表框最大的不同。

在List文档,提供了一个Command类型的成员:

public static final Command SELECT_COMMAND

这里可以理解为List内置了一个隐含的Command对象。当List的类型为List.IMPLICIT时,光标移动到某项,然后单击选择键,系统能够自动由List.SELECT_COMMAND发出命令。

如下代码:

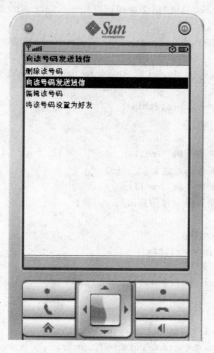

图 3-8　运行效果

```
public void commandAction(Command c, Displayable d)
{
    if(c == List.SELECT_COMMAND)
    {
    //相应代码
    }
}
```

表示当特指 IMPLICIT 类型的 List 被选择时要做的事情。

在项目中建立 MIDlet3，输入如下代码。

MIDlet3.java

```
import javax.microedition.lcdui.Command;
import javax.microedition.lcdui.CommandListener;
import javax.microedition.lcdui.Display;
import javax.microedition.lcdui.Displayable;
import javax.microedition.lcdui.List;
import javax.microedition.midlet.MIDlet;
import javax.microedition.midlet.MIDletStateChangeException;
public class MIDlet3 extends MIDlet implements CommandListener
{
    private List lst = new List("请您选择相应操作", List.IMPLICIT);
    private Display dis;

    protected void startApp() throws MIDletStateChangeException
```

```
                {
                    dis = Display.getDisplay(this);
                    dis.setCurrent(lst);

                    lst.append("删除该号码", null);
                    lst.append("向该号码发送短信", null);
                    lst.append("编辑该号码", null);
                    lst.append("将该号码设置为好友", null);

                    lst.setCommandListener(this);
                }
                public void commandAction(Command c,Displayable d)
                {
                //特指 IMPLICIT 类型 List 被选择时的 Command 对象
                    if(c == List.SELECT_COMMAND)
                    {
                            int selectedIndex = lst.getSelectedIndex();
                            String str = lst.getString(selectedIndex);
                            lst.setTitle(str);
                    }
                }
                protected void destroyApp(boolean arg0) throws MIDletStateChangeException {}
                protected void pauseApp() {}
}
```

57

运行该程序，可以得到如图 3-8 所示的效果。

3.3　TextBox 开发

3.3.1　TextBox 基本开发

javax.microedition.lcdui.TextBox 也是 Displayable 的子类，也能充满整个界面，其效果如图 3-9 所示。

当然，该界面还可能有一些配套的事件。如右下方有一个"获取文本"按钮。输入内容之后，单击右边的"获取文本"按钮，能够将界面中的内容打印在控制台上。

TextBox 是文本框，是 Displayable 的子类，因此，TextBox 添加到界面上的方法和 Form 完全相同。打开文档，找到 javax.microedition.lcdui.TextBox 选项，构造函数有 1 个。

```
public TextBox(String title,
               String text,
               int maxSize,
               int constraints)
```

参数意义如下：
参数 1 是给 TextBox 指定一个标题，为字符串。
参数 2 决定了 TextBox 内的初始内容。如果想要出现一个没有任何内容的空文本框，此参数可以用空字符串。

参数 3 确定了 TextBox 内可以输入的最大的字符数，比如可以写 255，表示文本框内可以输入的最大字符数为 255。

参数 4 比较重要，确定了 TextBox 内输入内容的限制，如有些文本框只能输入数字，有些文本框只能输入密码等。常见的限制有以下几种：

(1) TextField. ANY：任意字符；

(2) TextField. EMAILADDR：E-mail 格式；

(3) TextField. NUMERIC：整数；

(4) TextField. DECIMAL：小数；

(5) TextField. PASSWORD：密码；

(6) TextField. UNEDITABLE：不可编辑。

不过，一般情况下，如短信界面，可以使用任意字符，因此，此处可以选用 TextField. ANY。

如下代码：

图 3-9　TextBox 效果

```
TextBox tbx = new TextBox("请您输入短信","",255,TextField.ANY);
```

表示实例化一个文本框，标题为"请您输入短信"，初始时刻，文本框内没有任何内容，最多可以输入 255 个字符，并且可以输入任意字符。

在 TextBox 文档中，可以用以下方法来获得文本框内的内容。

$$public\ String\ \textbf{getString}()$$

也可以用如下方法来修改文本框内的内容。

$$Public\ void\ \textbf{SetString}(String\ text)$$

在项目中建立 MIDlet4，打开该程序，将代码改为：

MIDlet4.java

```java
import javax.microedition.lcdui.Command;
import javax.microedition.lcdui.CommandListener;
import javax.microedition.lcdui.Display;
import javax.microedition.lcdui.Displayable;
import javax.microedition.lcdui.TextBox;
import javax.microedition.lcdui.TextField;
import javax.microedition.midlet.MIDlet;
import javax.microedition.midlet.MIDletStateChangeException;

public class MIDlet4 extends MIDlet implements CommandListener
{
    private TextBox tbx = new TextBox("请您输入短信","",255,TextField.ANY);
    private Display dis;
```

```
private Command cmdGetText = new Command("获取文本",Command.SCREEN,1);

protected void startApp() throws MIDletStateChangeException
{
    dis = Display.getDisplay(this);
    dis.setCurrent(tbx);

    tbx.addCommand(cmdGetText);

    tbx.setCommandListener(this);
}
public void commandAction(Command c, Displayable d)
{
    if(c == cmdGetText)
    {
        System.out.println("短信内容为: " + tbx.getString());
    }
}
protected void destroyApp(boolean arg0) throws MIDletStateChangeException {}
protected void pauseApp() {}
}
```

59

运行这个 MIDlet,便得到图 3-9 所示的效果;输入"How are you?"单击"获取文本"按钮,控制台上将打印:

短信内容为: How are you?

3.3.2 TextBox 其他功能

1. 获取光标位置

在 TextBox 中,如短信界面中,有时候需要在光标处进行内容的添加或者删除,如何获得光标位置呢? TextBox 有一个函数:

$$public \ int \ \textbf{getCaretPosition}()$$

可以通过这个函数来获得光标的位置。

注意:第一个字符前的位置为 0,后面依此类推。

在项目中建立 MIDlet5,将代码改为如下效果。

MIDlet5.java

```
import javax.microedition.lcdui.Command;
import javax.microedition.lcdui.CommandListener;
import javax.microedition.lcdui.Display;
import javax.microedition.lcdui.Displayable;
import javax.microedition.lcdui.TextBox;
import javax.microedition.lcdui.TextField;
import javax.microedition.midlet.MIDlet;
import javax.microedition.midlet.MIDletStateChangeException;
```

```
public class MIDlet5 extends MIDlet implements CommandListener
{   private TextBox tbx = new TextBox("请您输入短信","",255,TextField.ANY);
    private Display dis;

    private Command cmdGetPosition = new Command("获得光标位置",
                                                    Command.SCREEN,1);
    protected void startApp() throws MIDletStateChangeException
    {
        dis = Display.getDisplay(this);
        dis.setCurrent(tbx);

        tbx.addCommand(cmdGetPosition);
        tbx.setCommandListener(this);
    }
    public void commandAction(Command c, Displayable d)
    {
        if(c == cmdGetPosition)
        {
            int position = tbx.getCaretPosition();
            System.out.println("光标位置: " + position);
        }
    }
    protected void destroyApp(boolean arg0) throws MIDletStateChangeException {}
    protected void pauseApp() {}
}
```

运行该程序,出现如图 3-10 所示的界面。

图 3-10　程序效果

利用键盘上的字母键,仿照手机输入字母的方法,输入"How are you?"将光标移动到 are 的后面,单击命令按钮,控制台上会打印:

> 光标位置：7

该效果说明，光标的位置能够被正确得到。

2. 插入文本

在 TextBox 中，经常使用到在光标处插入文本，插入文本主要是用到 TextBox 中的函数：

```
public void insert(String src,
                   int position)
```

其中，参数1是文本内容，参数2是文本插入的位置。

如下代码：

```
TextBox tbx = new TextBox("请您输入短信","China",255,TextField.ANY);
tbx.insert("Hello",3);
```

以上代码将在文本框内容的第三个位置插入另一个字符，因此，最后文本框中的内容变为 ChiHellona。

当然，一般情况下，使用插入文本功能还有更加灵活的场合，那就是在光标处插入文本，如添加某个标点符号等。如下代码演示了这个功能。

```
int position = tbx.getCaretPosition();
tbx.insert(",", position);
```

如下代码在短信的开头增加一个字符串"张三说："，在短信末尾增加一个字符串："谢谢！"。

```
tbx.insert("张三说: ", 0);
tbx.insert("谢谢!", tbx.size());
```

当然，这里用到了 TextBox 的一个函数：

```
public int size()
```

表示获取文本框内字符串的长度。

关于该问题，读者可以在上机习题中完成。

3. 删除光标的前一个字符

在 TextBox 中，用户可能要对输入的内容进行部分修改，所以经常会将光标移动到某个位置之后，删除光标的前一个字符。删除光标的前一个字符，除了用到前面阐述的得到光标位置的方法之外，还要用到删除方法。删除操作主要是用到 TextBox 中的函数：

```
public void delete(int offset,
                   int length)
```

可以通过这个函数删除文本。

其中，第一个参数是删除开始的位置，第二个参数是从该位置向后删除的长度。如果光标位置为 position,如下代码将删除光标前的那个字符。

```
tbx.delete(position-1, 1);
```

关于该问题,读者可以在上机习题中完成。

不过要注意,当光标移动到第一个字符前再单击按钮时,光标的位置为 0,在它的前面没有任何字符,无法进行删除,如果调用该函数,会抛出异常。此时要对光标位置进行判断。

3.4 Ticker 开发

在 javax.microedition.lcdui.Displayable 中,有一个函数:

public void setTicker(Ticker ticker)

这个函数实际上是给 Displayable 设置滚动条。能够给 Displayable 设置滚动条,就意味着能够给 Displayable 的子类,包括 Form、List、TextBox 等,设置滚动条。滚动条相对应的类是 javax.microedition.lcdui.Ticker,滚动条的效果如图 3-11 界面所示。

界面上出现一个文本框,文本框的标题为"请您输入短信"。在这个文本框的上方有一个滚动条"欢迎参加本公司的活动"。该滚动条从右到左,不停滚动,对文本框起到渲染作用。

打开 Ticker 类文档,它的构造函数只有一个:

public Ticker(String str)

参数表示给滚动条设置状态文本。

其成员函数也只有两个。

(1)设置滚动条上的标题:

图 3-11　滚动条效果

public void setString(String str)

(2)获取滚动条上的标题:

public String getString()

由此可见,可以用构造函数实例化 Ticker 对象,然后调用 Displayable 的 setTicker 方法来设置滚动条。

下面完成图 3-11 中的效果,在项目中建立 MIDlet6,代码如下。

MIDlet6.java

```
import javax.microedition.lcdui.Display;
import javax.microedition.lcdui.TextBox;
import javax.microedition.lcdui.TextField;
```

```
import javax.microedition.lcdui.Ticker;
import javax.microedition.midlet.MIDlet;
import javax.microedition.midlet.MIDletStateChangeException;

public class MIDlet6 extends MIDlet
{
    private TextBox tbx = new TextBox("请您输入短信","",255,TextField.ANY);
    private Display dis;

    protected void startApp() throws MIDletStateChangeException
    {
        dis = Display.getDisplay(this);
        dis.setCurrent(tbx);
        tbx.setTicker(new Ticker("欢迎参加本公司的活动"));
    }
    protected void destroyApp(boolean arg0) throws MIDletStateChangeException {}
    protected void pauseApp() {}
}
```

运行这个 MIDlet,就可以得到如图 3-11 中所示的效果。

3.5 Alert 开发

javax.microedition.lcdui.Alert 也是 Displayable 的子类,添加到 Form 上之后,也能充满整个界面。这个类主要是为了实现一些提示信息,如图 3-12 所示的短信收取提示界面。

该界面上有一个提示框,2 秒钟之后,提示界面自动消失,出现如图 3-13 所示的文本框来编辑短信。

图 3-12　程序效果图　　　　　　　　　　图 3-13　提示界面消失

3.5.1　Alert 基本介绍

Alert 是提示框，它也是 Displayable 的子类，可以充满整个界面，添加到界面上的方法和 Form 完全相同。打开文档，找到 javax. microedition. lcdui. Alert，首先介绍其构造函数，构造函数有如下两个。

（1）

```
public Alert(String title)
```

该函数中的参数表示给提示界面设置一个标题，如图 3-12 中的"提示"二字。

（2）

```
public Alert(String title,
             String alertText,
             Image alertImage,
             AlertType alertType)
```

该函数有 4 个参数。

参数 1 表示界面的标题，和前一个构造函数相同。

参数 2 表示界面上的提示信息，如图 3-12 中的"有短信，请您编辑"。

参数 3 表示界面上的图片，如图 3-12 中的"剪刀"图形。

参数 4 表示提示界面的类型。常见的提示界面类型有如下几种。

（1）AlertType. ALARM：提醒。

（2）AlertType. CONFIRMATION：确认。

（3）AlertType. ERROR：错误。

（4）AlertType. INFO：通知。

（5）AlertType. WARNING：警告。

如下代码：

```
Image img = null;
try
{
    img = Image.createImage("/img.png");
}catch(Exception ex)
{
    ex.printStackTrace();
}
Alert alert1 = new Alert("提示","有短信,请您编辑",img,AlertType.INFO);
```

就生成了一个内容丰富的提示框。其标题为"提示"，界面上的内容为"有短信，请您编辑"，图片为 img. png，类型为通知类型。

如果是用第一个构造函数来初始化提示界面，界面上的其他内容还可以用如下函数来设置。

（1）设置提示内容：

```
public void setString(String str)
```

（2）设置图片：

public void setImage(Image img)

（3）设置提示类型：

public void setType(AlertType type)

在 Alert 文档中还可以发现，里面有如下函数：

public int getDefaultTimeout()

该函数返回的值为提示界面默认显示的时间。如下代码：

```
Alert alert1 = new Alert("这是一个提示信息");
int time = alert1.getDefaultTimeout();
System.out.println(time);
```

打印的结果为 2000。

以上代码说明，Alert 在默认情况下，2 秒钟之后会消失。如下代码：

MIDlet7.java

```
import javax.microedition.lcdui.Alert;
import javax.microedition.lcdui.Display;
import javax.microedition.midlet.MIDlet;
import javax.microedition.midlet.MIDletStateChangeException;

public class MIDlet7 extends MIDlet
{
    private Display dis;
    private Alert alert1 = new Alert("这是一个提示信息");
    protected void startApp() throws MIDletStateChangeException
    {
        dis = Display.getDisplay(this);
        dis.setCurrent(alert1);
    }
    protected void destroyApp(boolean arg0) throws MIDletStateChangeException {}
    protected void pauseApp() {}
}
```

运行，得到如图 3-14 所示的界面。

两秒钟之后，提示界面消失，出现如图 3-15 所示的界面。

如果需要自己定义消失的时间，可以用以下函数：

public void setTimeout(int time)

参数是一个整数，以毫秒为单位。

如下代码：

```
Alert alert1 = new Alert("这是一个提示信息");
int time = 5000;
alert1.setTimeout(time);
```

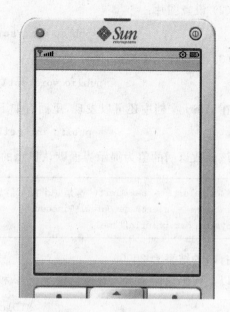

图 3-14 提示界面图   图 3-15 提示界面消失

表示让提示框 alert1 在 5 秒钟之后自动消失。

一般情况下，Alert 消失之后，会自动切换到另一个界面。比如，短信提示界面消失之后，会切换到短信阅读界面。怎样进行切换？因为 Alert 也是 Displayable 的子类，所以也可以用 javax. microedition. lcdui. Display 的 setCurrent 函数来进行切换。打开 Display 的文档，会发现里面有 2 个 setCurrent 函数，其中

```
public void setCurrent(Displayable nextDisplayable)
```

正是以前使用过的。如下代码：

```
Display dis;
Alert alert1 = new Alert("这是一个提示信息");
dis = Display.getDisplay(this);
dis.setCurrent(alert1);
```

表示将 alert1 显示出来，但是，2 秒钟之后，alert1 会自动消失，消失后界面上将没有任何内容。很明显，这不符合我们的需求。

在这里重点讲解的是另一个 setCurrent 函数：

```
public void setCurrent(Alert alert,
                       Displayable nextDisplayable)
```

该函数中，第一个参数就是提示界面对象，第二个参数是提示界面消失之后将要出现的下一个界面。比如，要在提示界面 5 秒钟消失之后出现短信编辑界面，就可以用如下代码。

```
TextBox tbx = new TextBox("请您输入短信","",255,TextField.ANY);
Display dis;
Alert alert1 = new Alert("提示");
dis = Display.getDisplay(this);
```

```
alert1.setTimeout(5000);
//5 秒钟消失之后到达 tbx
dis.setCurrent(alert1,tbx);
```

接下来编写代码实现图 3-12 的效果。首先将一幅图片/alert.png 复制到 res 目录下。建立 MIDlet8,打开程序,将代码改为如下。

MIDlet8.java

```java
import javax.microedition.lcdui.Alert;
import javax.microedition.lcdui.AlertType;
import javax.microedition.lcdui.Display;
import javax.microedition.lcdui.Image;
import javax.microedition.lcdui.TextBox;
import javax.microedition.lcdui.TextField;
import javax.microedition.midlet.MIDlet;
import javax.microedition.midlet.MIDletStateChangeException;

public class MIDlet8 extends MIDlet
{
    private TextBox tbx = new TextBox("请您输入短信","",255,TextField.ANY);
    private Display dis;
    private Alert alert1 = null;
    public MIDlet8()
    {
        Image img = null;
        try
        {
            img = Image.createImage("/alert.png");
        }catch(Exception ex)
        {
            ex.printStackTrace();
        }
        alert1 = new Alert("提示","有短信,请您编辑",img,AlertType.INFO);
    }
    protected void startApp() throws MIDletStateChangeException
    {
        dis = Display.getDisplay(this);
        alert1.setTimeout(5000);
        //消失之后到达 tbx
        dis.setCurrent(alert1,tbx);
    }
    protected void destroyApp(boolean arg0) throws MIDletStateChangeException {}
    protected void pauseApp() {}
}
```

运行,就可以出现如图 3-12 所示的界面,5 秒钟之后,这个界面自动消失,出现如图 3-13 所示的文本框来编辑短信。

3.5.2 特殊的 Alert

提示框默认情况下 2 秒钟之后自动消失,虽然可以用 setTimeout 函数来设置消失的时

67

间,但是它总会自动消失。如果要让提示框永远不自动消失,而由用户通过按钮决定其是否自动消失,怎么办呢? 打开 Alert 文档,会发现里面有一个成员变量:

public static final int FOREVER

如果将这个值传入 setTimeout 函数,表示不让这个提示界面自动消失,而用手动的方法让其消失。如下代码可以实现这个功能:

```
Alert alert1 = new Alert("提示");
alert1.setTimeout(Alert.FOREVER);
```

当然,如果 Alert 不自动消失,可以用事件让其消失。在上机习题中,读者可以自行完成。

3.6　小结

本章中对几个 Displayable 的重要子类进行了讲解。另外,也讲解了利用 Ticker 对界面进行一定的渲染。

3.7　上机习题

1. 编写代码,使运行该代码可得如图 3-7 所示的效果,如选择前两项,单击"确定"按钮,在控制台上的打印如下:

```
删除该号码
向该号码发送短信
```

2. 编写代码,使运行该代码后出现如图 3-16 所示的界面。

图 3-16　界面(1)

输入"How are you?"，将光标移动到 are 的后面，选择命令按钮，界面变为如图 3-17 所示的界面。

3. 编写代码，运行该代码，使输入"How are you?"后界面如图 3-18 所示。

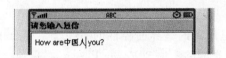

图 3-17　界面(2)

图 3-18　界面(3)

将光标移动到某个字符后面，单击命令按钮，就可将其删除。

4. 编写代码，运行该代码后使界面如图 3-19 所示。

界面永不自动消失。在该界面的右下角有一个"编辑"按钮，单击这个按钮，界面消失，出现一个文本框；如图 3-20 所示。在该界面的左下角有一个"不编辑"按钮，单击这个按钮，程序退出。

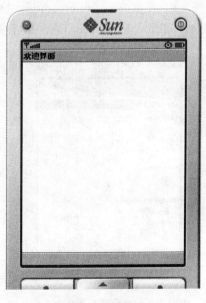

图 3-19　界面(4)

图 3-20　界面(5)

第4章

表单元素及其事件

建议学时：2

Displayable 的子类可以充满整个界面，但是，实际上手机的应用程序丰富多彩，整个界面上只有一个控件，似乎难以满足要求。例如在手机界面注册自己的个人信息，在一个界面上就有可能输入账号、密码等内容。

怎样实现多个控件放在一个界面上呢？这里用到的是界面控件的另一个系列 Item 及其子类。Item 的子类不能单独充满整个界面，但是能够添加到 Form 上。

本章讲解的内容是怎样在 Form 上添加 Item 的子类，以及它们的事件。

4.1 表单元素简介

如图 4-1 所示的界面中，在一个界面上出现了多个控件，这是 Displayable 的子类无法实现的。

打开文档，找到 javax. microedition. lcdui 的树型目录，会发现在这个包内还有一个类 javax. microedition. lcdui. Item，它的继承关系如图 4-2 所示。

```
class javax.microedition.lcdui.Item
    o class javax.microedition.lcdui.ChoiceGroup
    o class javax.microedition.lcdui.CustomItem
    o class javax.microedition.lcdui.DateField
    o class javax.microedition.lcdui.Gauge
    o class javax.microedition.lcdui.ImageItem
    o class javax.microedition.lcdui.Spacer
    o class javax.microedition.lcdui.StringItem
    o class javax.microedition.lcdui.TextField
```

图 4-1　一个界面上有多个控件　　　　　　图 4-2　Item 的继承关系

它们的意义如下。

（1）javax. microedition. lcdui. ChoiceGroup：下拉菜单控件。

（2）javax. microedition. lcdui. CustomItem：自定义 Item。

（3）javax. microedition. lcdui. DateField：设定时间日期的控件。

（4）javax. microedition. lcdui. Gauge：进度条控件。

（5）javax. microedition. lcdui. ImageItem：图片控件。

（6）javax. microedition. lcdui. Spacer：空白控件。

（7）javax. microedition. lcdui. StringItem：文本控件。

（8）javax. microedition. lcdui. TextField：文本框控件。

图 4-1 所示的界面上的控件，实际上是 Item 的子类，Item 的子类不能充满整个界面，只能添加到另一个 Displayable 的子类上，这个子类就是 javax. microedition. lcdui. Form，打开 Form 的文档，里面有一个函数：

$$\text{public int } \textbf{append}\text{(Item item)}$$

正是通过这个函数，可以将 Item 的子类添加到 Form 上。在 javax. microedition. lcdui. Display 中，有一个函数：

$$\text{public void } \textbf{setCurrentItem}\text{(Item item)}$$

当界面上有多个 Item 时，可以利用这个函数来设置被激活的那个 Item。不过要注意，在设置激活的那个 Item 时，一定要保证它已经被添加到 Form 上了。

Item 中有一些所有 Item 子类都能够使用的函数，最常见的是以下几类。

（1）设置标题：

$$\text{public void } \textbf{setLabel}\text{(String label)}$$

（2）设置布局方式：

$$\text{public void } \textbf{setLayout}\text{(int layout)}$$

（3）设置在界面上显示的宽度和高度：

$$\text{public void } \textbf{setPreferredSize}\text{(int width,}$$
$$\text{int height)}$$

4.2 ChoiceGroup

javax. microedition. lcdui. ChoiceGroup 是 Item 的子类，添加到 Form 上之后，能够实现选择框的效果，效果如图 4-3 所示。

在界面上有三个选择框，最上面一个是单选按钮，可以选择性别；中间是以下拉菜单的风格显示的选择框，选择性别；下面是一个支持多选的选择框，选择个人爱好。默认情况下，第二个下拉菜单处于选择状态。

ChoiceGroup 可以放在 Form 上。打开文档，找到 javax. microedition. lcdui. ChoiceGroup 目录，其构造函数有 2 个。

（1）

参数 1 是给 ChoiceGroup 一个标题，是字符串；

参数 2 决定了 ChoiceGroup 的类型，为静态变量定义的整数。

参数 2 可以有 3 种选择，代表了 ChoiceGroup 的 3 种类型，分别如下所示。

ChoiceGroup. EXCLUSIVE：单选风格，效果如下。

ChoiceGroup. MULTIPLE：复选风格，效果如下。

ChoiceGroup. POPUP：下拉菜单风格，效果如图 4-4 所示。

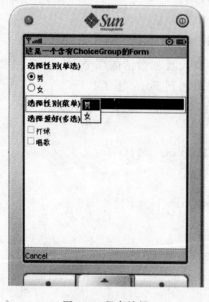

图 4-3　程序效果

图 4-4　效果图

此处的下拉菜单风格，实际上也可以用 Choice. EXCLUSIVE、Choice. MULTIPLE 和 Choice. POPUP，因为这些静态变量实际上在 javax. microedition. lcdui. Choice 中定义，ChoiceGroup 的定义如下。

```
public class ChoiceGroup
extends Item
implements Choice
```

说明 ChoiceGroup 类实现了 Choice 接口，当然也可以使用 Choice 里面的成员。

读者可以发现，ChoiceGroup 和 javax. microedition. lcdui. List 十分类似。

如下代码生成一个空的复选下拉菜单。

```
ChoiceGroup cg = new ChoiceGroup ("请您选择相应操作", ChoiceGroup.MULTIPLE);
```

（2）

```
public ChoiceGroup(String label,
                   int choiceType,
                   String[] stringElements,
                   Image[] imageElements)
```

参数 1 和参数 2 的意义和前面一个构造函数相同。参数 3 是一个字符串数组，确定下拉菜单内的选项；参数 4 是一个图片数组，确定下拉菜单内各个选项前的图片。如果不要图片，则用 null 表示。

一般使用的是第一个构造函数。

在前面介绍过 javax. microedition. lcdui. List，其中有诸如添加项目、删除项目、得到选项等功能，这些功能在 ChoiceGroup 内类似，具体大家可以查询 ChoiceGroup 文档。

（1）添加一项：

```
public int append(String stringPart,
                  Image imagePart)
```

（2）删除某一项，后面的项前移：

```
public void delete(int elementNum)
```

（3）删除全部：

```
public void deleteAll()
```

（4）修改某位置的那一项：

```
public void set(int elementNum,
                String stringPart,
                Image imagePart)
```

（5）在某个位置插入一项，后面的项向后移：

```
public void insert(int elementNum,
                   String stringPart,
                   Image imagePart)
```

（6）判断某项是否被选：

```
public boolean isSelected(int elementNum)
```

（7）在单选的情况下，得到被选项的序号：

```
public int getSelectedIndex()
```

（8）在多选的情况下，得到各项是否被选的 boolean 数组：

```
public int getSelectedFlags(boolean[] selectedArray_return)
```

如一共 4 项，前两项被选，得到的数组为{true, true, false, false}。

（9）设置某项被选状态：

```
public void setSelectedIndex(int elementNum,
                             boolean selected)
```

73

（10）设置某些项被选：

```
            public void setSelectedFlags(boolean[] selectedArray)
```

如一共 4 项，如果该函数传入数组{true,true,false,false}，表示前两项被选。

（11）得到某项的字符串：

```
            public String getString(int elementNum)
```

（12）选项的数量：

```
            public int size()
```

下面实现如图 4-3 所示的效果。建立项目 Prj4_1，在里面建立一个 MIDlet1，打开程序，将代码改为如下。

MIDlet1.java

```java
import javax.microedition.lcdui.ChoiceGroup;
import javax.microedition.lcdui.Display;
import javax.microedition.lcdui.Form;
import javax.microedition.midlet.MIDlet;
import javax.microedition.midlet.MIDletStateChangeException;

public class MIDlet1 extends MIDlet
{
    private Form mainForm = new Form("这是一个含有 ChoiceGroup 的 Form");
    private Display dis;
    private ChoiceGroup cg1 = new ChoiceGroup("选择性别(单选)",
                                        ChoiceGroup.EXCLUSIVE);
    private ChoiceGroup cg2 = new ChoiceGroup("选择性别(菜单)",
                                        ChoiceGroup.POPUP);
    private ChoiceGroup cg3 = new ChoiceGroup("选择爱好(多选)",
                                        ChoiceGroup.MULTIPLE);

    protected void startApp() throws MIDletStateChangeException
    {
        dis = Display.getDisplay(this);
        dis.setCurrent(mainForm);
        mainForm.append(cg1);
        cg1.append("男", null);
        cg1.append("女", null);
        mainForm.append(cg2);
        cg2.append("男", null);
        cg2.append("女", null);
        //成为默认选择,在此之前一定要加到 Form 上
        dis.setCurrentItem(cg2);
        mainForm.append(cg3);
        cg3.append("打球", null);
        cg3.append("唱歌", null);
    }
```

```
    protected void destroyApp(boolean arg0) throws MIDletStateChangeException { }
    protected void pauseApp() { }
}
```

运行这个 MIDlet，便得到如图 4-3 所示的效果。

4.3 DateField

javax. microedition. lcdui. DateField 也是 Item
的子类，添加到 Form 上后，能够实现日期框和时间
框的效果。这个控件在很多情况下，如时间、闹钟的
调整上都很有用。其效果如图 4-5 所示。

在界面上有三个日期框，最上面一个框是选择
日期，标题为"日期操作"，选择之后，出现如图 4-6 所
示的界面；中间的框是选择时间，选择之后，出现如
图 4-7 所示的界面；最下面的框可以将日期时间分
别进行选择。

注意：在选择日期调整或者时间调整时，界面下
方都会出现两个按钮，左下角出现的是"后退"按钮，
右下角出现的是"保存"按钮。当"后退"按钮被选
择，界面退回到图 4-5 所示的界面；当"保存"按钮被
选择，界面也退回到图 4-5 所示的界面，只不过日期
框上的日期时间变为新的值。

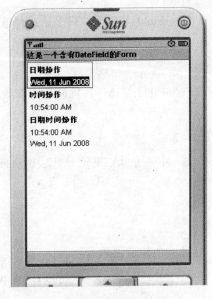

图 4-5 程序效果

图 4-6 调整日期

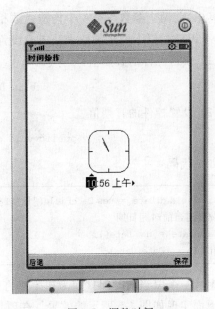

图 4-7 调整时间

DateField 是 Item 的子类，可以放在 Form 上。打开文档，找到 javax. microedition. lcdui. DateField 目录，构造函数有两个。

第一个是：

$$public \ \mathbf{DateField}(String \ label, \\ int \ mode)$$

参数 1 给定 DateField 一个标题，如图 4-5 中的"日期操作"。

参数 2 决定了 DateField 的风格，实际上是 DateField 类中的静态变量，可选择的风格有三种。

DateField. DATE：只显示或修改日期，控件效果如下：

日期操作
Thu, 11 Sep 2008

DateField. TIME：只显示或修改时间，控件效果如下：

时间操作
05:14:00 AM

DateField. DATE_TIME：显示或修改日期时间，控件效果如下：

日期时间操作
05:14:00 AM
Thu, 11 Sep 2008

另一个构造函数是：

$$public \ \mathbf{DateField}(String \ label, \\ int \ mode, \\ TimeZone \ timeZone)$$

其中，前两个参数与第一个构造函数相同，第三个参数是设置一个时区，一般较少使用。另外，可以通过以下两个函数来获得或设置该控件的值。

（1）获得控件的日期值

$$public \ Date \ \mathbf{getDate}()$$

（2）设置控件的日期值

$$public \ void \ \mathbf{setDate}(Date \ date)$$

如下代码：

```
DateField dtDate = new DateField("日期时间操作",DateField.DATE_TIME);
//得到当前时间日期
Date date = new Date();
dtDate.setDate(date);
```

生成一个以当前时间日期为初始值的日期控件。

下面实现如图 4-5 所示的效果。在项目中建立 MIDlet2，打开程序，将代码改为如下。

MIDlet2.java

```
import java.util.Date;
import javax.microedition.lcdui.DateField;
import javax.microedition.lcdui.Display;
import javax.microedition.lcdui.Form;
import javax.microedition.midlet.MIDlet;
import javax.microedition.midlet.MIDletStateChangeException;

public class MIDlet2 extends MIDlet
{
    private Form mainForm = new Form("这是一个含有 DateField 的 Form");
    private Display dis;
    private DateField dfDate = new DateField("日期操作",DateField.DATE);
    private DateField tmDate = new DateField("时间操作",DateField.TIME);
    private DateField dtDate = new DateField("日期时间操作",DateField.DATE_TIME);

    protected void startApp() throws MIDletStateChangeException
    {
        dis = Display.getDisplay(this);
        dis.setCurrent(mainForm);
        //得到当前时间日期
        Date date = new Date();
        dfDate.setDate(date);
        tmDate.setDate(date);
        dtDate.setDate(date);
        mainForm.append(dfDate);
        mainForm.append(tmDate);
        mainForm.append(dtDate);
    }

    protected void destroyApp(boolean arg0) throws MIDletStateChangeException {}
    protected void pauseApp() {}
}
```

运行这个 MIDlet，便得到如图 4-5 所示的效果。在图 4-6 和图 4-7 所示的效果中，"后退"按钮和"保存"按钮的事件是自动响应的，不需要手工编写。

不过，值得注意的是，在以上程序中，对时间和日期的保存并没有持久化。比如，选择了时间控件，在图 4-7 中单击了"保存"按钮，能将控件中的时间进行改变；但是如果关闭模拟器，再重新打开，时间并不是刚才选择的时间，也就是说刚才的保存并没有起到作用。

怎样解决这个问题？方法是在图 4-5 所示的界面上再增加一个"确定"按钮，如图 4-8 所示。

当选择相应的时间日期之后，单击右下角的"确定"按钮，能将时间日期保存到持久化存储内；下次

图 4-8 添加"确定"按钮

77

再打开该界面,能从持久化存储内将时间日期读入,来初始化这个日期控件。关于持久化存储的操作,将在后面讲解。

4.4 Gauge

javax. microedition. lcdui. Gauge 是 Item 的子类,添加到 Form 上之后,能够实现进度条的效果。效果如图 4-9 所示。

在界面上有两个进度条,上面一个标题为"调整音量",是一个可以用左右键调整其大小的进度条;下面是一个不可编辑的进度条,标题为"文件拷贝进度"。在各个进度条的标题后面都显示了当前的值,下面的进度条比较宽。

Gauge 是进度条,是 Item 的子类,可以放在 Form 上。javax. microedition. lcdui. Gauge 构造函数有 1 个:

图 4-9　程序效果

```
public Gauge(String label,
             boolean interactive,
             int maxValue,
             int initialValue)
```

参数 1 是给 Gauge 一个标题,如图 4-9 中的"文件拷贝进度"。

参数 2 决定了 Gauge 的值是否可编辑,如果为 true,表示可以编辑,效果如下:

参数 2 如果为 false,表示不可编辑,效果如下:

参数 3 指定进度条的最大值。

参数 4 指定进度条显示的初始值,必须在 0 到 maxValue 之间。

Gauge 还有几个重要方法。

(1) 设置进度条的值:

```
public void setValue(int value)
```

(2) 得到进度条的值:

```
public int getValue()
```

如下代码,生成了一个音量调节的进度条,可通过左右键进行修改。

```
Gauge g1 = new Gauge("调整音量",true,100,30);
```

该代码表明,音量调节进度条的可调节范围在 0～100 之间,初始音量为 30。

下面实现如图 4-9 所示的效果。在项目中建立 MIDlet3,打开程序,将代码改为如下。

MIDlet3.java

```java
import javax.microedition.lcdui.Display;
import javax.microedition.lcdui.Form;
import javax.microedition.lcdui.Gauge;
import javax.microedition.midlet.MIDlet;
import javax.microedition.midlet.MIDletStateChangeException;

public class MIDlet3 extends MIDlet
{
    private Form mainForm = new Form("这是一个含有 Gauge 的 Form");
    private Display dis;

    private Gauge g1 = new Gauge("调整音量",true,30,10);
    private Gauge g2 = new Gauge("文件拷贝进度",false,100,0);

    protected void startApp() throws MIDletStateChangeException
    {
        dis = Display.getDisplay(this);
        dis.setCurrent(mainForm);
        mainForm.append(g1);
        g1.setValue(24);
        mainForm.append(g2);
        g2.setValue(74);
        g1.setLabel("调整音量: " + g1.getValue());
        g2.setLabel("文件拷贝进度: " + g2.getValue());
        g2.setPreferredSize(200,300);
    }

    protected void destroyApp(boolean arg0) throws MIDletStateChangeException {}
    protected void pauseApp() {}
}
```

运行这个 MIDlet,便得到如图 4-9 所示的效果。

4.5 ImageItem

javax.microedition.lcdui.ImageItem 是 Item 的子类,添加到 Form 上之后,能够实现图像控件的效果,如图 4-10 所示。

在界面上出现一张图片,居中显示。

ImageItem 是 Item 的子类,可以放在 Form 上。打开文档,找到 javax.microedition.lcdui.ImageItem 目录,首先介绍其构造函数,构造函数有两个。第一

图 4-10 程序效果

79

个构造函数为：

```
public ImageItem(String label,
                 Image img,
                 int layout,
                 String altText)
```

参数 1 是给 ImageItem 一个标题，如图 4-10 中的"图片"二字。

参数 2 指定了图片对象。

参数 3 指定了其布局方式，常见的布局方式有如下几种。

(1) ImageItem. LAYOUT_CENTER：居中。

(2) ImageItem. LAYOUT_DEFAULT：默认。

注意：在 WTK 中，默认布局居左。

(3) ImageItem. LAYOUT_LEFT：居左。

(4) ImageItem. LAYOUT_RIGHT：居右。

实际上，由于布局方式所对应的静态变量都是从 Item 类继承而来的，因此，布局方式也可以写成 Item. LAYOUT_CENTER、Item. LAYOUT_DEFAULT、Item. LAYOUT_LEFT 和 Item. LAYOUT_RIGHT。

第 4 个参数是指定当图片无法装载时界面上显示的文本。

另一个构造函数的定义如下：

```
public ImageItem(String label,
                 Image image,
                 int layout,
                 String altText,
                 int appearanceMode)
```

与前一个版本不同的是，它具有第 5 个参数，该参数指定显示 ImageItem 的显示模式，常见的显示模式有三种，这将在本章的后面一节提到。在这个例子中，暂时用不到这个知识。

下面实现如图 4-10 所示的效果。在项目中建立一个 MIDlet4，首先将 img. png 复制到项目中的/res 目录下，将 MIDlet4 代码改为如下。

MIDlet4. java

```java
import javax.microedition.lcdui.Display;
import javax.microedition.lcdui.Form;
import javax.microedition.lcdui.Image;
import javax.microedition.lcdui.ImageItem;
import javax.microedition.midlet.MIDlet;
import javax.microedition.midlet.MIDletStateChangeException;

public class MIDlet4 extends MIDlet
{
    private Form mainForm = new Form("这是一个含有 ImageItem 的 Form");
    private Display dis;
    private ImageItem imageItem;
    public MIDlet4()
```

```
    {
        Image img = null;
        try
        {
            img = Image.createImage("/img.png");
        }
        catch(Exception ex)
        {
            ex.printStackTrace();
        }
        imageItem =
            new ImageItem("图片", img, ImageItem.LAYOUT_CENTER, "该图像无法装载");
    }
    protected void startApp() throws MIDletStateChangeException
    {
        dis = Display.getDisplay(this);
        dis.setCurrent(mainForm);
        mainForm.append(imageItem);
    }
    protected void destroyApp(boolean arg0) throws MIDletStateChangeException {}
    protected void pauseApp() {}
}
```

运行这个 MIDlet，便得到如图 4-10 所示的效果。

4.6 TextField

javax. microedition. lcdui. TextField 是 Item 的子类，添加到 Form 上之后，能够实现文本框的效果，与 TextBox 不同的是，它不能充满整个界面，只能依附于 Form。效果如图 4-11 所示。

在界面上有两个文本框，分别输入账号和密码。其中，账号框中只能输入数字，密码框中只能输入密码，密码以"＊"号显示。

打 开 文 档，找 到 javax. microedition. lcdui. TextField 文件，首先介绍其构造函数。

图 4-11 程序效果

```
public TextField(String label,
                 String text,
                 int maxSize,
                 int constraints)
```

参数 1 是给 TextField 指定一个标题；参数 2 决定了 TextField 内的初始内容；参数 3 确定了 TextField 内可以输入的最大的字符数；参数 4 确定了 TextField 内输入内容的限制。

读者可以发现，该构造函数和 javax. microedition. lcdui. TextBox 非常类似，因此，该构造函数的解释大家可以参考前面内容中关于 TextBox 的讲解。观察文档中的其他函数，大部分成员函数和 TextBox 也基本相同。因此，这个控件的用法，只做一些罗列，并不举例。其重要功能有以下几点。

(1) 获得文本框内的内容：

public String **getString**()

(2) 修改文本框内的内容：

public void **setString**(String text)

(3) 得到光标位置：

public int **getCaretPosition**()

82

(4) 在某位置插入字符串：

public void **insert**(String src,
                     int position)

(5) 文本框中字符串长度：

public int **size**()

(6) 在某个位置向后删除一定长度的字符串：

public void **delete**(int offset,
                     int length)

(7) 设置输入法：

public void **setInitialInputMode**(String characterSubset)

下面实现如图 4-11 所示的效果。在项目中建立一个 MIDlet5，打开程序，将代码改为如下。

MIDlet5.java

```java
import javax.microedition.lcdui.Display;
import javax.microedition.lcdui.Form;
import javax.microedition.lcdui.TextField;
import javax.microedition.midlet.MIDlet;
import javax.microedition.midlet.MIDletStateChangeException;

public class MIDlet5 extends MIDlet
{
    private Form mainForm = new Form("这是一个含有 TextField 的 Form");
    private Display dis;

    private TextField tf1 = new TextField("请您输入账号","",8,TextField.NUMERIC);
    private TextField tf2 = new TextField("请您输入密码","",8,TextField.PASSWORD);

    protected void startApp() throws MIDletStateChangeException
    {
        dis = Display.getDisplay(this);
        dis.setCurrent(mainForm);
        mainForm.append(tf1);
        mainForm.append(tf2);
    }
    protected void destroyApp(boolean arg0) throws MIDletStateChangeException {}
```

```
    protected void pauseApp() { }
}
```

运行这个 MIDlet，便得到如图 4-11 所示的效果。

4.7　ItemCommand 事件

ItemCommand 是一个比较常用的事件。但是比较难以理解。为了讲解这个问题，先举一个案例。出现界面如图 4-12 所示。

在界面上有"输入账号"和"输入密码"两个文本框。界面右下角有一个"清除内容"命令按钮。

账号文本框被激活之后，单击右下角的"清除内容"按钮，就能在账号框中清除光标前的字符；密码文本框被激活之后，单击右下角的"清除内容"按钮，就能在密码框中清除光标前的字符。

在这里，初学者可能会想到使用前面章节中讲过的按钮命令事件，利用 CommandListener 进行监听。查询文档可以发现，javax. microedition. lcdui. CommandListener 中的事件响应函数如下：

图 4-12　程序效果

```
public void commandAction(Command c,
                          Displayable d)
```

这个函数有两个参数，通过第一个参数可以得知哪一个命令按钮被选择，通过第二个参数可以得知命令按钮所在的 Displayable。

这个机制是否能够解决这里的问题呢？ 不行！ 因为本例中，虽然有一个"清除内容"命令按钮，但是这个命令按钮所做的事情和具体的文本框有关，通过 CommandListener 虽然可以知道是哪一个命令按钮被选择，却无法知道当前光标在哪个文本框内，也就无法确定到底要清除谁的内容。

因此，不能使用 CommandListener。查看文档，可以发现在 javax. microedition. lcdui 包中还有另一个 ItemCommandListener，通过它才可以进行此处的事件响应处理。

ItemCommand 事件也是利用监听机制进行实现的，具体编写步骤如下。

(1) 编写事件处理类，实现 javax. microedition. lcdui. ItemCommandListener。

实现一个接口，需要将接口里面的函数进行重写，打开文档，找到 javax. microedition. lcdui. ItemCommandListener 类，可以看到，里面有一个函数。

```
public void commandAction(Command c,
                          Item item)
```

此函数里面有两个参数。

第一个参数是表示发出事件的 Command 按钮；

第二个参数是表示 Command 按钮发出事件时，和其绑定的 Item 对象。

怎样将 Command 按钮和 Item 对象进行绑定呢?

打开文档,找到 javax. microedition. lcdui. Item 类,会发现有如下函数:

`public void` **addCommand**`(Command cmd)`

通过该函数将 Item 和相应的命令按钮绑定。当然,Item 的子类 TextField 也可以和 Command 绑定。

在前面的章节中,我们知道,Command 是依附于 Displayable 的。在这里,Command 不是依附于 Displayable 了,而是依附于 Item。因此,在事件处理类中,不但可以处理事件,还可以知道这个事件是由哪个 Command 按钮发出,以及哪个 Command 按钮所绑定的 Item 对象。

如下代码:

```
TextField tfAcc = new TextField("输入账号","",20,TextField.ANY);
TextField tfPass = new TextField("输入密码","",20,TextField.PASSWORD);
Command cmdDel = new Command("清除内容",Command.ITEM,1);
//命令按钮添加到 Item 上
tfAcc.addCommand(cmdDel);
tfPass.addCommand(cmdDel);
```

表示将 cmdDel 和两个文本框分别绑定。

(2) 重写 ItemCommandListener 中的 commandAction 方法,编写事件响应代码。

如下代码:

```
public void commandAction(Command c,Item item)
  {
      item.setLabel("按钮被选择");
  }
```

表示将 Command 按钮所绑定的 Item 标题改为"按钮被选择"。

(3) 将事件源和事件响应对象绑定。

事件处理类编写完之后,只是能够处理事件,并不能保证 Command 按钮被选择之后会触发事件,因此还需要将 Command 按钮和事件处理类(ItemCommandListener)对象绑定。

在此情况下,由于 Command 是依附于 Item 的,因此,绑定的工作可以由 Item 完成。打开文档,找到 javax. microedition. lcdui. Item 类,会发现有如下函数:

将 Item 和 Listener 绑定:

`public void` **setItemCommandListener**`(ItemCommandListener l)`

在本例中即为 TextField 和 ItemCommandListener 绑定。

下面实现如图 4-12 所示的效果。在项目中建立一个 MIDlet6,打开程序,将代码改为如下。

MIDlet6.java

```
import javax.microedition.lcdui.Command;
import javax.microedition.lcdui.Display;
import javax.microedition.lcdui.Form;
import javax.microedition.lcdui.Item;
```

```
import javax.microedition.lcdui.ItemCommandListener;
import javax.microedition.lcdui.TextField;
import javax.microedition.midlet.MIDlet;
import javax.microedition.midlet.MIDletStateChangeException;

public class MIDlet6 extends MIDlet implements ItemCommandListener
{
    private Form regForm = new Form("这是一个注册表单");
    private Display dis;
    private TextField tfAcc = new TextField("输入账号","",20,TextField.ANY);
    private TextField tfPass = new TextField("输入密码","",20,TextField.PASSWORD);
    private Command cmdDel = new Command("清除内容",Command.ITEM,1);

    protected void startApp() throws MIDletStateChangeException
    {
        dis = Display.getDisplay(this);
        dis.setCurrent(regForm);
        regForm.append(tfAcc);
        regForm.append(tfPass);
        //STEP1:命令按钮添加到 Item 上
        tfAcc.addCommand(cmdDel);
        tfPass.addCommand(cmdDel);
        //STEP2:Item 和 Listener 绑定
        tfAcc.setItemCommandListener(this);
        tfPass.setItemCommandListener(this);
    }
    public void commandAction(Command c,Item i)
    {
        if(c == cmdDel)
          {
              TextField tf = (TextField)i;
              int position = tf.getCaretPosition();
              if(position!= 0)
              {
              tf.delete(position-1, 1);
              }
          }
    }

    protected void destroyApp(boolean arg0) throws MIDletStateChangeException {}
    protected void pauseApp() {}
}
```

运行这个 MIDlet,便得到如图 4-12 所示的效果。

4.8 ItemState 事件

与 Item 对应的还有另一种事件 ItemState 事件。用案例来说明本问题。本节将针对 Item 的子类 ChoiceGroup 和 TextField 来实现相应功能,如图 4-13 所示。

该界面中,有 3 个控件。最上面的控件是一个下拉菜单,里面可以选择性别;中间的控件是一个文本框,可以输入账号;最下面的控件是一个进度条,可以调整音量,音量范围为0～100,默认值为 25。

选择最上方的下拉菜单之后,界面标题将自动改变。如图 4-14 中选择了"女"选项,界面标题自动改为"当前选择:女"。

图 4-13　程序效果

图 4-14　选择性别

在中间的文本框中输入内容时,随着文本框内容的改变,界面标题将自动改变。如图 4-15 中输入了 China, I Love You! 界面标题会自动改为相应内容。

调整下方进度条的内容时,进度条标题将自动改变。如图 4-16 中将进度条的值进行改变,进度条标题会自动改为相应内容。

图 4-15　界面标题

图 4-16　进度条

以上问题都可以归结为 Item 状态的改变,因此,此处实际上相当于在 Item 的状态发生改变的时候发出命令。

查看文档,可以发现在 javax. microedition. lcdui 包中还有另一个 ItemStateListener,通过它可以进行此处的事件响应处理。

ItemState 事件也是利用监听机制实现的,具体编写步骤如下。

(1) 编写事件处理类,实现 javax. microedition. lcdui. ItemStateListener。

实现一个接口,需要将接口里面的函数进行重写,打开文档,找到 javax. microedition. lcdui. ItemStateListener,可以看到,里面有一个函数。

```
public void itemStateChanged(Item item)
```

此函数里面参数表示发出事件(状态改变)的 Item 对象。

(2) 重写 ItemStateListener 中的 itemStateChanged 方法,编写事件响应代码。

如下代码：

```
public void itemStateChanged (Item item)
{
    item.setLabel("状态被改变");
}
```

表示在 Item 改变状态时，将其标题改为"状态被改变"。

（3）将事件源和事件响应对象绑定。

事件处理类编写完之后，只是能够处理事件，并不能保证 Item 对象状态改变之后会触发事件，因此还需要将 Item 对象和事件处理类（ItemStateListener）对象绑定。

查找 javax. microedition. lcdui. Item 文档，会发现根本没有能够将 Item 对象和 ItemStateListener 对象绑定的函数！

怎么解决呢？注意，在这里因为 itemStateChanged 方法里面已经能够通过 Item 参数确定事件源，因此用户要做的不是将 Item 和 Listener 绑定，而是将 Item 所在的 Form 和 Listener 绑定！打开 javax. microedition. lcdui. Form 文档，会发现里面有一个函数：

public void **setItemStateListener**(ItemStateListener iListener)

通过该函数就可以将两者进行绑定。

如下代码：

```
class ItemOpe implements ItemStateListener
{
    public void itemStateChanged (Item item)
    {
    item.setLabel("状态被改变");
    }
}
Form regForm = new Form("这是一个注册表单");
TextField tfAcc = new TextField("输入账号","",20,TextField.ANY);
regForm.append(tfAcc);
//注意,将 Form 和 ItemStateListener 绑定,不是将 Item 和 ItemStateListener 绑定
regForm.setItemStateListener(new ItemOpe ());
```

在注释处表示将 regForm 和 ItemOpe 的对象绑定。到此为止，就可以完成一个事件响应的代码了。

关于该程序的效果，读者可以在上机习题中完成。

4.9 小结

本章对 Item 的子类进行了讲解，它们都可以添加到 Form 上，为手机应用程序的功能提供了较好的保证，并讲解了它们的事件。

4.10 上机习题

1. 完成如图 4-1 所示的界面。
2. 在如下的选择框中，选择选项之后，单击命令按钮，打印选择的内容。

3. 用 ItemState 事件完成 4.8 节的效果。

第5章

课程设计1：短信界面开发

本章选学

前面的篇幅中，主要讲解了高级界面开发的若干问题。在这里，首先通过文档来对这些内容进行总结。打开文档，找到 javax. microedition. midlet 包和 javax. microedition. lcdui 包，分别打开它们的树型目录，可以看见，前面的高级界面的基本内容分别体现在以下几个方面。

手机应用程序的基类。

> javax.microedition.midlet.**MIDlet**

高级界面开发中，能够充满整个界面的类。

> o class javax.microedition.lcdui.**Displayable**
> o class javax.microedition.lcdui.**Canvas**
> o class javax.microedition.lcdui.**Screen**
>   o class javax.microedition.lcdui.**Alert**
>   o class javax.microedition.lcdui.**Form**
>   o class javax.microedition.lcdui.**List** (implements javax.microedition.lcdui.Choice)
>   o class javax.microedition.lcdui.**TextBox**

高级界面开发中，无法充满整个界面，但是可以放在 Form 上的类。

> class javax.microedition.lcdui.**Item**
> o class javax.microedition.lcdui.**ChoiceGroup**
> o class javax.microedition.lcdui.**CustomItem**
> o class javax.microedition.lcdui.**DateField**
> o class javax.microedition.lcdui.**Gauge**
> o class javax.microedition.lcdui.**ImageItem**
> o class javax.microedition.lcdui.**Spacer**
> o class javax.microedition.lcdui.**StringItem**
> o class javax.microedition.lcdui.**TextField**

其他辅助类，包括如下几类。

（1）滚动条：

> javax.microedition.lcdui.**Ticker**

（2）命令按钮：

javax.microedition.lcdui.**Command**

（3）界面显示管理器：

javax.microedition.lcdui.**Display**

（4）字体：

javax.microedition.lcdui.**Font**

（5）图片：

javax.microedition.lcdui.**Image**

相应的三个事件监听接口，包括如下几种。

（1）命令按钮事件：

javax.microedition.lcdui.**CommandListener**

（2）和 Item 绑定的命令按钮事件：

javax.microedition.lcdui.**ItemCommandListener**

（3）Item 状态改变事件：

javax.microedition.lcdui.**ItemStateListener**

在本章中，针对这些内容进行一个总结性的项目：短信界面开发。在这个项目中，将争取用到学习过的所有的类和接口。

5.1 短信界面的实例需求

在本章中，将制作一个短信发送系统，该系统由三个界面组成。系统运行时，出现欢迎界面，如图 5-1 所示。

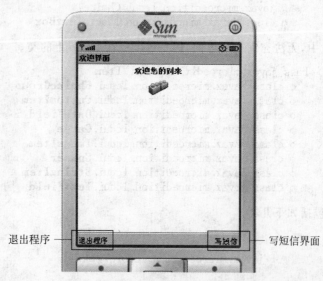

图 5-1 欢迎界面

在这个界面中,标题为"欢迎界面";在界面上有一个欢迎图标"欢迎您的到来";界面左下方有一个"退出程序"按钮;右下方有一个"写短信"的按钮。

单击左边的"退出程序"按钮,程序退出。

单击右边的"写短信"按钮,到达短信编辑界面,如图 5-2 所示。

91

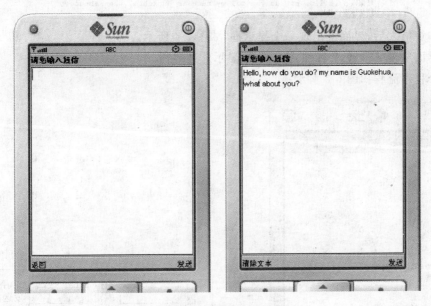

图 5-2 短信编辑界面

在图 5-2 中,首先出现的是短信编辑界面,界面左下方有一个"返回"按钮,单击该按钮,能够返回到欢迎界面;当文本框中输入短信之后,左下方的按钮自动变为"清除文本",可以将光标左边的文本清除。

在短信编辑界面右下方有一个"发送"按钮,单击该按钮,能自动到达短信发送界面,如图 5-3 所示。

图 5-3 短信发送界面

在图 5-3 中,可以在文本框内输入对方的电话号码,界面左下方有一个"返回"按钮,单击该按钮,能够返回到短信编辑界面;当文本框中输入电话号码之后,单击界面右下方的"确定"按钮,能够在控制台上打印短信的内容和发送的目的地,如下所示。

```
短信成功发出
短信内容: Hello, how do you do? my name is Guokehua, what about you?
短信发送目的地: 13913008137
```

打印短信之后,界面上出现一个提示框,如图 5-4 所示。

该界面出现 2 秒钟,2 秒钟之后,系统显示欢迎界面。

整个程序流程如图 5-5 所示。

图 5-4　提示界面

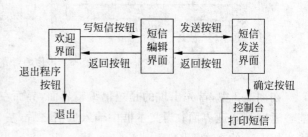

图 5-5　程序流程

5.2　短信界面系统分析

在这个项目中,需要用到以下几个界面:欢迎界面、短信编辑界面和短信发送界面。这几个界面怎样组织在一起呢?

一种想法认为,可以编写一个 MIDlet,在里面实例化所有的界面元素,同样是这个 MIDlet,负责界面之间的切换和事件处理。这种方法比较直观,但是可维护性较差,三个界面的所有代码放在一个 MIDlet 类内,如果做细微的修改,则比较麻烦,也不利于开发上的分工。

因此建议采用如下方法:三个界面分别用三个类,各个类负责不同界面的界面元素和事件处理,将这三个类用一个 MIDlet 组织起来,如图 5-6 所示。

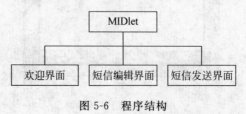

图 5-6　程序结构

93

值得一提的是，将项目划分为几个模块之后，模块之间的数据传递难度就增大了。例如，在欢迎界面中单击"写短信"按钮，界面应该切换到短信编辑界面，这时就应该由 MIDlet 来进行切换。所以，三个界面必须要能够反过来调用 MIDlet 进行界面切换。一般的方法是：在实例化界面时，将 MIDlet 的引用作为构造函数的参数传入。

以欢迎界面为例，其基本结构如下。

```
public class WelcomeForm extends Form
{
    / ****************** 界面元素(略) ********************* /
    //MIDlet 引用
    private MessageMIDlet parent;
    public WelcomeForm(String title,MessageMIDlet parent)
    {
        super(title);
        this.parent = parent;
        / ***************** 欢迎界面初始化(略) ************** /
    }
    //可以调用 parent 的成员函数,如 changeForm()
    public void callParentFun()
    {
        parent.changeForm(界面名称);
    }
}
```

而 MessageMIDlet 中实例化 WelcomeForm 的代码如下。

```
public class MessageMIDlet extends MIDlet
{
    //将 this 传入 WelcomeForm 的构造函数
    private WelcomeForm welcomeForm = new WelcomeForm("欢迎界面",this);
    // MessageMIDlet 的其他成员函数,如 fun()
    public void changeForm(界面名称)
    {
    //界面切换
    }
}
```

利用以上结构，就可以完成 MessageMIDlet 和各个界面之间的数据传递。

在各个界面中都要编写事件处理程序。其中，欢迎界面和短信发送界面主要用到了命令按钮事件，用以实现 CommandListener；短信编辑界面中，由于界面中的短信内容被删除完毕时，左下角命令按钮要变化，因此，除了实现 CommandListener，还需要用到 Item 状态改变事件，实现 ItemStateListener。

另外，在界面之间还可能有一些共享的数据，如短信编辑界面和短信发送界面要共享短信内容。此时数据传递比较复杂，在这里我们用一个类 Conf 来存储各个界面之间需要共享的数据，并存储各个界面的名称(别名)。代码如下：

```
public class Conf
{
    //保存短信内容
    public static String MESSAGE;
    //保存电话号码
    public static String PHONE;
    //各界面名称
    public static final String WELCOME = "welcome";
    public static final String EDITMESSAGE = "editMessage";
    public static final String SENDMESSAGE = "sendMessage";
    public static final String ALERT = "alert";
}
```

可以用 Conf. MESSAGE 来访问短信内容,用 Conf. PHONE 来访问短信发送的电话号码。各部分的命名如表 5-1 所示。

表 5-1　各模块定义

类　　名	成　　员
MessageMIDlet	WelcomeForm welcomeForm:欢迎界面实例 EditMessageForm editMessageForm:短信编辑界面实例 SendMessageForm sendMessageForm:短信发送界面实例 Alert alert:提示界面 void changeForm:切换界面
WelcomeForm	ImageItem welcomeItem:图片框 Command cmdExit:退出程序按钮 Command cmdWriteMsg:写短信按钮 MessageMIDlet parent:MessageMIDlet 引用 实现 CommandListener:按钮事件
EditMessageForm	TextField tfMsg:短信文本框 Command cmdMsgBack:返回按钮 Command cmdMsgDel:清除文本按钮 Command cmdSend:发送按钮 MessageMIDlet parent:MessageMIDlet 引用 实现 CommandListener:按钮事件 实现 ItemStateListener:文本框内容改变事件
SendMessageForm	TextField tfPhone:电话号码文本框 Command cmdPhoneBack:返回按钮 Command cmdOK:确定按钮 MessageMIDlet parent:MessageMIDlet 引用 实现 CommandListener:按钮事件
Conf	static String MESSAGE:存储短信内容 static String PHONE:存储电话号码 另外还要定义相应变量,存储各界面名称(别名)

5.3　代码编写

5.3.1　编写 MessageMIDlet

打开 Eclipse,新建项目 Prj5_1。首先编写 MessageMIDlet,在这个系统中有两幅图片,将 welcome. png 和 info. png 复制到项目中的/res 目录下,其中,welcome. png 在欢迎界面中用到,info. png 在提示界面中用到。建立一个 MessageMIDlet,编写代码如下。

MessageMIDlet. java

```java
package prj5_1;

import javax.microedition.lcdui.Alert;
import javax.microedition.lcdui.AlertType;
import javax.microedition.lcdui.Display;
import javax.microedition.lcdui.Image;
import javax.microedition.midlet.MIDlet;
import javax.microedition.midlet.MIDletStateChangeException;

public class MessageMIDlet extends MIDlet
{
    private Display dis;
    private WelcomeForm welcomeForm =
                        new WelcomeForm("欢迎界面",this);
    private EditMessageForm editMessageForm =
                        new EditMessageForm("请您输入短信",this);
    private SendMessageForm sendMessageForm =
                        new SendMessageForm("请您输入对方号码",this);
    private Alert alert = null;
    protected void startApp() throws MIDletStateChangeException
    {
        /ⅹⅹⅹⅹⅹⅹⅹⅹⅹⅹⅹⅹⅹⅹⅹⅹ 初始化提示界面 ⅹⅹⅹⅹⅹⅹⅹⅹⅹⅹⅹⅹⅹⅹ /
        Image infoImg = null;
        try
        {
            infoImg = Image.createImage("/info.png");
        }catch(Exception ex)
        {
            ex.printStackTrace();
        }
        alert = new Alert("提示","恭喜您,短信已经成功发出",
                    infoImg, AlertType.INFO);
        dis = Display.getDisplay(this);
        dis.setCurrent(welcomeForm);
    }
    public void changeForm(String formName)
    {
//切换到欢迎界面
        if(formName.equals(Conf.WELCOME))
        {
            dis.setCurrent(welcomeForm);
        }
        //切换到短信编辑界面
        else if(formName.equals(Conf.EDITMESSAGE))
        {
            dis.setCurrent(editMessageForm);
        }
```

```
        //切换到短信发送界面
        else if(formName.equals(Conf.SENDMESSAGE))
        {
                dis.setCurrent(sendMessageForm);
        }
        //切换到提示界面
        else if(formName.endsWith(Conf.ALERT))
        {
                dis.setCurrent(alert,welcomeForm);
        }
    }
    protected void destroyApp(boolean arg0) throws MIDletStateChangeException {}
    protected void pauseApp() {}
}
```

5.3.2　编写欢迎界面

在项目 Prj5_1 下建立一个类 WelcomeForm，编写代码如下。

WelcomeForm.java

```
package prj5_1;

import javax.microedition.lcdui.Command;
import javax.microedition.lcdui.CommandListener;
import javax.microedition.lcdui.Displayable;
import javax.microedition.lcdui.Form;
import javax.microedition.lcdui.Image;
import javax.microedition.lcdui.ImageItem;
import javax.microedition.lcdui.Item;

public class WelcomeForm extends Form implements CommandListener
{
    /****************** 欢迎界面 ********************/
    private ImageItem welcomeItem;
    private Command cmdExit = new Command("退出程序",Command.EXIT,1);
    private Command cmdWriteMsg = new Command("写短信",Command.SCREEN,1);
    private MessageMIDlet parent;
    public WelcomeForm(String title,MessageMIDlet parent)
    {
        super(title);
        this.parent = parent;
        /***************** 欢迎界面初始化 ********************/
        Image welcomeImg = null;
        try
        {
            welcomeImg = Image.createImage("/welcome.png");
        }catch(Exception ex)
        {
            ex.printStackTrace();
```

96

```
        }
        welcomeItem =
            new ImageItem("欢迎您的到来",welcomeImg,Item.LAYOUT_CENTER,"");
        /****************** 欢迎界面初始化 ********************/
        this.append(welcomeItem);
        this.addCommand(cmdExit);
        this.addCommand(cmdWriteMsg);
        /****************** 事件绑定代码 ********************/
        this.setCommandListener(this);
    }

    public void commandAction(Command c,Displayable d)
    {
        if(c == cmdExit)
        {
        //程序退出
            parent.notifyDestroyed();
        }
        else if(c == cmdWriteMsg)
        {
        //切换到短信编辑界面
            parent.changeForm(Conf.EDITMESSAGE);
        }
    }
}
```

5.3.3　编写短信编辑界面

在项目 Prj5_1 下建立一个类 EditMessageForm，编写代码如下。

EditMessageForm.java

```
package prj5_1;

import javax.microedition.lcdui.Command;
import javax.microedition.lcdui.CommandListener;
import javax.microedition.lcdui.Displayable;
import javax.microedition.lcdui.Form;
import javax.microedition.lcdui.Item;
import javax.microedition.lcdui.ItemStateListener;
import javax.microedition.lcdui.TextField;

public class EditMessageForm extends Form implements
CommandListener,ItemStateListener
{
    /****************** 短信编辑界面 ********************/
    private TextField tfMsg = new TextField("","",255,TextField.ANY);
    private Command cmdMsgBack = new Command("返回",Command.BACK,1);
    private Command cmdMsgDel = new Command("清除文本",Command.BACK,1);
    private Command cmdSend = new Command("发送",Command.SCREEN,1);
```

97

```java
    private MessageMIDlet parent;
    public EditMessageForm(String title,MessageMIDlet parent)
    {
        super(title);
        this.parent = parent;
        / *****************短信编辑界面初始化******************/
        tfMsg.setLayout(Item.LAYOUT_VEXPAND);
        this.append(tfMsg);
        //让文本框充满整个界面
        tfMsg.setPreferredSize(this.getWidth(), this.getHeight());
        this.addCommand(cmdMsgBack);
        this.addCommand(cmdSend);
        this.setCommandListener(this);
        this.setItemStateListener(this);
    }
    public void commandAction(Command c,Displayable d)
    {
        if(c == cmdMsgBack)
        {
        //切换到欢迎界面
            parent.changeForm(Conf.WELCOME);
        }
        else if(c == cmdMsgDel)
        {
            int position = tfMsg.getCaretPosition();
            tfMsg.delete(position - 1, 1);
            if(tfMsg.size() == 0)
            {
                this.removeCommand(cmdMsgDel);
                this.addCommand(cmdMsgBack);
            }
        }
        else if(c == cmdSend)
        {
            Conf.MESSAGE = tfMsg.getString();
            //切换到短信发送界面
            parent.changeForm(Conf.SENDMESSAGE);
        }
    }
    public void itemStateChanged(Item item)
    {
        if(item == tfMsg)
        {
            if(tfMsg.size()!= 0)
            {
                this.removeCommand(cmdMsgBack);
                this.addCommand(cmdMsgDel);
            }
        }
    }
}
```

5.3.4　编写短信发送界面

在项目 Prj5_1 下建立一个类 SendMessageForm，编写代码如下。

SendMessageForm.java

```java
package prj5_1;

import javax.microedition.lcdui.Command;
import javax.microedition.lcdui.CommandListener;
import javax.microedition.lcdui.Displayable;
import javax.microedition.lcdui.Form;
import javax.microedition.lcdui.TextField;

public class SendMessageForm extends Form implements CommandListener
{
    /******************* 发送界面 ********************/
    private TextField tfPhone =
            new TextField("请您输入对方号码","",15,TextField.NUMERIC);
    private Command cmdPhoneBack = new Command("返回",Command.BACK,1);
    private Command cmdOK = new Command("确定",Command.SCREEN,1);
    private MessageMIDlet parent;
    public SendMessageForm(String title,MessageMIDlet parent)
    {
        super(title);
        this.parent = parent;
        /****************** 发送界面初始化 ********************/
        this.append(tfPhone);
        this.addCommand(cmdPhoneBack);
        this.addCommand(cmdOK);
        /***************** 事件绑定代码 ********************/
        this.setCommandListener(this);
    }
    public void commandAction(Command c,Displayable d)
    {
        if(c == cmdPhoneBack)
        {
        //切换到短信发送界面
            parent.changeForm(Conf.SENDMESSAGE);
        }
        else if(c == cmdOK)
        {
            Conf.PHONE = tfPhone.getString();
            System.out.println("短信成功发出");
            System.out.println("短信内容: " + Conf.MESSAGE);
            System.out.println("短信发送目的地: " + Conf.PHONE);
            //切换到提示界面
            parent.changeForm(Conf.ALERT);
```

99

```
            }
        }
    }
```

5.3.5 编写 Conf 类

在项目 Prj5_1 下建立一个类 Conf,编写代码如下。

Conf.java

```java
package prj5_1;

public class Conf
{
    //保存短信内容
    public static String MESSAGE;
    //保存电话号码
    public static String PHONE;
    //各界面名称
    public static final String WELCOME = "welcome";
    public static final String EDITMESSAGE = "editMessage";
    public static final String SENDMESSAGE = "sendMessage";
    public static final String ALERT = "alert";
}
```

编写完毕,这个项目的结构如图 5-7 所示。

图 5-7　项目结构

运行 MessageMIDlet,就可以得到预期的效果。

5.4　小结

本章首先对高级界面开发进行了一定的总结,然后通过一个短信界面案例阐述了开发过程。

第6章

异常处理和多线程

建议学时：2

异常是 Java 里面常见的内容，异常处理的技巧关系到程序的安全性。异常处理用来解决运行时发生的错误。由于 JavaSE 中对异常进行了系列的讲述，所以这一章中主要针对异常中最重要的内容进行讲解。

多线程的支持，可以为程序增加很多功能，本章也针对多线程进行了讲解。

6.1 异常的出现

异常(Exception)是指程序在运行阶段出现了事先无法预见的错误，如图 6-1 所示的界面。

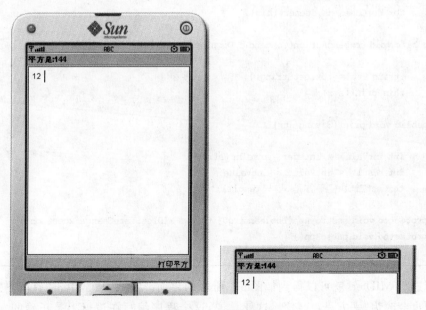

图 6-1 一个界面

在界面中有一个文本框,里面可以输入一个数字,输入之后,单击右下角的"打印平方"按钮,能够将界面的标题改为这个数字的平方。如输入"12",单击右下角的按钮,界面标题变为右边的效果。

该效果可以用前面学过的内容来完成。新建项目 Prj6_1,在里面创建一个 MIDlet1,编写代码如下。

MIDlet1.java

```java
import javax.microedition.lcdui.Command;
import javax.microedition.lcdui.CommandListener;
import javax.microedition.lcdui.Display;
import javax.microedition.lcdui.Displayable;
import javax.microedition.lcdui.TextBox;
import javax.microedition.lcdui.TextField;
import javax.microedition.midlet.MIDlet;
import javax.microedition.midlet.MIDletStateChangeException;

public class MIDlet1 extends MIDlet implements CommandListener
{
    private TextBox tbx = new TextBox("输入一个数字","",10,TextField.ANY);
    private Display dis;
    private Command cmd = new Command("打印平方",Command.SCREEN,1);

    protected void startApp() throws MIDletStateChangeException
    {
        dis = Display.getDisplay(this);
        dis.setCurrent(tbx);
        tbx.addCommand(cmd);
        tbx.setCommandListener(this);
    }
    public void commandAction(Command c,Displayable d)
    {
        String str = tbx.getString();
        this.print(str);
    }
    public void print(String str)
    {
        int intValue = Integer.parseInt(str);
        int result = intValue * intValue;
        tbx.setTitle("平方是:" + result);
    }
    protected void destroyApp(boolean arg0) throws MIDletStateChangeException {}
    protected void pauseApp() {}
}
```

运行这个 MIDlet,就可以得到如图 6-1 所示的界面。输入"12",单击"打印平方"按钮,界面标题也会改为"平方是:144"。这就是说,这个程序编写在逻辑上是正确的。但是,如果用户输入的不是一个正常的数字格式,如图 6-2 所示,输入 12o。

单击按钮,界面上没有任何改变,控制台上将打印:

```
java.lang.NumberFormatException: 12o
    at java.lang.Integer.parseInt(+214)
    at java.lang.Integer.parseInt(+6)
    at MIDlet1.print(+4)
```

如果这个程序给用户使用,用户会觉得莫名其妙。也就是说这里没有给用户一个较为友好的界面,至少应该提示用户格式输错了。这种问题如果事先不能预见并且认真处理,严重的情况下甚至会造成系统运行的不正常。

从控制台的打印来看,程序在底层有一个提示:java. lang. NumberFormatException,意思是说出现了一个异常,并且显示了异常出现的位置。Java 是面向对象的语言,当系统底层出现异常,实际上是将异常用一个对象包装起来,传给调用方,俗称抛出(throw)。

图 6-2 不正常的格式输入

比如在这个程序里面,发生了数字格式异常,这个异常在底层就被包装成为 java. lang. NumberFormatException 的对象抛出。

从代码上来看,在程序的 print 方法中,Integer. parseInt(str)出现了异常。应该指出的是,此处发生异常之后,该函数后面的代码将不被执行。

6.2 了解常见异常

6.1 节讲解了异常的出现,主要叙述了 java. lang. NumberFormatException。实际上,在 Java 语言中,由于很多原因都会出现异常,各种异常应该有不同的类的对象来进行包装。

所有的异常都是 Exception 的子类。打开文档,找到 java. lang 包,打开其树型目录,可以看到异常框架的结构。

```
class java.lang.Exception
    o class java.lang.ClassNotFoundException
    o class java.lang.IllegalAccessException
    o class java.lang.InstantiationException
    o class java.lang.InterruptedException
    o class java.lang.RuntimeException
        o class java.lang.ArithmeticException
        o class java.lang.ArrayStoreException
        o class java.lang.ClassCastException
        o class java.lang.IllegalArgumentException
            o class java.lang.IllegalThreadStateException
            o class java.lang.NumberFormatException
        o class java.lang.IllegalMonitorStateException
        o class java.lang.IllegalStateException
        o class java.lang.IndexOutOfBoundsException
            o class java.lang.ArrayIndexOutOfBoundsException
            o class java.lang.StringIndexOutOfBoundsException
        o class java.lang.NegativeArraySizeException
        o class java.lang.NullPointerException
        o class java.lang.SecurityException
```

这里面有很多异常，在以后的学习以及开发中，如果程序出错，建议通过提示信息，在文档中找其原因。如可以选择 NumberFormatException，通过查看文档来得知异常出现的原因。

```
Thrown to indicate that the application has attempted to convert a string to
one of the numeric types, but that the string does not have the appropriate
format.
```

对于其他异常，不可能在学习的同时就将其全部掌握，唯一的方法是遇到之后去查询文档，以下总结了一些常见的异常及其发生的原因。

（1）ArithmeticException：算术异常，如除数为 0。

（2）ArrayIndexOutOfBoundsException：数组越界异常。

（3）ArrayStoreException：数组存储异常。

（4）ClassCastException：类型转换异常。

（5）IllegalArgumentException：无效参数异常。

（6）NegativeArraySizeException：数组尺寸为负异常。

（7）NullPointerException：未分配内存异常。

（8）NumberFormatException：数字格式异常。

（9）StringIndexOutOfBoundsException：字符串越界异常。

6.3 处理异常

异常出现之后，可以通过查看文档来了解其发生的原因。但是，了解原因并不是最终目的，为了保证系统的正常运行，将异常进行处理才是我们所需要的。比如 6.1 节中的案例，异常出现时，怎样进行处理才能让系统更加人性化，是一个重要问题。

当一个模块中可能出现异常时，一般情况下，可以就地捕捉异常，来对异常进行处理。格式如下。

```
try
{
    //可能出现异常的代码
}
catch(Exception1 ex1){/* 处理 1 */}
catch(Exception2 ex2){/* 处理 2 */}
catch(Exception3 ex3){/* 处理 3 */}
...
finally
{
    //可选
}
```

对于以上代码，有如下说明。

（1）一个 try 后面必须至少接一个 catch，可以不接 finally，但是最多只能有一个 finally。

（2）每个 catch 用于捕获某种异常。当 try 中出现异常，程序将在 catch 中寻找是否有相应的异常处理代码，如果有，则处理。所以如果用户想让代码处理所有可预见和不可预见的异常，可以用如下方法。

```
try
{
    //可能出现异常的代码
}
catch(可预见的 Exception1 ex1){/ * 处理 1 * /}
catch(可预见的 Exception2 ex2){/ * 处理 2 * /}
...
catch(Exception ex){/ * 处理其他不可预见的异常 * /}
finally
{
    //可选
}
```

应该指出的是，catch(Exception ex)必须写在 catch 的最后一个。

了解了异常的处理方法，可将 6.1 节中的项目进行改造，使在界面发生用户输入格式错误时，能够显示"输入格式错误"，并把文本框清空，如图 6-3 所示。

图 6-3　程序效果

在 Prj6_1 中建立 MIDlet2，代码如下。

MIDlet2.java

```
import javax.microedition.lcdui.Command;
import javax.microedition.lcdui.CommandListener;
import javax.microedition.lcdui.Display;
import javax.microedition.lcdui.Displayable;
```

```
import javax.microedition.lcdui.TextBox;
import javax.microedition.lcdui.TextField;
import javax.microedition.midlet.MIDlet;
import javax.microedition.midlet.MIDletStateChangeException;

public class MIDlet2 extends MIDlet implements CommandListener
{
    private TextBox tbx = new TextBox("输入一个数字","",10,TextField.ANY);
    private Display dis;
    private Command cmd = new Command("打印平方",Command.SCREEN,1);

    protected void startApp() throws MIDletStateChangeException
    {
        dis = Display.getDisplay(this);
        dis.setCurrent(tbx);
        tbx.addCommand(cmd);
        tbx.setCommandListener(this);
    }
    public void commandAction(Command c,Displayable d)
    {
        String str = tbx.getString();
        this.print(str);
    }
    public void print(String str)
    {
        try
        {
            int intValue = Integer.parseInt(str);
            int result = intValue * intValue;
            System.out.println("平方是:" + result);
        }
        catch(NumberFormatException ex)
        {
            tbx.setTitle(str + "输入格式错误");
            tbx.setString("");
        }
    }
    protected void destroyApp(boolean arg0) throws MIDletStateChangeException {}
    protected void pauseApp() {}
}
```

运行这个 MIDlet，输入"12o"，单击"打印平方"按钮，即可出现如图 6-3 所示的效果。

上面的例子中没有添加 finally 块，实际上，finally 的作用是更大程度上保证程序的安全性。看如下代码。

```
public void fun()
{
    try
    {
        //连接文件
```

```
        //读取文件
        //关闭文件
    }
    catch(Exception ex)
    {
        //处理异常
    }
}
```

函数 fun 中,try 内进行连接文件和读取文件,catch 内处理异常,看似正确,但是不安全。如果程序在连接文件之后出现异常,将会直接处理异常,但是文件没有关闭,给文件访问带来隐患。在这里可以用 finally 来实现。

```
public void fun()
{
  try
  {
      //连接文件
      //读取文件
  }
  catch(Exception ex)
  {
      //处理异常
  }
  finally
  {
      //关闭文件
  }
}
```

finally 块中的代码,不管前面是否发生异常,代码都会执行。

更为重要的是,不管在 try 和 catch 中函数是否跳出,finally 中的代码都会执行。

6.4 认识多线程

在实际应用开发的过程中,经常会出现一个程序看起来同时做好几件事情的情况,如:

媒体播放器在播放歌曲的同时也能下载电影。

财务软件在后台进行财务汇总的同时还能接受终端的请求。

在这些情况下,多线程就能够起到巨大的作用。

在了解线程之前,需要提到进程。进程和线程是两个不同的概念,但是进程的范围大于线程。通俗地说,进程就是一个程序,线程是这个程序能够同时做的各件事情。比如,媒体播放机运行就是一个进程,而媒体播放机同时做的下载文件和播放歌曲,就是两个线程。

所有的线程可以视做 java.lang.Thread 的子类。打开文档,找到 java.lang.Thread 的文档,首先看构造函数,常见的构造函数有两个。

(1)

```
public Thread()
```

该构造函数是实例化一个线程对象,当然直接实例化还无法做事情,所以一般方法是对 Thread 进行继承之后再实例化。在 java. lang. Thread 文档内可以看见一个函数。

public void **run**()

重写这个函数,在这个函数里面编写业务代码即可。

(2)

public **Thread**(Runnable target)

第二个函数也是实例化一个线程,只不过将一个 java. lang. Runnable 接口的实现类对象传入,打开 java. lang. Runnable 文档,会发现里面有一个函数:

public void **run**()

因此,这个函数也可以编写一个类,实现 Runnable 接口,重写 run 函数,在这里编写业务逻辑代码。

以上两个函数提供了开发多线程应用程序的两种途径。

当一个线程对象实例化之后,怎样运行它呢? 在 java. lang. Thread 文档内有一个函数:

public void **start**()

通过这个函数可以让线程运行起来。

首先讲解通过继承 Thread 的方法开发多线程程序。利用该方法开发多线程程序的步骤如下。

(1) 编写一个线程类,继承 java. lang. Thread。如:

```
class PrintThread extends Thread{}
```

(2) 在这个类中重写 run 函数,在 run 函数中编写业务代码。如:

```
class PrintThread extends Thread
{
    //重写 run 函数,将需要用多线程方法调用的代码放入 run 函数内
    public void run()
    {
    //代码
    }
}
```

(3) 在主程序中实例化该线程类对象,调用其 start 函数来运行这个线程。如:

```
//实例化线程对象,用 start 方法来启动它
PrintThread pt = new PrintThread();
pt.start();
```

下面用一个例子说明该问题。在项目中建立名为 MIDlet4 的 MIDlet,在屏幕上不断打印 Hello。代码如下:

MIDlet3.java

```java
import javax.microedition.lcdui.Display;
import javax.microedition.lcdui.Form;
import javax.microedition.midlet.MIDlet;
import javax.microedition.midlet.MIDletStateChangeException;

public class MIDlet3 extends MIDlet
{
    //第一步：编写一个类,继承 Thread
    class PrintThread extends Thread
    {
        //第二步：重写 run 函数,将需要用多线程方法调用的代码放入 run 函数内
        public void run()
        {
            print();
        }
    }
    private Display dis;
    private Form frm = new Form("界面");
    protected void startApp() throws MIDletStateChangeException
    {
        dis = Display.getDisplay(this);
        dis.setCurrent(frm);
        //第三步：实例化线程对象,用 start 方法来启动它
        PrintThread pt = new PrintThread();
        pt.start();
        frm.setTitle("其他事情");
    }
    public void print()
    {
        while(true)
        {
            frm.append("Hello\n");
            try
            {
                Thread.sleep(1000);
            }catch(Exception ex){}
        }
    }
    protected void destroyApp(boolean arg0) throws MIDletStateChangeException {}
    protected void pauseApp() {}
}
```

运行这个 MIDlet,效果如图 6-4 所示。

从这个程序中可以看出,在打印 Hello 的同时,界面的标题也改成了"其他事情",代码行 1 和 print 函数中的死循环看起来是同时运用的,也就是说程序具备了同时做好几件事情的能力。

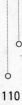

图 6-4　程序效果

另一种方法是通过实现 Runnable 接口的方法开发多线程程序。利用该方法开发多线程程序的步骤如下。

（1）编写一个类，实现 java. lang. Runnable。如：

```
class PrintRunnable implements Runnable{}
```

（2）在这个类中重写 run 函数，在 run 函数中编写业务代码。如：

```
class PrintRunnable implements Runnable
{
    //重写 run 函数,将需要用多线程方法调用的代码放入 run 函数内
    public void run()
    {
        //代码
    }
}
```

（3）在主程序中实例化该类对象，再实例化一个 java. lang. Thread 的线程对象，并利用构造函数：

public Thread(Runnable target)

将 Runnable 对象传入，调用线程对象的 start 函数来运行这个线程。如：

```
//实例化线程对象,用 start 方法来启动它
PrintRunnable pr = new PrintRunnable();
Thread pt = new Thread(pr);
pt.start();
```

下面用同一个例子说明该问题。建立名为 MIDlet4 的 MIDlet，代码如下。

MIDlet4.java

```
import javax.microedition.lcdui.Display;
import javax.microedition.lcdui.Form;
import javax.microedition.midlet.MIDlet;
import javax.microedition.midlet.MIDletStateChangeException;

public class MIDlet4 extends MIDlet
{
    //第一步：编写一个类，实现 Runnable
    class PrintRunnable implements Runnable
    {
        //第二步：重写 run 函数，将需要用多线程方法调用的代码放入 run 函数内
        public void run()
        {
            print();
        }
    }
    private Display dis;
    private Form frm = new Form("界面");
    protected void startApp() throws MIDletStateChangeException
    {
        dis = Display.getDisplay(this);
        dis.setCurrent(frm);
        //第三步：实例化线程对象，用 start 方法来启动它
        PrintRunnable pr = new PrintRunnable();
        Thread pt = new Thread(pr);
        pt.start();
        frm.setTitle("其他事情");
    }
    public void print()
    {
        while(true)
        {
            frm.append("Hello\n");
            try
            {
                Thread.sleep(1000);
            }catch(Exception ex){}
        }
    }
    protected void destroyApp(boolean arg0) throws MIDletStateChangeException {}
    protected void pauseApp() {}
}
```

运行这个 MIDlet，效果与图 6-4 相同。

111

6.5　多线程的同步安全问题

由于多个线程之间可能会共享内存，而多线程的机制实际上相当于 CPU 交替分配给不同的代码段来运行，因此安全问题就成了重要问题。多线程的安全问题比较复杂，解决方法繁多，在这里阐述同步安全问题。

在某些项目中，经常会出现线程同步的问题，即多个线程在访问同一资源时，会出现安全问题。如有 3 张票，2 个线程同时卖票，要求没有票时能够提示，就可能出现同步的问题。

首先用传统方法来编写这段代码。在项目中建立名为 MIDlet5 的 MIDlet，代码如下。

MIDlet5.java

```java
import javax.microedition.midlet.MIDlet;
import javax.microedition.midlet.MIDletStateChangeException;

public class MIDlet5 extends MIDlet
{
    protected void startApp() throws MIDletStateChangeException
    {
        TicketRunnable tr = new TicketRunnable();
        Thread th1 = new Thread(tr,"线程 1");
        Thread th2 = new Thread(tr,"线程 2");
        th1.start();
        th2.start();
    }
    protected void destroyApp(boolean arg0) throws MIDletStateChangeException {}
    protected void pauseApp() {}

    class TicketRunnable implements Runnable
    {
        private int ticketNum = 3;
        public void run()
        {
            while(true)
            {
                if(ticketNum <= 0)
                {
                    System.out.println(Thread.currentThread().getName() +
                                "没有票了");
                    break;
                }
                else
                {
                    ticketNum--;                          //代码行 1
                    System.out.println(Thread.currentThread().getName() +
                                卖出一张票,还剩下" + ticketNum + "张票");
                }
            }
        }
```

运行这个 MIDlet,控制台打印如图 6-5 所示的信息。

这段程序貌似没有问题。但它是很不安全的,并且这种不安全性很难被发现,会使项目后期维护付出巨大的代价。

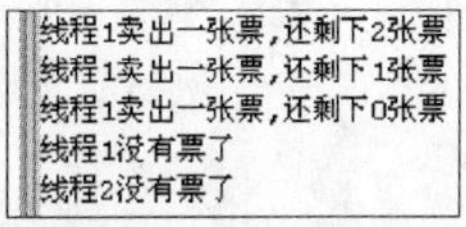

观察程序中的代码行 1 处的注释,当只剩下一张票时,线程 1 卖出了最后一张票,接着要运行 ticketNum－－,但在 ticketNum－－还没来得及运行的时候,线程 2 有可能抢占 CPU,来判断当前有无票可卖,当然票数还是 1,这样,最后一张票就卖出了两次。为了阐述这个问题,将 MIDlet5 的代码改为如下。

图 6-5 控制台打印效果(1)

113

```
线程1卖出一张票,还剩下2张票
线程1卖出一张票,还剩下1张票
线程1卖出一张票,还剩下0张票
线程1没有票了
线程2没有票了
```

MIDlet6.java

```java
import javax.microedition.midlet.MIDlet;
import javax.microedition.midlet.MIDletStateChangeException;

public class MIDlet6 extends MIDlet
{
    protected void startApp() throws MIDletStateChangeException
    {
        TicketRunnable tr = new TicketRunnable();
        Thread th1 = new Thread(tr,"线程 1");
        Thread th2 = new Thread(tr,"线程 2");
        th1.start();
        th2.start();
    }

    protected void destroyApp(boolean arg0) throws MIDletStateChangeException {}
    protected void pauseApp() {}

    class TicketRunnable implements Runnable
    {
        private int ticketNum = 3;
        public void run()
        {
            while(true)
            {
                if(ticketNum <= 0)
                {
                    System.out.println(Thread.currentThread().getName() +
                                "没有票了");
                    break;
                }
                else
                {
                    try
                    {
```

```
                                //程序休眠 1000 毫秒
                                Thread.sleep(1000);
                           }catch(Exception ex){}
                           ticketNum--;                          //代码行 1
                           System.out.println(Thread.currentThread().getName() +
                                        "卖出一张票,还剩下" + ticketNum + "张票");
                      }
                  }
              }
          }
114   }
```

该代码中,增加了一行"程序休眠 1000 毫秒",让另一个线程来抢占 CPU。运行这个 MIDlet,控制台打印如图 6-6 所示的内容。

最后一张票被卖出了两次,因此系统不可靠。怎样解决这个问题? 很简单,就是让一个线程卖票时其他线程不能抢占 CPU。在 Java 中,关键字 synchronized 能够很好地解决这个问题。其方法是,将卖票的代码用 synchronized 代码块包围起来。

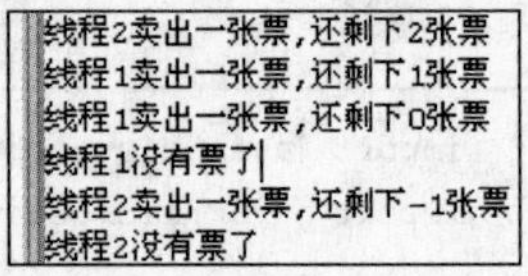

将 MIDlet6 代码改为如下。

```
线程2卖出一张票,还剩下2张票
线程1卖出一张票,还剩下1张票
线程1卖出一张票,还剩下0张票
线程1没有票了
线程2卖出一张票,还剩下-1张票
线程2没有票了
```

图 6-6 控制台打印效果(2)

MIDlet6.java

```java
import javax.microedition.midlet.MIDlet;
import javax.microedition.midlet.MIDletStateChangeException;

public class MIDlet6 extends MIDlet
{
    protected void startApp() throws MIDletStateChangeException
    {
        TicketRunnable tr = new TicketRunnable();
        Thread th1 = new Thread(tr,"线程 1");
        Thread th2 = new Thread(tr,"线程 2");
        th1.start();
        th2.start();
    }

    protected void destroyApp(boolean arg0) throws MIDletStateChangeException {}
    protected void pauseApp() {}

    class TicketRunnable implements Runnable
    {
        private int ticketNum = 3;
        public void run()
        {
            while(true)
            {
                //将需要独占 CPU 的代码用 synchronized(this)包围起来
                synchronized(this)
                {
                    if(ticketNum <= 0)
```

```
        {
            System. out. println(Thread. currentThread( ). getName( ) +
                            "没有票了");
            break;
        }
        else
        {
            try
            {
            Thread. sleep(1000);
            }catch(Exception ex){}
            ticketNum - - ;                    //代码行1
            System. out. println(Thread. currentThread( ). getName( ) +
                            "卖出一张票,还剩下" + ticketNum + "张票");
        }
        }
        }
        }
        }
}
```

115

运行这个 MIDlet,可以得到如图 6-7 所示的效果。

这说明程序运行是完全正常的。

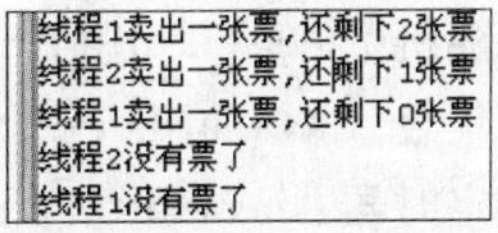

从以上代码可以看出,该方法的本质是将需要独占 CPU
的代码用 synchronized(this)包围起来。实际上,一个线程进
入这段代码之后,就在 this 上加了一个标记,直到该线程将
这段代码运行完毕,才释放这个标记。如果其他线程想要抢
占 CPU,先要检查 this 上是否有这个标记。若有,其他线程就必须等待。

```
线程1卖出一张票,还剩下2张票
线程2卖出一张票,还剩下1张票
线程1卖出一张票,还剩下0张票
线程2没有票了
线程1没有票了
```

图 6-7 运行 MIDlet 的效果

当然,以上问题还有其他的解决方法,在实际开发的过程中,要十分小心,因为过多的线
程等待可能造成系统性能的下降,甚至造成死锁。

6.6 小结

本章对异常机制、常见异常、异常处理进行了讲解。也对多线程进行了阐述,在多线程
使用时,要注意安全问题。

6.7 上机习题

1. 编写一段代码,抛出 NullPointerException,并进行异常处理。

2. 在 6.1 节的案例中,如果程序还可能出现其他种类的异常,应该怎样解决? 请编写
完整的异常处理代码。

3. 不管在 try 和 catch 中函数是否跳出,finally 中的代码都会执行。编写代码进行测试。

4. 用多线程的两种方法实现界面标题上出现电子钟(不断显示当前时间)。

第7章

数据处理和工具类

建议学时：2

在进行 Java ME 移动开发时，需要用到一些常见的工具类，本章主要讲解以下几个功能。

数值运算：java. lang. Math。

字符串处理：java. lang. String、java. lang. StringBuffer。

时间管理：java. util. Date、java. util. Calendar。

随机数：java. util. Random。

集合：java. util. Vector、java. util. Hashtable。

定时器：java. util. Timer、java. util. TimerTask。

数据类型转换。

7.1 用 Math 类进行数值运算

数值运算所用到的是 java. lang. Math 类，Math 类提供了大量的方法，来支持各种数学运算及其他有关运算。打开文档，找到 java. lang. Math 类，会发现这个类没有可用的构造函数。这种情况下，这个类的成员函数一般用静态方法的形式对外公布。因此，可以调用里面的静态函数或者访问静态变量。其功能主要有以下几种。

（1）自然对数 e：

public static final double E= 2.718281828459045d

（2）圆周率：

public static final double PI= 3.141592653589793d

（3）计算绝对值：

public static double abs(double/float/int/long a)

（4）不小于一个数字的最小整数：

public static double ceil(double a)

（5）不大于一个数字的最大正整数：

public static double floor(double a)

（6）两数中较大的那个：

　　public static double max(double/float/int/long a，double/float/int/long b)

（7）两数中较小的那个：

　　public static double min(double/float/int/long a，double/float/int/long b)

（8）开平方：

$$public\ static\ double\ sqrt(double\ a)$$

（9）求一个弧度值的正弦：

$$public\ static\ double\ sin(double\ a)$$

（10）求一个弧度值的余弦：

$$public\ static\ double\ cos(double\ a)$$

（11）求一个弧度值的正切：

$$public\ static\ double\ tan(double\ a)$$

（12）弧度转角度(180 度等于 PI 弧度)：

$$public\ static\ double\ toDegrees(double\ angrad)$$

（13）角度转弧度：

$$public\ static\ double\ toRadians(double\ angdeg)$$

注意：有些函数来源于 CLDC 1.1，但 CLDC 1.0 对其不支持。具体可以查询文档。

下面用一个案例来说明此问题。建立一个项目 Prj7_1，在里面建立一个 MIDlet1，打开程序，将代码改为如下。

MIDlet1.java

```java
import javax.microedition.midlet.MIDlet;
import javax.microedition.midlet.MIDletStateChangeException;

public class MIDlet1 extends MIDlet
{
    protected void startApp() throws MIDletStateChangeException
    {
        System.out.println("e = " + Math.E);
        System.out.println("pi = " + Math.PI);

        System.out.println("abs( - 12) = " + Math.abs( - 12));
        System.out.println("ceil( - 2.3) = " + Math.ceil( - 2.3));
        System.out.println("floor(2.3) = " + Math.floor(2.3));

        System.out.println("max(1,2) = " + Math.max(1,2));
        System.out.println("min(1,2) = " + Math.min(1,2));

        System.out.println("sqrt(16) = " + Math.sqrt(16));

        System.out.println("sin(PI) = " + Math.sin(Math.PI));
        System.out.println("cos(PI) = " + Math.cos(Math.PI));
        System.out.println("tan(PI) = " + Math.tan(Math.PI));
```

```
        System.out.println("弧度 PI 对应的角度是: " + Math.toDegrees(Math.PI));
        System.out.println("角度 180 度对应的弧度是: " + Math.toRadians(180));
    }

    protected void destroyApp(boolean arg0) throws MIDletStateChangeException {}
    protected void pauseApp() {}
}
```

运行这个 MIDlet,控制台上将打印如图 7-1 所示的内容。

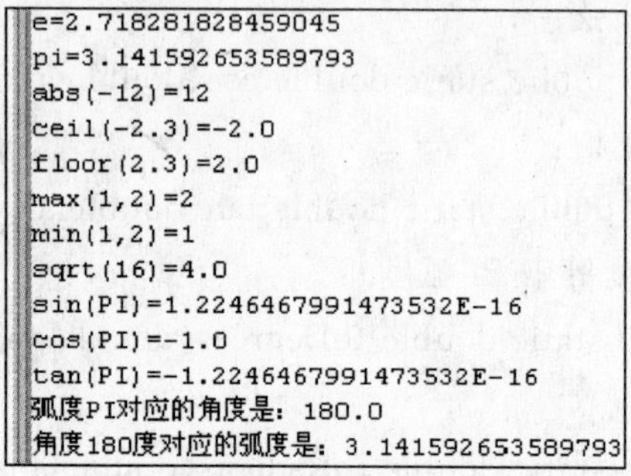

```
e=2.718281828459045
pi=3.141592653589793
abs(-12)=12
ceil(-2.3)=-2.0
floor(2.3)=2.0
max(1,2)=2
min(1,2)=1
sqrt(16)=4.0
sin(PI)=1.2246467991473532E-16
cos(PI)=-1.0
tan(PI)=-1.2246467991473532E-16
弧度PI对应的角度是: 180.0
角度180度对应的弧度是: 3.141592653589793
```

图 7-1　控制台的打印效果(1)

值得一提的是,sin(PI) 和 tan(PI) 从理论上讲是等于 0,但是在打印中发现它们是一个和 0 非常接近的数值,这是由于离散化计算时造成的误差引起的。

7.2　用 String 类进行字符串处理

字符串是字符序列的集合,也可以将其看做字符数组。Java 语言中利用 java.lang. String 类对其进行表达,String 类将字符串保存在 char 类型的数组中,并对其进行有效的管理。String 类提供了大量的方法,来支持各种字符串操作。打开文档,找到 java.lang. String 类,会发现这个类有 9 个构造函数,常见的构造函数如下。

(1) 传入一个字符串,初始化字符串对象:

public **String**(String value)

(2) 传入一个字符数组,初始化字符串对象:

public **String**(char[] value)

(3) 传入一个字节数组,初始化字符串对象:

public **String**(byte[] bytes)

关于它们的其他构造函数,可以参考 API 文档。当然,也可以用如下方法来生成一个字符串对象。

```
String str = "China";
```

关于该方法和利用构造函数生成字符串的方法的区别,这里需要说明一下。

直接赋值的方法,相当于在字符串池里面寻找是否有相同内容的字符串,如果没有,就生成新对象放入池内,否则就使用池内已经存在的字符串。

而用 new 的方法实例化一个字符串对象,则会给这个对象分配新的内存。

观察以下代码:

```
String str1 = "China";                  //实例化字符串对象放入池中
String str2 = "China";                  //使用池中的那个对象,因为池中有 China
String str3 = new String("China");      //实例化一个新对象
String str4 = new String("China");      //实例化一个新对象
System.out.println(str1 == str2);       //打印 true
System.out.println(str1 == str3);       //打印 false
System.out.println(str3 == str4);       //打印 false
```

可以调用 String 类里面的函数来进行字符串操作,主要功能如下。

(1) 返回某位置的字符:

$$public \ char \ charAt(int \ index)$$

(2) 连接某个字符串,返回连接后的结果,效果和+类似:

$$public \ String \ concat(String \ str)$$

(3) 判断字符串是否以某串结尾 /开头:

$$public \ boolean \ endsWith(String \ suffix)/startsWith(String \ prefix)$$

(4) 字符串内容是否相等/不区分大小写情况下是否相等:

$$public \ boolean \ equals(Object \ anObject)/equalsIgnoreCase(String \ anotherString)$$

(5) 根据默认字符集转成字节数组:

$$public \ byte[] \ getBytes()$$

(6) 根据相应字符集转成字节数组:

$$public \ byte[] \ getBytes(String \ enc)$$

(7) 返回字符在串中位置:

$$public \ int \ indexOf(int \ ch)/int \ indexOf(int \ ch, int \ fromIndex)$$

(8) 返回字符串在串中位置:

$$public \ int \ indexOf(String \ str)/int \ indexOf(String \ str, int \ fromIndex)$$

(9) 字符串长度:

$$public \ int \ length()$$

(10) 替换字符:

$$public \ String \ replace(char \ oldChar, char \ newChar)$$

(11) 截取某段:

$$public \ String \ substring(int \ beginIndex)/substring(int \ beginIndex, int \ endIndex)$$

(12) 转为字符数组:

$$public \ char[] \ toCharArray()$$

(13) 转为小写/大写：

$$\text{public String toLowerCase()/toUpperCase()}$$

(14) 去掉两边空格：

$$\text{public String trim()}$$

(15) 将各种类型转为字符串：

$$\text{public static String valueOf(各种类型)}$$

注意：有些函数来源于 CLDC 1.1，但 CLDC 1.0 对其不支持。具体可以查询文档。

下面用一个案例来说明该问题。在项目中建立一个 MIDlet2，打开程序，将代码改为如下。

MIDlet2.java

```java
import javax.microedition.midlet.MIDlet;
import javax.microedition.midlet.MIDletStateChangeException;

public class MIDlet2 extends MIDlet
{
    protected void startApp() throws MIDletStateChangeException
    {
        String str = "Chinese";
        System.out.println(str + "中第一个字符是: " + str.charAt(1));
        System.out.println(str + "连接 China 的结果是: " + str.concat("China"));
        System.out.println(str + "是否以 se 结尾: " + str.endsWith("ld!"));
        System.out.println(str + "是否以 China 开头: " + str.startsWith("China"));
        System.out.println(str + "是否和 Chinese 相等: " + str.equals("Chinese"));
        System.out.println(str + "是否和 chinese 相等(不考虑大小写): " +
                            str.equalsIgnoreCase("chinese"));
        System.out.println(str + "中 i 字母第一次出现的位置是: " + str.indexOf('i'));
        System.out.println(str + "中 ne 第一次出现的位置是: " + str.indexOf("ne"));
        System.out.println(str + "长度: " + str.length());
        System.out.println(str + "中,将 e 字母换成 E 的结果是: " + str.replace('e', 'E'));
        System.out.println(str + "中第 2 到第 5 个字符是: " + str.substring(1,4));

        String chStr = " 中国人 ";
        String newStr = chStr.trim();
        System.out.println(chStr + "去除两端空格的结果是: " + newStr);
    }

    protected void destroyApp(boolean arg0) throws MIDletStateChangeException {}
    protected void pauseApp() {}
}
```

运行这个 MIDlet，控制台上将打印如图 7-2 所示内容。

```
Chinese中第一个字符是: h
Chinese连接China的结果是: ChineseChina
Chinese是否以se结尾: false
Chinese是否以China开头: false
Chinese是否和Chinese相等: true
Chinese是否和chinese相等(不考虑大小写): true
Chinese中i字母第一次出现的位置是: 2
Chinese中ne第一次出现的位置是: 3
Chinese长度: 7
Chinese中,将e字母换成E的结果是: ChinEsE
Chinese中第2到第5个字符: hin
中国人 去除两端空格的结果是: 中国人
```

图 7-2 控制台的打印效果(2)

121

7.3 用 StringBuffer 类进行字符串处理

和 String 类相比,java.lang.StringBuffer 类实际上是可变的字符串,能节省资源,并且对字符串的操作提供了更加灵活的方法。

考察以下代码:

```
String str = "China";
str.replace('h', 'A');
```

此时如果打印 str,得到的结果不是 CAina,还是 China。

为什么? 因为 String 内封装的是不可变的字符串,如果用户要将其进行一些处理,就必须得到返回值,如前面的代码可以改为:

```
String str = "China";
String newStr = str.replace('h', 'A');
```

然后打印 newStr 才能得到结果。显然,这种情况为字符串的操作带来了不便,因为在这里新生成了一个对象 newStr,额外分配了内存。如果一个很长的字符串内需要将一个字符替换成另一个字符,那必须重新生成一个字符串才能够奏效。

StringBuffer 类就可以避免这个问题,Java 语言中利用 StringBuffer 类对可变字符串进行处理。本节中将使用 MIDlet 来讲解 StringBuffer 类。

StringBuffer 类提供了大量的方法,来支持可变字符串操作。打开文档,找到 java.lang.StringBuffer 类,会发现这个类有 3 个构造函数,常见的构造函数有以下两个。

(1) 实例化一个空的 StringBuffer 对象:

```
public StringBuffer()
```

(2) 传入一个字符串组成 StringBuffer 对象:

```
public StringBuffer(String str)
```

关于其他构造函数,可以参考 API 文档。

可以调用 StringBuffer 类里面的函数来进行字符串操作,主要功能如下。

（1）在字符串末尾添加各种类型：

$$\text{public StringBuffer append(各种类型)}$$

（2）在某个位置添加各种类型：

$$\text{public StringBuffer insert(int offset，各种类型)}$$

（3）删除字符或某一段字符串：

deleteCharAt(int index) / public StringBuffer delete(int start，int end)

（4）包含的字符数：

$$\text{public int length()}$$

（5）返回某位置的字符：

$$\text{public char charAt(int index)}$$

（6）得到一段字符：

public void getChars(int srcBegin，int srcEnd，char[] dst，int dstBegin)

（7）字符串倒转：

$$\text{public StringBuffer reverse()}$$

（8）替换某个位置的字符：

$$\text{public void setCharAt(int index，char ch)}$$

（9）转为字符串：

$$\text{public String toString()}$$

注意：有些函数来源于 CLDC 1.1，但 CLDC 1.0 对其不支持。具体信息可以查看文档。
在项目中建立一个 MIDlet3，打开程序，将代码改为如下。

MIDlet3.java

```
import javax.microedition.midlet.MIDlet;
import javax.microedition.midlet.MIDletStateChangeException;

public class MIDlet3 extends MIDlet
{
    protected void startApp() throws MIDletStateChangeException
    {
        StringBuffer sb = new StringBuffer("Hello World!");
        System.out.println("sb 内容是：" + sb);
        sb.append("China");
        System.out.println("添加 China 之后,sb 内容是：" + sb);
        sb.append(Math.PI);
        System.out.println("添加 PI 之后,sb 内容是：" + sb);
        sb.delete(2,5);
        System.out.println("删除 2~5 位置的字符之后,sb 内容是：" + sb);
        sb.insert(2, "中国人");
        System.out.println("在第 2 个位置插入中国人之后,sb 内容是：" + sb);
        System.out.println("sb 对应的字符串是：" + sb.toString());
        System.out.println("sb 长度是：" + sb.length());
        sb.reverse();
        System.out.println("sb 倒转之后的内容是：" + sb);
```

```
    }
    protected void destroyApp(boolean arg0) throws MIDletStateChangeException {}
    protected void pauseApp() {}
}
```

运行这个 MIDlet，控制台上将打印如图 7-3 所示的内容。

```
sb内容是: Hello World!
添加China之后, sb内容是: Hello World!China
添加PI之后, sb内容是: Hello World!China3.141592653589793
删除2~5位置的字符之后, sb内容是: He World!China3.141592653589793
在第2个位置插入中国人之后, sb内容是: He中国人 World!China3.141592653589793
sb对应的字符串是: He中国人 World!China3.141592653589793
sb长度是: 34
sb倒转之后的内容是: 397985356295141.3anihC!dlroW 人国中eH
```

图 7-3　控制台打印效果(3)

7.4　获取系统详细时间

Java ME 中提供了灵活的时间管理方法，可以灵活操作时间日期等数据，主要用到以下几个类。

(1) 日期时间类：java.util.Date；

(2) 日历类：java.util.Calendar。

Date 和 Calendar 类配合起来，提供了对日期时间的封装和操作。Date 类可以初始化日期时间，但是却无法获得具体的年月日或者小时、分、秒，如果要得到具体的日期时间项目，就必须和 Calendar 类配合。

打开文档，找到 java.util.Calendar 类，会发现这个类没有可用的构造函数。一般可以用以下函数得到 Calendar 对象：

```
public static Calendar getInstance()
```

得到日历对象之后，也可以用以下函数来改变其封装的时间日期。

```
public final void setTime(Date date)
```

怎样得到具体的时间项目，如年月日呢？在 Calendar 类内有一个函数：

```
public final int get(int field)
```

可以得到对应的项目，其参数可以由以下值指定。

(1) Calendar.YEAR：年

(2) Calendar.MONTH：月

(3) Calendar.DAY_OF_MONTH：日

(4) Calendar.DAY_OF_WEEK：星期

(5) Calendar.HOUR：小时

(6) Calendar.HOUR_OF_DAY：小时(按照 24 小时算)

(7) Calendar.MINUTE：分钟

(8) Calendar.SECOND：秒钟

123

如下代码：

```
Calendar c = Calendar.getInstance();
System.out.println("年: " + c.get(Calendar.YEAR));
System.out.println("月: " + c.get(Calendar.MONTH));
```

就可以打印当前日期中的年和月。

用以下案例说明该问题。在项目 Prj7_1 中建立 MIDlet4，代码改为如下。

MIDlet4.java

```
import java.util.Calendar;
import javax.microedition.midlet.MIDlet;
import javax.microedition.midlet.MIDletStateChangeException;

public class MIDlet4 extends MIDlet
{
    protected void startApp() throws MIDletStateChangeException
    {
        Calendar c = Calendar.getInstance();
        System.out.println("年: " + c.get(Calendar.YEAR));
        System.out.println("月: " + c.get(Calendar.MONTH));
        System.out.println("日: " + c.get(Calendar.DAY_OF_MONTH));
        System.out.println("星期: " + c.get(Calendar.DAY_OF_WEEK));
        System.out.println("小时: " + c.get(Calendar.HOUR));
        System.out.println("小时(24 小时算): " + c.get(Calendar.HOUR_OF_DAY));
        System.out.println("分: " + c.get(Calendar.MINUTE));
        System.out.println("秒: " + c.get(Calendar.SECOND));
    }

    protected void destroyApp(boolean arg0) throws MIDletStateChangeException {}
    protected void pauseApp() {}
}
```

运行这个 MIDlet，控制台上，打印的结果如图 7-4 所示。

图 7-4　控制台打印效果(4)

注意：在这里，月份中 1 月份系统认为是 0，而星期天认为是一周中的第一天；小时数字是按照格林尼治时间计算的。

7.5 用 Random 类生成随机数

在许多应用中,随机数都起到较大的作用,如游戏中在随机的位置出现障碍等。java.util. Random 类提供了生成随机数的方法。打开文档,找到 Random 类,会发现这个类有两个可用的构造函数。

(1) 直接生成 Random 类对象:

$$\text{public } \textbf{Random}()$$

(2) 传入一个种子,生成 Random 类对象:

$$\text{public } \textbf{Random}(\text{long seed})$$

实际上在使用的过程中,第一个构造函数就足够了。

生成对象之后,就可以调用 Random 类中的成员函数来完成一些功能。其功能主要如下。

(1) 生成一个 0~1 之间的 double 随机数:

$$\text{public double } \textbf{nextDouble}()$$

(2) 生成一个 0~n 之间的随机整数:

$$\text{public int } \textbf{nextInt}(\text{int n})$$

下面将编写一个 MIDlet 来生成一些随机数。在项目中建立一个 MIDlet5,打开程序,将代码改为如下。

MIDlet5.java

```java
import java.util.Random;

import javax.microedition.midlet.MIDletStateChangeException;

public class MIDlet5 extends javax.microedition.midlet.MIDlet
{
    protected void startApp() throws MIDletStateChangeException
    {
        Random rnd = new Random();
        //产生 0~100 之间的随机整数
        System.out.println(rnd.nextInt(100));
        //产生 0~100 之间的随机整数
        System.out.println((int)(rnd.nextDouble() * 100));
        //产生 10~20 之间的随机整数
        System.out.println(rnd.nextInt(10) + 10);
    }
    protected void destroyApp(boolean arg0) throws MIDletStateChangeException {}
    protected void pauseApp() {}
}
```

运行这个 MIDlet,控制台上将打印:

```
58
66
18
```

值得一提的是,读者在运行这段程序时,可能得到的效果不一样,因为数字是随机生成的。

7.6 用集合容纳对象

集合框架中的类是为了容纳一些对象,便于对象的访问和传输,可以看成可变的对象数组,但是集合的操作又包含了更为强大的功能。在 Java ME 中,集合框架提供了丰富的 API,在 J2SE 中集合框架进行了简化,主要是以下两个类。

(1) 一维有序集合:java. util. Vector;

(2) 二维无序集合:java. util. Hashtable。

Vector 类提供了容纳多个对象的功能,对象在 Vector 中具有顺序。

打开文档,找到 java. util. Vector 类,会发现这个类有 3 个构造函数,最常见的构造函数是第一个。

public **Vector**()

用这个构造函数可以生成一个空的 Vector 对象。

可以调用 Vector 类里面的函数来进行对象操作,主要功能如下。

(1) 在末尾添加一个对象:

public void addElement(Object obj)

(2) 判断是否包含某个对象:

public boolean contains(Object elem)

(3) 将 Vector 转为对象数组:

public void copyInto(Object[] anArray)

(4) 得到某个位置的对象:

public Object elementAt(int index)

(5) 得到第一个对象:

public Object firstElement()

(6) 返回某个对象的位置:

public int indexOf(Object elem)

(7) 在某位置插入一个对象,后面的对象后移:

public void insertElementAt(Object obj, int index)

(8) 判断集合是否为空:

public boolean isEmpty()

(9) 得到最后一个对象:

public Object lastElement()

（10）清空集合：

public void removeAllElements()

（11）移除某个对象：

public boolean removeElement(Object obj)

（12）移除某个位置的对象：

public void removeElementAt(int index)

（13）修改某个位置的对象：

public void setElementAt(Object obj，int index)

（14）返回集合大小：

public int size()

对于集合中元素的添加、删除和修改，在上面都有了较为详细的罗列。由于可以通过下标来访问集合中的元素，因此，集合的遍历可以由循环来进行。如下代码，就可以对集合进行遍历。

```
Vector v = new Vector();
//添加
v.addElement("中国");
v.addElement("美国");
v.addElement("日本");
v.addElement("韩国");
//遍历
int size = v.size();
for(int i = 0;i < size;i++)
{
    String str = (String)v.elementAt(i);
    System.out.println(str);
}
```

下面用一个案例来说明该问题。在项目中建立一个 MIDlet6，打开程序，将代码改为如下。

MIDlet6.java

```
import java.util.Vector;
import javax.microedition.midlet.MIDletStateChangeException;

public class MIDlet6 extends javax.microedition.midlet.MIDlet
{
    protected void startApp() throws MIDletStateChangeException
    {
        Vector v = new Vector();
        //添加
        v.addElement("中国");
        v.addElement("美国");
        v.addElement("日本");
        v.addElement("韩国");
        //删除美国
```

```
        v.removeElementAt(1);
        //将 0 位置的元素修改为 China
        v.setElementAt("China", 0);
        //遍历
        int size = v.size();
        for(int i = 0;i < size;i++)
        {
                String str = (String)v.elementAt(i);
                System.out.println(str);
        }
    }
    protected void destroyApp(boolean arg0) throws MIDletStateChangeException {}
    protected void pauseApp() {}
}
```

运行这个 MIDlet,控制台上将打印:

```
China
日本
韩国
```

Hashtable 类也提供了容纳多个对象的功能,并且,可以为每个对象指定一个 key 值,如图 7-5 所示。

注意:如果为两个不同的对象指定同一个 key 值,后面的对象将会把前面的对象覆盖。对象在 Hashtable 中没有顺序。打开文档,找到 java.util.Hashtable 类,会发现这个类有 2 个构造函数,最常见的构造函数是第一个。

Key	Value
学号	0001
姓名	郭克华
性别	男

图 7-5 为对象指定 key 值

public **Hashtable**()

用这个构造函数可以生成一个空的 Hashtable 对象。

可以调用 Hashtable 类里面的函数来进行对象操作,主要功能如下。

(1) 清空 Hashtable:

public void clear()

(2) 判断是否包含某个对象:

public boolean contains(Object value)

(3) 判断是否包含某个 key 值:

public boolean containsKey(Object key)

(4) 根据 key 值得到某个对象:

public Object get(Object key)

(5) 判断 Hashtable 是否为空:

public boolean isEmpty()

(6) 添加一个对象,并且指定 key:

public Object put(Object key, Object value)

(7) 根据 key 移除一个对象:

public Object remove(Object key)

（8）得到 Hashtable 大小：

$$public\ int\ size()$$

（9）得到所有 key 值的枚举：

$$public\ Enumeration\ keys()$$

（10）得到所有对象的枚举：

$$public\ Enumeration\ elements()$$

这里有必要讲解一下 Enumeration 接口，这个接口比较简单。打开 java. util. Enumeration 的文档，里面有两个函数，分别为：

（1）判断枚举中是否还有元素：

```
public boolean hasMoreElements()
```

（2）得到枚举中的下一个元素：

```
public Object nextElement()
```

可以通过 while 循环对枚举进行遍历，代码如下。

```
Enumeration enu;
while(enu.hasMoreElements())
{
    System.out.println(enu.nextElement());
}
```

从上面内容可以知道，Hashtable 无法通过下标来访问集合中的元素，因为元素是没有顺序的。因此，集合的遍历不能由循环来进行。但是，可以通过枚举来进行遍历。

如下代码对 Hashtable 中的 key 进行遍历。

```
Hashtable ht = new Hashtable();
//添加
ht.put("姓名", "张三");
ht.put("年龄", new Integer(25));
ht.put("性别", "男");
//得到所有的 key
Enumeration enu1 = ht.keys();
while(enu1.hasMoreElements())
{
    System.out.println(enu1.nextElement());
}
```

如下代码对 Hashtable 中的 value 进行遍历。

```
Hashtable ht = new Hashtable();
//添加
ht.put("姓名", "张三");
ht.put("年龄", new Integer(25));
ht.put("性别", "男");
//得到所有 value
```

129

```
        Enumeration enu2 = ht.elements();
        while(enu2.hasMoreElements())
        {
            System.out.println(enu2.nextElement());
        }
```

如下代码对 Hashtable 中的 key 和 value 进行遍历。

```
Hashtable ht = new Hashtable();
//添加
ht.put("姓名", "张三");
ht.put("年龄", new Integer(25));
ht.put("性别", "男");
//得到所有的 key 和 value
Enumeration enu1 = ht.keys();
while(enu1.hasMoreElements())
{
    String key = (String)enu1.nextElement();
    System.out.println(key + ":" + ht.get(key));
}
```

下面用案例来说明该问题。在项目中建立一个 MIDlet7，打开程序，将代码改为如下。

MIDlet7.java

```java
import java.util.Enumeration;
import java.util.Hashtable;

import javax.microedition.midlet.MIDletStateChangeException;

public class MIDlet7 extends javax.microedition.midlet.MIDlet
{
    protected void startApp() throws MIDletStateChangeException
    {
        Hashtable ht = new Hashtable();
        //添加
        //key 为姓名 value 为张三
        ht.put("姓名", "张三");
        ht.put("年龄", new Integer(25));
        ht.put("性别", "男");
        //通过 key 获得一个元素的值
        System.out.println("姓名为：" + ht.get("姓名"));
        //通过 key 修改一个元素的值
        ht.put("姓名", "王武");
        System.out.println("修改后的姓名为：" + ht.get("姓名"));
        //通过 key 删除
        ht.remove("姓名");
        System.out.println("删除后的姓名为：" + ht.get("姓名"));
        //得到所有的 key 和 value
        Enumeration enu1 = ht.keys();
        while(enu1.hasMoreElements())
```

```
    {
        String key = (String)enu1.nextElement();
        System.out.println(key + ":" + ht.get(key));
    }
}
protected void destroyApp(boolean arg0) throws MIDletStateChangeException {}
protected void pauseApp() {}
}
```

运行这个 MIDlet,控制台上将打印如图 7-6 所示的
效果。

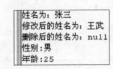

注意:打印中,发现先打印性别,后打印年龄,而对象添
加进 Hashtable 时是先添加年龄,后添加性别,因此说明
Hashtable 内的元素是没有顺序的。

图 7-6 控制台打印效果(5)

7.7 定时器

定时器在很多特定的应用中很有用,它的主要作用是可以安排工作的运行时间和频率。
定时器的功能,实际上也可以用多线程来实现,只是在对时间和频率的掌握上,定时器可以
做得更加方便。如图 7-7 所示的电子钟,就可以用定时器开发。

图 7-7 电子钟

每隔一秒钟,界面标题上的时间就发生变化。

定时器效果的实现,依赖于两个类。

(1) 定时器所做的具体工作类:java. util.
TimerTask;

(2) 定时器活动控制类:java. util. Timer。

打开文档,找到 java. util. TimerTask 类,会发现
它没有可用的构造函数,也无法得到其对象,实际
上,这个类是为了让用户进行继承的,在里面最重要
的成员函数是:

$$public\ abstract\ void\ run()$$

这个函数是抽象函数,一定要进行重写,用户就可以将定时器所做的工作写在这个函数
内。如下代码,就是在 TimerTask 中定义了相应功能。

```
class Task extends TimerTask
    {
        public void run()
        {
            Date d = new Date();
            System.out.println(d);
        }
    }
```

接下来是 java. util. Timer 类，打开文档，找到 java. util. Timer 类，会发现它有一个可用的构造函数：

public Timer()

通过这个构造函数可以实例化 Timer 对象，用它来控制 TimerTask 对象的运行。

接下来应该是将 Timer 对象和 TimerTask 对象绑定，在 Timer 类中有如下成员函数。

（1）某时刻触发 TimerTask 的 run 函数：

public void schedule(TimerTask task,
Date time)

如：

```
Timer timer = new Timer();
timer.schedule(new Task(), new Date());
```

表示从现在开始对 Task 类中的 run 函数运行一次。

（2）某段时间之后触发一次 TimerTask 的 run 函数：

public void schedule(TimerTask task,
long delay)

如：

```
Timer timer = new Timer();
timer.schedule(new Task(), 1000);
```

表示 1000 毫秒之后对 Task 类中的 run 函数运行一次。

（8）某段时间之后触发 TimerTask 的 run 函数开始执行，指定重复执行的周期，单位是毫秒：

public void schedule(TimerTask task,
long delay,
long period)

如：

```
Timer timer = new Timer();
timer.schedule(new Task(), 1000, 500);
```

表示 1000 毫秒之后，运行 Task 类中的 run 函数，每 500 毫秒运行一次。

（4）某个时刻开始执行 TimerTask 的 run 函数，指定重复执行的周期，单位是毫秒：

public void schedule(TimerTask task,
Date firstTime,
long period)

如：

```
Timer timer = new Timer();
timer.schedule(new Task(), new Date(),1000);
```

表示从现在开始,运行 Task 类中的 run 函数,每 1000 毫秒运行一次。

在这个案例中,用户可以使用这 4 个 schedule 函数中的最后一个,参数 2 取当前时间,参数 3 取 1000 毫秒。

另外,在定时器中还有一个函数:

public void **cancel**()

可以终止定时器的运行。

注意:Timer 终止之后,必须重新实例化 Timer 对象和 TimerTask 对象,重新调用 schedule 函数来运行。

133

建立 MIDlet8,打开程序,将代码改为如下。

MIDlet8.java

```java
import java.util.Date;
import java.util.Timer;
import java.util.TimerTask;

import javax.microedition.lcdui.Display;
import javax.microedition.lcdui.Form;
import javax.microedition.midlet.MIDletStateChangeException;

public class MIDlet8 extends javax.microedition.midlet.MIDlet
{
    private Form frm = new Form("");
    private Display dis;
    protected void startApp() throws MIDletStateChangeException
    {
        dis = Display.getDisplay(this);
        dis.setCurrent(frm);
        Timer timer = new Timer();
        timer.schedule(new Task(), new Date(),1000);
    }
    class Task extends TimerTask
    {
        public void run()
        {
            Date d = new Date();
            frm.setTitle(d.toString());
        }
    }
    protected void destroyApp(boolean arg0) throws MIDletStateChangeException {}
    protected void pauseApp() {}
}
```

运行这个 MIDlet,也能得到如图 7-7 所示的效果。

注意:利用定时器时,TimerTask 类中没有写死循环,其时间和频率的控制完全靠 Timer 对象,简化了编程。

7.8 转换数据类型

Java ME 应用中，经常会遇到数据类型的转换，如文本框中输入的字符串需要转成数值等。数据类型转换由于在 JavaSE 中也有相应的叙述，因此本节中只是对其进行一个总结。

Java 语言是一种面向对象的语言，简单数据类型都对应相应的类。具体如下。

（1）boolean 类型对应的类：java. lang. Boolean；

（2）byte 类型对应的类：java. lang. Byte；

（3）char 类型对应的类：java. lang. Character；

（4）double 类型对应的类：java. lang. Double；

（5）float 类型对应的类：java. lang. Float；

（6）int 类型对应的类：java. lang. Integer；

（7）long 类型对应的类：java. lang. Long；

（8）short 类型对应的类：java. lang. Short；

（9）String 类：java. lang. String。

针对各种数据类型的转换，Java 语言中有相应的讲解，在这里重点总结各种类型和字符串之间的相互转换。

将字符串转为各种类型可使用如下函数。

（1）字符串转 byte，可以用 java. lang. Boolean 内的函数：

```
public static byte parseByte(String s)
                throws NumberFormatException
```

（2）字符串转 double，可以用 java. lang. Double 内的函数：

```
public static double parseDouble(String s)
                throws NumberFormatException
```

或者

```
public static Double valueOf(String s)
                throws NumberFormatException
```

（3）字符串转 float，可以用 java. lang. Float 内的函数：

```
public static float parseFloat(String s)
                throws NumberFormatException
```

或者

```
public static Float valueOf(String s)
                throws NumberFormatException
```

（4）字符串转 int，可以用 java. lang. Integer 内的函数：

```
public static int parseInt(String s)
                throws NumberFormatException
```

或者

```
public static Integer valueOf(String s,
                             int radix)
                    throws NumberFormatException
```

（5）字符串转 long，可以用 java. lang. Long 内的函数：

```
public static long parseLong(String s)
                    throws NumberFormatException
```

或者

```
public static long parseLong(String s,
                             int radix)
                    throws NumberFormatException
```

（6）字符串转 short，可以用 java. lang. Short 内的函数：

```
public static short parseShort(String s)
                     throws NumberFormatException
```

或者

```
public static short parseShort(String s,
                               int radix)
                     throws NumberFormatException
```

将各种类型转换成字符串，可以用如下方法。

（1）int 转字符串，可以用 java. lang. Integer 内的函数：

```
public static String toString(double d)
```

或者 java. lang. String 内的函数：

```
public static String valueOf(int i)
```

（2）float 转字符串，可以用 java. lang. Float 内的函数：

```
public static String toString(float f)
```

或者 java. lang. String 内的函数：

```
public static String valueOf(float f)
```

（3）double 转字符串，可以用 java. lang. Double 内的函数：

```
public static String toString(double d)
```

或者 java. lang. String 内的函数：

```
public static String valueOf(double d)
```

（4）long 转字符串，可以用 java. lang. Long 内的函数：

```
public static String toString(long i)
```

或者 java. lang. String 内的函数：

```
public static String valueOf(long 1)
```

7.9　小结

本章对数据处理和工具类进行了讲解,希望在开发的过程中用户能够充分使用文档,这样才能变得熟练。

7.10　上机习题

1. 计算 0~180 度各个角度的正弦。
2. 程序中输入一个字符串,判断有多少个"中国"。
3. 输入一个字符串,显示各个字符出现的次数。

如输入:中华中国

显示:中:2 华:1 国:1

提示:使用字符串和 Hashtable。

4. 将电子钟格式变为"年-月-日　小时:分钟:秒钟"的格式。

第8章

Canvas绘图

建议学时：2

在本书的前面几章中，介绍了高级界面的开发。高级界面就是界面上的效果都是由控件组成的；与此对应的是低级界面，就是界面效果都是通过编程，在画布上画出来的。打开文档，找到 javax. microedition. lcdui 包，这个包里面包含了制作界面最基本的 API。打开其树型图，可以看到如下的结构。

```
class javax.microedition.lcdui.Displayable
    o class javax.microedition.lcdui.Canvas
        o class javax.microedition.lcdui.game.GameCanvas
    o class javax.microedition.lcdui.Screen
        o class javax.microedition.lcdui.Alert
        o class javax.microedition.lcdui.Form
        o class javax.microedition.lcdui.List
        o class javax.microedition.lcdui.TextBox
```

Displayable 的子类可以充满整个界面，其直接子类有两个：Canvas 和 Screen。其中，Screen 的子类就是以前讲解的高级界面，而 Canvas 就为低级界面的开发提供了支持。

如前所述，低级界面上的所有效果都是画出来的，因此，本章将重点介绍低级界面，以及在低级界面上的画图。本章重点讲解的是以下的 API。

（1）画布类：

javax.microedition.lcdui.Canvas

（2）画笔类：

javax.microedition.lcdui.Graphics

8.1　画布概述

javax. microedition. lcdui. Canvas（画布）是 Displayable 的子类，也能充满整个界面。因此，Canvas 添加到界面上的方法和 Form 完全相同。打开文档，找到 javax. microedition. lcdui. Canvas 目录，首先介绍其构造函数，构造函数有 1 个。

protected Canvas()

这个函数是保护性的,无法直接使用,因此,一般方法是对 Canvas 进行扩展。在画布上画一些内容,最后显示在 MIDlet 上。

在 Canvas 类中,有如下重要成员函数。

(1)

```
protected abstract void paint(Graphics g)
```

该函数是抽象函数,如果扩展了 Canvas 类,就必须对 paint 函数进行重写。该函数里面可以包含画图的代码。

注意:该方法是在界面出现时自动调用的!

(2)

```
public final void repaint()
```

该函数负责调用 paint 函数。

(3)

```
public void setFullScreenMode(boolean mode)
```

该函数可以设置画布是否以全屏幕显示。如果为 true,则全屏幕显示。

综上所述,画布开发的基本结构如下。

```java
public class MIDlet1 extends MIDlet
{
    //画布类
    class MyCanvas extends Canvas
    {
        public void paint(Graphics g)
        {
            //在画布上画图
        }
    }
    private MyCanvas mc = new MyCanvas();
    private Display dis;
    protected void startApp() throws MIDletStateChangeException
    {
        dis = Display.getDisplay(this);
        dis.setCurrent(mc);
    }
    //其他代码
}
```

下面用案例来实现一个全屏幕的画布。建立项目 Prj8_1,在里面建立一个 MIDlet1,打开程序,将代码改为如下。

MIDlet1.java

```java
import javax.microedition.lcdui.Canvas;
import javax.microedition.lcdui.Command;
import javax.microedition.lcdui.Display;
import javax.microedition.lcdui.Graphics;
```

```
import javax.microedition.midlet.MIDlet;
import javax.microedition.midlet.MIDletStateChangeException;

public class MIDlet1 extends MIDlet
{
    private MyCanvas mc = new MyCanvas();
    private Display dis;
    protected void startApp() throws MIDletStateChangeException
    {
        dis = Display.getDisplay(this);
        mc.setTitle("MyCanvas");
        //画布全屏幕
        mc.setFullScreenMode(true);
        dis.setCurrent(mc);
        mc.addCommand(new Command("命令",Command.SCREEN,1));
    }
    protected void destroyApp(boolean arg0) throws MIDletStateChangeException {}
    protected void pauseApp() {}

    class MyCanvas extends Canvas
    {
        //画图函数,必须重写,画布出现后自动调用
        public void paint(Graphics g)
        {
            System.out.println("paint");
        }
    }
}
```

运行这个 MIDlet,便得到如图 8-1 所示的效果。

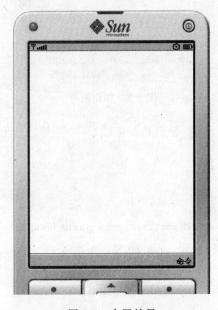

图 8-1　全屏效果

在该界面中可以发现,画布上面的标题消失了,这说明画布以全屏幕形式显示。在界面右下角有一个"命令"按钮,当然,全屏幕并不能让"命令"按钮消失。此时,控制台上将打印:

```
paint
```

说明 paint 函数自动调用了。如果在里面编写了画图代码,则可以对画布进行渲染。

8.2 用 Canvas 开发简单画图系统

打开 javax.microedition.lcdui.Canvas 文档,里面有一个很重要的函数:

```
protected abstract void paint(Graphics g)
```

8.1 节讲过,该函数需要被重写,在画布出现时会自动调用,也可以被 repaint 方法触发。该函数传入一个 Graphics 对象,能够画各种图形。如图 8-2 所示的效果,就是显示了一个含有各种图形的画布。

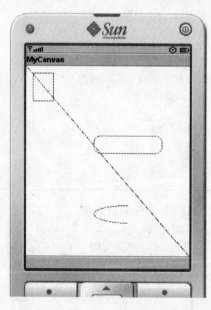

图 8-2　界面效果

在该画布上一共有 4 个图形,分别是一条线、一个矩形、一个圆角矩形和一个左半圆。

8.2.1 Graphics 类

paint 函数的格式为:

```
protected abstract void paint(Graphics g)
```

其参数是一个 Graphics 对象。打开 Graphics 类文档,会发现 Graphics 类定义如下。

```
public class Graphics
extends Object
```

它直接继承 java. lang. Object 类,一般不用构造函数来实例化其对象。值得一提的是,可以通过 paint 函数的参数,直接得到画布上的画笔对象,不需要实例化。如下代码,就可以直接画图。

```
class MyCanvas extends Canvas
{
    public void paint(Graphics g)
    {
        //直接使用参数 g 画图,无须再实例化
    }
}
```

画笔对象的重要功能如下。

(1) 用 RGB 组合的方法设置画笔颜色:

public void setColor(int RGB)

该函数可以设置画笔的颜色,传入的参数是一个十六进制数,用 0xRRGGBB 表示,每个分量为 00~FF 之间。如下代码表示将画笔颜色设置为红色。

```
class MyCanvas extends Canvas
{
    public void paint(Graphics g)
    {
        g.setColor(0xFF0000);
    }
}
```

(2) 用 RGB 分量方法设置画笔颜色:

public void setColor(int red,
int green,
int blue)

该函数传入红色、绿色和蓝色分量,值皆为 0~255 之间。如下代码也表示将画笔颜色设置为红色。

```
class MyCanvas extends Canvas
{
    public void paint(Graphics g)
    {
        g.setColor(255, 0, 0);
    }
}
```

(3)

public void setStrokeStyle(int style)

该函数能够设置画线的线型,其参数可有两种选择。

141

Graphics. SOLID：实线，效果如下：

————————

Graphics. DOTTED：虚线，效果如下：

···················

（4）得到红色分量：

```
public int getRedComponent()
```

（5）得到绿色分量：

```
public int getGreenComponent()
```

（6）得到蓝色分量：

```
public int getBlueComponent()
```

8.2.2　画图函数

以下将介绍 Graphics 常见的画图函数。

（1）画线：

```
public void drawLine(int x1,
                     int y1,
                     int x2,
                     int y2)
```

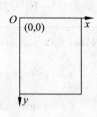

图 8-3　界面坐标

该函数从坐标(x_1, y_1)到(x_2, y_2)画一条线。界面上的坐标如图 8-3 所示。

界面上左上角的坐标为$(0,0)$，越往右 x 越大，越往下 y 越大。

如下代码：

```
class MyCanvas extends Canvas
{
    public void paint(Graphics g)
    {
        g.drawLine(0,0,this.getWidth(),this.getHeight());
        g.drawLine(this.getWidth(),0,0,this.getHeight());
    }
}
```

表示从界面左上角到右下角画一条线，然后从右上角到左下角画一条线。效果如下：

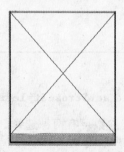

（2）画矩形：

```
public void drawRect(int x,
                     int y,
                     int width,
                     int height)
```

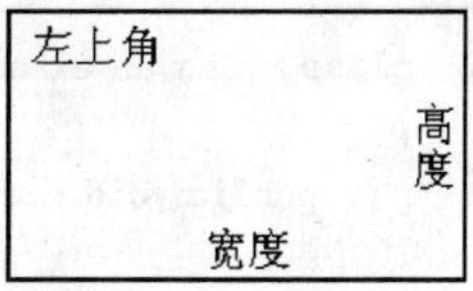

该函数以(x,y)为左上角坐标，width 为宽度，height 为高度画一个矩形，如图 8-4 所示。

如下代码：

图 8-4　矩形定位

143

```
class MyCanvas extends Canvas
{
    public void paint(Graphics g)
    {
        int left = this.getWidth()/4;
        int top = this.getHeight()/4;
        int width = this.getWidth()/2;
        int height = this.getHeight()/2;
        g.drawRect(left, top, width, height);
    }
}
```

表示以界面宽度的 1/4 为左上角横坐标，界面高度的 1/4 为左上角纵坐标，界面宽度的 1/2 长度为宽度，界面高度的 1/2 长度为高度画一个矩形，实际上，这个矩形显示在界面的正中央。效果如下：

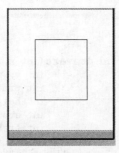

（3）画圆角矩形

```
public void drawRoundRect(int x,
                          int y,
                          int width,
                          int height,
                          int arcWidth,
                          int arcHeight)
```

图 8-5　圆角矩形定位

圆角矩形来源于一个普通矩形，普通矩形就有左上角的横纵坐标、宽度和高度。该函数画一个圆角矩形，以(x,y)为左上角坐标，width 为宽度，height 为高度，arcWidth 为圆角水平直径，arcHeight 为圆角垂直直径，如图 8-5 所示。

如下代码：

```
class MyCanvas extends Canvas
{
    public void paint(Graphics g)
    {
        int left = this.getWidth()/4;
        int top = this.getHeight()/4;
        int width = this.getWidth()/2;
        int height = this.getHeight()/2;
        g.drawRoundRect(left, top, width, height , width/2, height/2);
    }
}
```

表示以界面宽度的 1/4 为左上角横坐标，界面高度的 1/4 为左上角纵坐标，界面宽度的 1/2 长度为宽度，界面高度的 1/2 长度为高度画一个圆角矩形，圆角矩形边上圆角水平直径为矩形宽度的 1/2，圆角矩形边上圆角垂直直径为矩形高度的 1/2。实际上，这个矩形也显示在界面的正中央。效果如下：

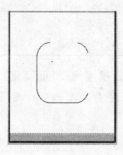

（4）画圆弧（椭圆弧）：

```
public void drawArc(int x,
                    int y,
                    int width,
                    int height,
                    int startAngle,
                    int arcAngle)
```

该函数画一段圆弧，在画图系统中，任何的圆或椭圆都可以包含在一个矩形内，因此，确定了矩形，就确定了圆弧。该函数中，圆弧所在的矩形以 (x,y) 为左上角坐标，width 为宽度，height 为高度，以 startAngle 为开始的角度，arcAngle 为画出的角度。

注意：在圆形画图过程中，从中心水平向右表示 0°，逆时针为正方向。具体定位方法如图 8-6 所示。

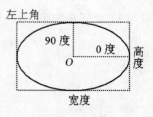

图 8-6　圆形定位

如下代码：

```
class MyCanvas extends Canvas
{
    public void paint(Graphics g)
    {
```

```
        int left = this.getWidth()/4;
        int top = this.getHeight()/4;
        int width = this.getWidth()/2;
        int height = this.getHeight()/2;
        g.drawArc(left, top, width, height , 90, 180);
    }
}
```

表示以界面宽度的 1/4 为左上角横坐标,界面高度的 1/4 为左上角纵坐标,界面宽度的 1/2 为宽度,界面高度的 1/2 为高度定位一个矩形,画矩形中的圆,从 90° 开始画,向后画 180°。实际上,这个圆弧就是左半圆。效果如下:

综合以上叙述,可以编写如图 8-2 所示的效果。在项目中建立 MIDlet2,建立如下代码。

MIDlet2.java

```java
import javax.microedition.lcdui.Canvas;
import javax.microedition.lcdui.Display;
import javax.microedition.lcdui.Graphics;
import javax.microedition.midlet.MIDlet;
import javax.microedition.midlet.MIDletStateChangeException;

public class MIDlet2 extends MIDlet
{
    private MyCanvas mc = new MyCanvas();
    private Display dis;
    protected void startApp() throws MIDletStateChangeException
    {
        dis = Display.getDisplay(this);
        mc.setTitle("MyCanvas");
        dis.setCurrent(mc);
    }
    protected void destroyApp(boolean arg0) throws MIDletStateChangeException {}
    protected void pauseApp() {}
    class MyCanvas extends Canvas
    {
        //参数 g 负责在画布上画图
        public void paint(Graphics g)
        {
            //设置画笔颜色:红色,各个分量在 0~255 之间
            g.setColor(255, 0, 0);
            //虚线
```

```
                        g.setStrokeStyle(Graphics.DOTTED);
                        //画线: 从(0,0)画到右下角
                        g.drawLine(0,0, this.getWidth(),this.getHeight());
                        //画矩形: 左上角为(10,10),宽度为30,高度为40
                        g.drawRect(10,10, 30,40);
                        //画圆角矩形: 左上角为(100,100)
                        //宽度为100,高度为25,圆角水平和垂直直径均为20
                        g.drawRoundRect(100,100, 100,25,20,20);
                        //画弧线: 左上角为(100,200)
                        //宽度为100,高度为25, 从90°向后画180°
                        g.drawArc(100,200, 100,25,90,180);
            }
        }
    }
```

运行这个 MIDlet,就可以得到如图 8-2 中的效果。

8.2.3 其他画图函数

以上画的是空心图形,如果画实心图形,在 Graphics 类中有以下函数进行支持。

(1) 画实心矩形:

```
                public void fillRect(int x,
                                     int y,
                                     int width,
                                     int height)
```

参数意义和画空心矩形相同。

(2) 画圆角实心矩形:

```
                public void fillRoundRect(int x,
                                          int y,
                                          int width,
                                          int height,
                                          int arcWidth,
                                          int arcHeight)
```

参数意义和画空心圆角矩形相同。

(3) 画实心圆弧:

```
                public void fillArc(int x,
                                    int y,
                                    int width,
                                    int height,
                                    int startAngle,
                                    int arcAngle)
```

参数意义和画空心圆弧相同。

(4) 画实心三角形:

```
                public void fillTriangle(int x1,
                                         int y1,
                                         int x2,
                                         int y2,
                                         int x3,
                                         int y3)
```

其参数定位了三角形的三个顶点。

在这里,将实现如图 8-7 所示的效果。

图 8-7 程序效果

在项目中建立 MIDlet3,建立如下代码。

MIDlet3.java

```java
import javax.microedition.lcdui.Canvas;
import javax.microedition.lcdui.Display;
import javax.microedition.lcdui.Graphics;
import javax.microedition.midlet.MIDlet;
import javax.microedition.midlet.MIDletStateChangeException;

public class MIDlet3 extends MIDlet
{
    private MyCanvas mc = new MyCanvas();
    private Display dis;
    protected void startApp() throws MIDletStateChangeException
    {
        dis = Display.getDisplay(this);
        mc.setTitle("MyCanvas");
        dis.setCurrent(mc);

    }
    protected void destroyApp(boolean arg0) throws MIDletStateChangeException {}
    protected void pauseApp() {}

    class MyCanvas extends Canvas
    {
        //参数 g 负责在画布上画图
        public void paint(Graphics g)
```

```
    {
        g.setColor(200, 100, 20);
        //画实心矩形
        g.fillRect(10,20, 100,25);
        //画圆角实心矩形
        g.fillRoundRect(100,200, 100,25,10,10);
        //画实心弧线
        g.fillArc(100,150, 100,25,90,360);
        //画实心三角形
        g.fillTriangle(200,200,30,45, 168,97);
    }
  }
}
```

运行这个 MIDlet，就可以得到图 8-7 中的效果。

8.3 在画图系统中画字符串

8.2 节讲述了在画布上画图形的过程，本节将讲解在画布上如何画字符串。如图 8-8 所示的界面，就是在画布上画出字符串的结果。

图 8-8 程序效果图

在界面的角落里都打印着红色的"中国人"，界面正中间也显示大号字体的红色"中国人"。在画布上画字符串并不难，打开 Graphics 类文档，会发现 Graphics 类中有以下重要函数：

```
public void drawString(String str,
                        int x,
                        int y,
                        int anchor)
```

该函数的参数意义如下。

参数1是字符串的内容,如"中国人";

参数2和参数3是参考点在屏幕上的坐标(x,y)。

注意:不是左上角在屏幕上的坐标(x,y)!因为参考点不一定是左上角的那个点!

参考点到底确定为哪一点呢?由第4个参数决定。第4个参数由两个值合成,这两个值之间用"|"隔开。其中一个值表示水平方向,另一个值表示垂直方向。表示水平方向的通常可以在以下内容中选择。

(1) Graphics. LEFT;

(2) Graphics. HCENTER;

(3) Graphics. RIGHT。

表示垂直方向的值,可以选择如下几种。

(1) Graphics. BOTTOM;

(2) Graphics. TOP;

(3) Graphics. BASELINE。

图8-9中显示了常见的一些组合表示的参考点在字符串上的位置。

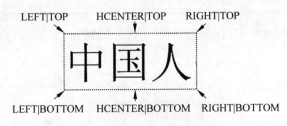

图8-9　字符串上的参考位置

如下代码:

```
gra.drawString("中国人", 0, 0, Graphics.HCENTER|Graphics.TOP);
```

表示将字符串"中国人"的顶部中央的那个点定位到界面的$(0,0)$处,效果如下:

在画出字符串时,除了可以给画笔设置颜色之外,还可以给画笔设置字体,用到如下函数:

public void **setFont**(Font font)

可以用以下函数得到字体:

public Font **getFont**()

得到字体有什么好处呢?其中一个重要作用就是可以得知每个字的宽度和高度,打开javax. microedition. lcdui. Font 的文档,可以看到里面有如下两个函数。

(1)得到字符高度:

public int **getHeight**()

（2）得到字符宽度：

$$public\ int\ \textbf{charWidth}(char\ ch)$$

（3）也可以通过如下函数得到字符串的所占宽度：

$$public\ int\ \textbf{stringWidth}(String\ str)$$

得到宽度和高度对画图很有意义，有时候需要在当前字符串的后面画另一个字符串或另一个图形，就必须对字符串所占的宽度和高度以及所占的位置进行计算。

例如，在界面上已经画出了一个字符串"中国人"，其左上角横纵坐标为(0,0)，效果如下：

代码如下：

```
g.drawString("中国人", 0, 0, Graphics.LEFT|Graphics.TOP);
```

如果在程序运行的过程中，在后期要在"中国人"的后面添加一个字符串"很伟大"，效果变为：

代码就可以改为：

```
g.drawString("中国人", 0, 0, Graphics.LEFT|Graphics.TOP);
Font f = g.getFont();
g.drawString("很伟大",
            f.stringWidth("中国人") , 0,
            Graphics.LEFT|Graphics.TOP);
```

了解了上面的知识，可以实现图 8-8 中的效果。在项目中建立 MIDlet4，建立如下代码。

MIDlet4.java

```
import javax.microedition.lcdui.Canvas;
import javax.microedition.lcdui.Display;
import javax.microedition.lcdui.Font;
import javax.microedition.lcdui.Graphics;
import javax.microedition.midlet.MIDlet;
import javax.microedition.midlet.MIDletStateChangeException;

public class MIDlet4 extends MIDlet
{
```

```
    private MyCanvas mc = new MyCanvas();
    private Display dis;
    protected void startApp() throws MIDletStateChangeException
    {
        dis = Display.getDisplay(this);
        mc.setTitle("MyCanvas");
        dis.setCurrent(mc);
    }
    protected void destroyApp(boolean arg0) throws MIDletStateChangeException {}
    protected void pauseApp() {}

    class MyCanvas extends Canvas
    {
        //参数 g 负责在画布上画图
        public void paint(Graphics g)
        {
            //各个分量在 0~255 之间
            g.setColor(255, 0, 0);
            //左上角的字符串
            g.drawString("中国人", 0, 0,
                                Graphics.TOP|Graphics.LEFT);
            //右上角的字符串
            g.drawString("中国人", this.getWidth(), 0,
                                Graphics.RIGHT|Graphics.TOP);
            //左下角的字符串
            g.drawString("中国人", 0, this.getHeight(),
                                Graphics.LEFT|Graphics.BOTTOM);
            //右下角的字符串
            g.drawString("中国人", this.getWidth(), this.getHeight(),
                                Graphics.RIGHT|Graphics.BOTTOM);
            //正中间的字符串
            Font font = Font.getFont(Font.FACE_SYSTEM,
                                Font.STYLE_BOLD,
                                Font.SIZE_LARGE);
            g.setFont(font);
            int x = this.getWidth()/2;
            int y = this.getHeight()/2 - font.getHeight()/2;
            g.drawString("中国人", x, y,
                                Graphics.HCENTER|Graphics.TOP);
        }
    }
}
```

151

运行这个 MIDlet，就可以得到图 8-8 中的效果。

8.4　在画图系统中画图片

8.3 节讲述了在画布上画字符串的过程，本节将讲解在画布上如何画图片。如图 8-10 所示的界面，就是画布上画出图片的效果。

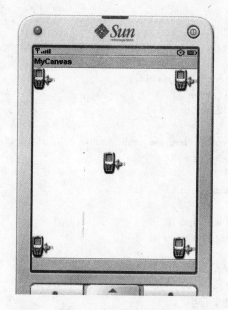

图 8-10　程序效果图

在界面的角落和中间都显示一个手机的图片。

在画布上画图片也不难,打开 Graphics 类文档,会发现 Graphics 类中有以下重要函数。

```
public void drawImage(Image img,
                      int x,
                      int y,
                      int anchor)
```

该函数第一个参数是图片对象,第二个参数和第三个参数是参考点的坐标(x, y),参考点由第 4 个参数决定,其方法和 8.3 节相同。

在项目 Prj8_1 中建立 MIDlet5,并将一张图片 img.png 复制到项目中的 res 目录,建立如下代码。

MIDlet5.java

```java
import javax.microedition.lcdui.Canvas;
import javax.microedition.lcdui.Display;
import javax.microedition.lcdui.Graphics;
import javax.microedition.lcdui.Image;
import javax.microedition.midlet.MIDlet;
import javax.microedition.midlet.MIDletStateChangeException;

public class MIDlet5 extends MIDlet
{
    private MyCanvas mc = new MyCanvas();
    private Display dis;
    protected void startApp() throws MIDletStateChangeException
    {
        dis = Display.getDisplay(this);
        mc.setTitle("MyCanvas");
```

```
        dis.setCurrent(mc);
    }
    protected void destroyApp(boolean arg0) throws MIDletStateChangeException {}
    protected void pauseApp() {}

    class MyCanvas extends Canvas
    {
        private Image img;
        public MyCanvas()
        {
            try
            {
                img = Image.createImage("/img.png");
            }catch(Exception ex){}
        }
        //参数 g 负责在画布上画图
        public void paint(Graphics g)
        {
            g.drawImage(img, 0, 0,
                            Graphics.TOP|Graphics.LEFT);
            g.drawImage(img, this.getWidth(), 0,
                            Graphics.RIGHT|Graphics.TOP);
            g.drawImage(img, 0, this.getHeight(),
                            Graphics.LEFT|Graphics.BOTTOM);
            g.drawImage(img, this.getWidth(), this.getHeight(),
                            Graphics.RIGHT|Graphics.BOTTOM);

            int x = this.getWidth()/2;
            int y = this.getHeight()/2 - img.getHeight()/2;
            g.drawImage(img, x, y,
                            Graphics.HCENTER|Graphics.TOP);
        }
    }
}
```

运行这个 MIDlet，就可以得到图 8-10 中的效果。

在 Graphics 类中，还有一个函数也可以画图片：

```
        public void drawRegion(Image src,
                                int x_src,
                                int y_src,
                                int width,
                                int height,
                                int transform,
                                int x_dest,
                                int y_dest,
                                int anchor)
```

该方法的参数意义如下：

参数 1 表示图片对象；

参数 2 到 5 表示在图片上取一个矩形块,左上角坐标为(x_src,y_src),宽度为 width,高度为 height;

参数 6 表示将这个矩形块画到画布上的时候,进行旋转的角度,有如下可选:

(1) Sprite. TRANS_NONE:不旋转

(2) Sprite. TRANS_ROT90:旋转 90°

(3) Sprite. TRANS_ROT180:旋转 180°

(4) Sprite. TRANS_ROT270:旋转 270°

(5) Sprite. TRANS_MIRROR:镜像

(6) Sprite. TRANS_MIRROR_ROT90:镜像,然后旋转 90°

(7) Sprite. TRANS_MIRROR_ROT180:镜像,然后旋转 180°

(8) Sprite. TRANS_MIRROR_ROT270:镜像,然后旋转 270°

关于参数 6 中的定义,可以参考 javax. microedition. lcdui. game. Sprite 文档。

参数 7 和 8 表示将矩形块画到画布上时,矩形块上参考点的位置,参考点由最后一个参数确定。

例如,有一幅图片 img,要将其上面一半切下来画到界面上,左上角在(0,0)位置,如图 8-11 所示。

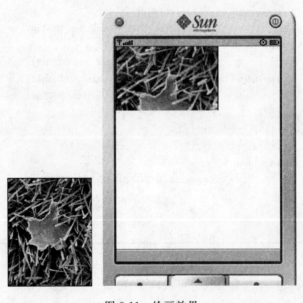

图 8-11　绘画效果

代码如下:

```
g.drawRegion(img, 0, 0, img.getWidth(),img.getHeight()/2,
        Sprite.TRANS_NONE,
        0, 0,Graphics.TOP|Graphics.LEFT);
```

关于该函数的详细使用,读者可以在上机习题中完成。

8.5 小结

本章首先对画布进行系列阐述，然后利用 paint 函数对画布进行一定的渲染，最后详细讲解了画字符串和画图片的过程。

8.6 上机习题

1. 开发如图 8-12 所示的界面。

在该程序中，界面上每隔 100 毫秒，在随机的位置，以随机的颜色，画一个随机大小的实心圆。

提示：该综合案例，需要将多线程、随机数等知识结合起来。

2. 开发如图 8-13 所示的界面。

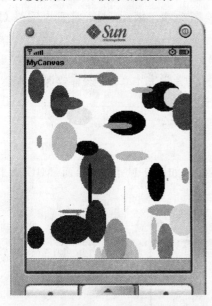

图 8-12 界面(1)

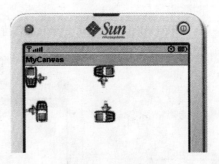

图 8-13 界面(2)

第9章

Canvas事件

建议学时：2

在第 8 章中，介绍了 Canvas 绘图。但是，在很多应用中，画布上的效果应该可以由用户自己控制，如通过键盘或者通过指针来进行控制绘图功能。因此，本章将重点围绕 Canvas 的按键事件和指针事件来进行讲述。

应该指出的是，Java ME 中针对按键和指针事件，没有专门分出监听接口，这些事件的监听，直接可以由画布完成，因此简化了编程开发。读者学完本章，应该有较深的体会。

9.1　按键事件

javax. microedition. lcdui. Canvas 支持按键事件。如图 9-1 所示的界面，MIDlet 上显示一个画布，并且全屏幕显示。

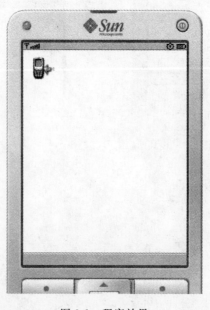

图 9-1　程序效果

在界面上有一个手机的图片,可以用手机上的如下按键进行控制:

上下左右键能够控制图片在界面上向各个方向移动,而中间的选择键则能够让图片旋转,如当按下中间的选择键时,图中的手机图片会变成如下形状:

这就是按键事件的效果。

9.1.1　基本按键的事件

打开文档,找到 javax. microedition. lcdui. Canvas,在支持按键事件方面,会发现里面有三个重要函数。

(1) 当按键按下的时候,自动调用:

$$\text{protected void } \textbf{keyPressed}(\text{int keyCode})$$

(2) 当按键一直按下的时候,自动调用:

$$\text{protected void } \textbf{keyRepeated}(\text{int keyCode})$$

(3) 当按键释放的时候,自动调用:

$$\text{protected void } \textbf{keyReleased}(\text{int keyCode})$$

以上三个函数都是保护型的,无法直接使用,可以被子类重写。

怎样知道是哪个键被发出的事件呢?

在这三个函数中,都有一个整型参数 keyCode,表示键盘上事件发生时按键所对应的代码值,如当某个按键被按下时,keyPressed 方法的参数就变成那个键所对应的键值。各个按键及其对应的值如表 9-1 所示。

表 9-1　键盘上各个基本键对应的值

按 键 名 称	按　　键	值	静 态 变 量
1	1	49	Canvas. KEY_NUM1
2	2 ABC	50	Canvas. KEY_NUM2
3	3 DEF	51	Canvas. KEY_NUM3
4	4 GHI	52	Canvas. KEY_NUM4
5	5 JKL	53	Canvas. KEY_NUM5
6	6 MNO	54	Canvas. KEY_NUM6
7	7 PQRS	55	Canvas. KEY_NUM7
8	8 TUV	56	Canvas. KEY_NUM8
9	9 WXYZ	57	Canvas. KEY_NUM9
0	0	48	Canvas. KEY_NUM0
POUND	# · +	35	Canvas. KEY_POUND
ASTERISK	# · +	42	Canvas. KEY_STAR

注意：该表中不包含"上"、"下"、"左"、"右"、"中"键，为什么呢？因为它们的使用比较特殊，将在后面的篇幅中单独讲解。

另外，Canvas 中还可以根据 keyCode 得到按键名称。

public String getKeyName(int keyCode)

如下代码：

```
System.out.println(getKeyName(52));
//和
System.out.println(getKeyName(Canvas.KEY_NUM4));
```

在屏幕上打印的内容都是：

4

"4"就代表这个键的名称。

用一个程序来综合测试一下。建立项目 Prj9_1，在项目中建立一个名为 MIDlet1 的 MIDlet，代码如下。

MIDlet1.java

```java
import javax.microedition.lcdui.Canvas;
import javax.microedition.lcdui.Display;
import javax.microedition.lcdui.Graphics;
import javax.microedition.midlet.MIDlet;
import javax.microedition.midlet.MIDletStateChangeException;

public class MIDlet1 extends MIDlet
{
    private MyCanvas mc = new MyCanvas();
    private Display dis;
    protected void startApp() throws MIDletStateChangeException
    {
        dis = Display.getDisplay(this);
        dis.setCurrent(mc);
    }
    protected void destroyApp(boolean arg0) throws MIDletStateChangeException {}
    protected void pauseApp() {}
    class MyCanvas extends Canvas
    {
        public void paint(Graphics g){}
        //按键按下，自动执行
        protected   void keyPressed(int keyCode)
        {
            System.out.println("按键名称:" + this.getKeyName(keyCode));
            System.out.println("keyPressed:" + keyCode);
        }
        //按键释放，自动执行
        protected   void keyReleased(int keyCode)
        {
```

```
            System.out.println("keyReleased:" + keyCode);
        }
        //按键一直按着,自动执行
        protected void keyRepeated(int keyCode)
        {
            System.out.println("keyRepeated:" + keyCode);
        }
    }
}
```

运行这个 MIDlet,显示一个手机界面,界面下方的数字键盘如图 9-2 所示。

选择一个按键,如选择"5",然后释放,控制台上会打印:

```
按键名称:5
keyPressed:53
keyReleased:53
```

如果一直按住"5",控制台上会打印:

```
keyRepeated:53
keyRepeated:53
keyRepeated:53
```

图 9-2　数字键盘

这与事件响应机制一致。

9.1.2　特殊按键的事件

表 9-1 中只显示了数字键对应的代码,实际上,界面上还有"上"、"下"、"左"、"右"和"选择(中)"键,如图 9-3 所示。

以"向上"键为例,在文档中查找 Canvas.UP 所对应的值为 1。运行 MIDlet1,按下"向上"键,然后释放,控制台上打印的是:

```
keyPressed:-1
keyReleased:-1
```

图 9-3

结果和文档中的不一样!

同样,当按下"向下"键,界面上打印的是 -2;按下"向左"键,界面上打印的是 -3;按下"向右"键,界面上打印的是 -4;按下"选择"键,界面上打印的是 -5。

这是为什么呢? 这和 Java ME 的游戏开发机制有关,对于"上"、"下"、"左"、"右"、"中"这 5 个键来说,按下它们之后,所触发的 keyCode,并不是文档中的 Canvas.UP、Canvas.DOWN、Canvas.LEFT、Canvas.RIGHT 和 Canvas.FIRE 所对应的值。

实际上,这些 keyCode 必须转换为 gameAction 之后才能与文档中的值做判断。打开文档,找到 javax.microedition.lcdui.Canvas 文件,会发现里面有两个重要函数。

(1) 将一个 keyCode 转成 gameAction。

public int getGameAction(int keyCode)

如下代码:

```
//"选择"键所对应的 keyCode
int keyCode = -5;
```

159

```
System.out.println(getGameAction(-5));
```

将会打印 8。而查看 Canvas 文档可以得知,Canvas.FIRE 的值刚好就是 8。

(2) 将一个 gameAction 转成 keyCode。

public int **getKeyCode**(int gameAction)

如下代码:

```
//"选择"键所对应的 gameAction
int gameAction = Canvas.FIRE;
//或者: int gameAction = 8;
System.out.println(getKeyCode(gameAction));
```

将会打印-5。这正好是选择键所对应的 keyCode。

除了"上"、"下"、"左"、"右"4 个键之外,在数字键盘上还有 4 个键也经常用到游戏中,它们是"1"、"3"、"7"、"9"键,如图 9-4 所示。

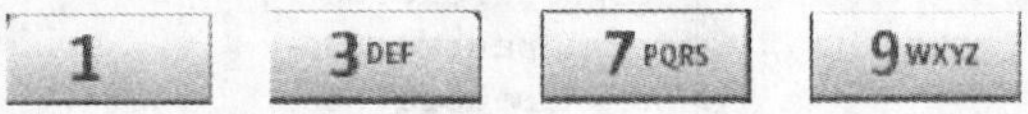

图 9-4 1、3、7、9 键

以"1"键为例,在文档中查找 Canvas.KEY_NUM1 所对应的值为 49。运行 MIDlet1,按下"1"键,然后释放,控制台上打印的是:

```
keyPressed:49
keyReleased:49
```

结果和文档中一样,这有什么奇怪的呢?

问题的关键在于,在游戏开发的过程中,"1"、"3"、"7"、"9"这 4 个键经常被用到,打开 Canvas 文档,会发现里面有几个静态成员变量。

Canvas.GAME_A,值为 9;

Canvas.GAME_B,值为 10;

Canvas.GAME_C,值为 11;

Canvas.GAME_D,值为 12。

Java ME 规定,"1"键在游戏中,其 keyCode 为 49,gameAction 为 9,即等于 Canvas.GAME_A;同理,"3"键的 gameAction 的值等于 Canvas.GAME_B;"7"键的 gameAction 的值等于 Canvas.GAME_C;"9"键的 gameAction 的值等于 Canvas.GAME_D。

如下代码:

```
//"3"所对应的 keyCode
int keyCode = 51;
//或者: int keyCode = Canvas.KEY_NUM3;
System.out.println(getGameAction(keyCode));
```

将会打印 10。而查看 Canvas 文档可以得知,Canvas.GAME_B 的值刚好就是 10。

如下代码:

```
//"7"键所对应的 gameAction
int gameAction = Canvas.GAME_C;
//或者: int gameAction = 11;
System.out.println(getKeyCode(gameAction));
```

将会打印 55。这正好是"7"键所对应的 keyCode，即 Canvas.KEY_NUM7。

常见的功能键，其值如表 9-2 所示。

表 9-2　键盘上常见功能键对应的值

键	名　称	keyCode	相应的 gameAction
▲	UP	−1	Canvas.UP：1
▼	DOWN	−2	Canvas.DOWN：6
◀	LEFT	−3	Canvas.LEFT：2
▶	RIGHT	−4	Canvas.RIGHT：5
■	SELECT	−5	Canvas.FIRE：8
1	1	49	Canvas.GAME_A：9
3DEF	3	51	Canvas.GAME_B：10
7PQRS	7	55	Canvas.GAME_C：11
9WXYZ	9	57	Canvas.GAME_D：12
其他数字键	其他数字键	keyCode	0

下面用一个程序来测试一下。在项目 Prj9_1 中建立一个名为 MIDlet2 的 MIDlet，代码如下。

MIDlet2.java

```
import javax.microedition.lcdui.Canvas;
import javax.microedition.lcdui.Display;
import javax.microedition.lcdui.Graphics;
import javax.microedition.midlet.MIDlet;
import javax.microedition.midlet.MIDletStateChangeException;

public class MIDlet2 extends MIDlet
{
    private MyCanvas mc = new MyCanvas();
    private Display dis;
    protected void startApp() throws MIDletStateChangeException
    {
        dis = Display.getDisplay(this);
        dis.setCurrent(mc);
    }

    protected void destroyApp(boolean arg0) throws MIDletStateChangeException {}
    protected void pauseApp() {}
```

```
class MyCanvas extends Canvas
{
    public void paint(Graphics g){}
    protected  void keyPressed(int keyCode)
    {
        System.out.println("按键名称:" + this.getKeyName(keyCode));
        System.out.println("keyCode:" + keyCode);
        System.out.println("gameAction:" + this.getGameAction(keyCode));
    }
    protected  void keyReleased(int keyCode) {}
    protected  void keyRepeated(int keyCode)  {}
}
```

运行这个 MIDlet,显示一个手机界面,选择一个按键,如按下"向上"按键,控制台上会打印:

```
按键名称:UP
keyCode:-1
gameAction:1
```

这与表 9-2 中所述一致。

读者也许会问,为什么要这样安排呢?这主要是针对游戏开发而设计的。在游戏开发的时候,希望只针对键盘上的特定键来进行编程,甚至要和外接设备,如游戏操作杆来进行对接,这时,就可以让程序员专注于关心几个特殊的功能键,其他键就被屏蔽了。

在游戏中,可以只判断相应的游戏功能键,屏蔽其他键。结构如下。

```
class MyCanvas extends Canvas
{
    public void paint(Graphics g){}
    protected  void keyPressed(int keyCode)
    {
        //首先将 keyCode 转换为 gameAction
        int gameAction = this.getGameAction(keyCode);
        switch(action)
        {
        case Canvas.UP:
                        //按下"向上"键要做的事情
        case Canvas.DOWN:
                        //按下"向下"键要做的事情
        case Canvas.LEFT:
                        //按下"向左"键要做的事情
        case Canvas.RIGHT:
                        //按下"向右"键要做的事情
        case Canvas.GAME_A:
                        //按下"1"键要做的事情
        case Canvas.GAME_B:
                        //按下"3"键要做的事情
        case Canvas.GAME_C:
```

```
                    //按下"7"键要做的事情
            case Canvas.GAME_D:
                    //按下"9"键要做的事情
            }
        }
    }
```

　　根据以上内容，就可以完成图 9-1 中的效果。结合第 8 章讲解的画图技术，首先将 img. png 复制到项目中的 res 目录下，然后建立一个名为 MIDlet3 的 MIDlet，代码如下。

MIDlet3.java

```
import javax.microedition.lcdui.Canvas;
import javax.microedition.lcdui.Display;
import javax.microedition.lcdui.Graphics;
import javax.microedition.lcdui.Image;
import javax.microedition.lcdui.game.Sprite;
import javax.microedition.midlet.MIDlet;
import javax.microedition.midlet.MIDletStateChangeException;

public class MIDlet3 extends MIDlet
{
    private MyCanvas mc = new MyCanvas();
    private Display dis;
    protected void startApp() throws MIDletStateChangeException
    {
        dis = Display.getDisplay(this);
        dis.setCurrent(mc);
    }
    protected void destroyApp(boolean arg0) throws MIDletStateChangeException {}
    protected void pauseApp() {}
    class MyCanvas extends Canvas
    {
        private Image img;
        private int x = 0;
        private int y = 0;
        private int TRANS = Sprite.TRANS_NONE;
        public MyCanvas()
        {
            try
            {
                img = Image.createImage("/img.png");
            }catch(Exception ex){}
        }
        public void paint(Graphics g)
        {
            g.drawRegion(img,0,0,img.getWidth(),img.getHeight(),
                    TRANS,x,y,Graphics.LEFT|Graphics.TOP);
        }
        protected   void keyRepeated(int keyCode)
        {
```

```
        int action = this.getGameAction(keyCode);
        switch(action)
        {
        case Canvas.UP:
                y -= 5;
                break;
        case Canvas.DOWN:
                y += 5;
                break;
        case Canvas.LEFT:
                x -= 5;
                break;
        case Canvas.RIGHT:
                x += 5;
                break;
        }
        //调用 paint 函数重新画图
        repaint();
    }
    protected   void keyPressed(int keyCode)
    {
        int action = this.getGameAction(keyCode);
        if (action == Canvas.FIRE)
        {
            switch(TRANS)
            {
            case Sprite.TRANS_NONE:
                    TRANS = Sprite.TRANS_ROT90;
                    break;
            case Sprite.TRANS_ROT90:
                    TRANS = Sprite.TRANS_ROT180;
                    break;
            case Sprite.TRANS_ROT180:
                    TRANS = Sprite.TRANS_ROT270;
                    break;
            case Sprite.TRANS_ROT270:
                    TRANS = Sprite.TRANS_NONE;
                    break;
            }
        }
        //调用 paint 函数重新画图
        repaint();
    }
  }
}
```

运行这个 MIDlet，便得到如图 9-1 所示的效果。但是，当按下"上"、"下"、"左"、"右"键移动图片时，会发现背景没有刷新，界面上出现如图 9-5 所示的现象。

出现该现象的原因是：当重新画图时，界面背景没有清空，也就是说需要用背景颜色将背景进行填充之后再继续重画。其方法为：在画图之前，用一个和背景颜色相同的矩形填

图 9-5　背景未刷新

充整个界面。

将 MIDlet3 代码改为如下。

MIDlet3.java

```java
import javax.microedition.lcdui.Canvas;
import javax.microedition.lcdui.Display;
import javax.microedition.lcdui.Graphics;
import javax.microedition.lcdui.Image;
import javax.microedition.lcdui.game.Sprite;
import javax.microedition.midlet.MIDlet;
import javax.microedition.midlet.MIDletStateChangeException;

public class MIDlet3 extends MIDlet
{
    private MyCanvas mc = new MyCanvas();
    private Display dis;
    protected void startApp() throws MIDletStateChangeException
    {
        dis = Display.getDisplay(this);
        dis.setCurrent(mc);
    }
    protected void destroyApp(boolean arg0) throws MIDletStateChangeException {}
    protected void pauseApp() {}
    class MyCanvas extends Canvas
    {
        private Image img;
        private int x = 0;
        private int y = 0;
        private int TRANS = Sprite.TRANS_NONE;
        public MyCanvas()
        {
            try
            {
                img = Image.createImage("/img.png");
            }catch(Exception ex){}
        }
        public void paint(Graphics g)
        {
            //画布清空
            g.setColor(255,255,255);
            g.fillRect(0,0,this.getWidth(),this.getHeight());
            g.drawRegion(img,0,0,img.getWidth(),img.getHeight(),
```

```
                              TRANS,x,y,Graphics.LEFT|Graphics.TOP);
        }
        protected    void keyRepeated(int keyCode)
        {
            int action = this.getGameAction(keyCode);
            switch(action)
            {
            case Canvas.UP:
                        y -= 5;
                        break;
            case Canvas.DOWN:
                        y += 5;
                        break;
            case Canvas.LEFT:
                        x -= 5;
                        break;
            case Canvas.RIGHT:
                        x += 5;
                        break;
            }
            //调用 paint 函数重新画图
            repaint();
        }
        protected    void keyPressed(int keyCode)
        {
            int action = this.getGameAction(keyCode);
            if (action == Canvas.FIRE)
            {
                switch(TRANS)
                {
                case Sprite.TRANS_NONE:
                        TRANS = Sprite.TRANS_ROT90;
                        break;
                case Sprite.TRANS_ROT90:
                        TRANS = Sprite.TRANS_ROT180;
                        break;
                case Sprite.TRANS_ROT180:
                        TRANS = Sprite.TRANS_ROT270;
                        break;
                case Sprite.TRANS_ROT270:
                        TRANS = Sprite.TRANS_NONE;
                        break;
                }
            }
            //调用 paint 函数重新画图
            repaint();
        }
    }
}
```

运行这个 MIDlet，就可以得到正常效果。

9.2 指针事件

javax. microedition. lcdui. Canvas 支持指针事件,但是具体能否实现指针事件,还与具体的产品有关。打开文档,找到 javax. microedition. lcdui. Canvas 目录,在支持指针事件方面,会发现里面有三个重要函数。

(1)当指针按下的时候,自动调用:

protected void **pointerPressed**(int x,
                                        int y)

(2)当指针释放的时候,自动调用:

protected void **pointerReleased**(int x,
                                        int y)

(3)当指针拖动的时候,自动调用:

protected void **pointerDragged**(int x,
                                        int y)

以上三个函数都是保护型的,无法直接使用,但可以被子类重写。

在这三个函数中都有两个整型参数,表示指针当前的坐标位置,当在某个位置单击指针时,这两个参数就被赋值为位置坐标。

另外,Canvas 中还可以用以下两个函数判断手机是否支持指针事件。

(1)是否支持指针按下和释放事件:

public boolean **hasPointerEvents**()

(2)是否支持指针拖动事件:

public boolean **hasPointerMotionEvents**()

下面用一个程序来测试一下。

在项目中建立一个名为 MIDlet4 的 MIDlet,代码如下。

MIDlet4.java

```java
import javax.microedition.lcdui.Canvas;
import javax.microedition.lcdui.Display;
import javax.microedition.lcdui.Graphics;
import javax.microedition.midlet.MIDlet;
import javax.microedition.midlet.MIDletStateChangeException;

public class MIDlet4 extends MIDlet
{
    private MyCanvas mc = new MyCanvas();
    private Display dis;
    protected void startApp() throws MIDletStateChangeException
    {
        dis = Display.getDisplay(this);
        dis.setCurrent(mc);
    }
```

```
    protected void destroyApp(boolean arg0) throws MIDletStateChangeException {}
    protected void pauseApp() {}
    class MyCanvas extends Canvas
    {
        public void paint(Graphics g)
        {
            //是否支持指针按下和释放事件
            System.out.println(this.hasPointerEvents());
            //是否支持指针拖动事件
            System.out.println(this.hasPointerMotionEvents());
        }
    }
}
```

运行这个 MIDlet,显示一个手机界面,控制台上会打印:

```
false
false
```

这说明当前这个模拟器不支持指针事件。在支持指针事件的情况下,读者可以自行编写案例。

9.3　小结

本章首先对按键事件进行系列阐述,然后利用按键事件开发了一个类似动画的案例,接下来讲解了指针事件。

9.4　上机习题

1. 利用按键事件完成:界面上有一幅图片,选择"上"、"下"、"左"、"右"键能够让其移动。但是,不会移动到边界之外。即如果移动到边界上,则不能再移动。

2. 在界面中央画出"中国人"字符串,按"向上"键,可以使其变小,按"向下"键,可以使其变大。

第10章

课程设计2：自定义控件

本章选学

在学习完画布的画图以及事件之后，用户可以将画图和事件应用到自定义的控件中去。因此，在本章将综合画图和事件机制，讲解一个重要技术：自定义控件。用到的API是：

javax.microedition.lcdui.**CustomItem**

10.1 实例需求

自定义控件，顾名思义，就是自己定义自己需要的控件，然后添加到界面上去。比如前面讲解的进度条，风格如下：

我们觉得这种进度条在项目中，比较难看，希望建立自己的进度条，如下风格：

其中，界面上有一个滑块，能够用左、右键让其左、右移动。如下效果是滑块移动到右边的情况：

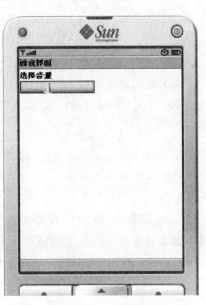

本节内容对游戏开发非常有用，用户可以自己开发各种各样的控件，来丰富应用界面。在本节中，将以进度条为例，开发如图 10-1 所示的界面。

在该程序中，界面上有一个进度条，可以调整音量。可以用键盘上的左、右键控制滑块的移动。

图 10-1　程序效果

10.2　了解基本知识

既然是开发自定义的进度条，就有必要提到前面讲到的进度条。打开 javax. microedition. lcdui. Gauge 文档，进度条 Gauge 的定义如下。

```
public class Gauge
extends Item
```

表示 Gauge 是继承 Item 的，因此，用户自己定义的控件也应该是 Item 的子类，可以添加到 Form 上去。Java ME 中提供了一个功能比较强大的供扩展类：javax. microedition. lcdui. CustomItem。

CustomItem 是自定义控件的父类，是 Item 的子类，因此，CustomItem 添加到 Form 上的方法和 Gauge 完全相同。打开文档，找到 javax. microedition. lcdui. CustomItem 目录，其定义如下。

```
public abstract class CustomItem
extends Item
```

说明此类是个抽象类，必须进行扩展。

首先介绍其构造函数，构造函数有 1 个。

```
protected CustomItem(String label)
```

这个函数是保护性的，无法直接使用，label 参数确定了自定义控件的标题。因此，必须在子类的构造函数中初始化 label 参数。

打开文档，在 CustomItem 类中，有如下重要成员函数。

（1）

```
protected abstract void paint(Graphics g,
                              int w,
                              int h)
```

该函数是抽象函数，必须对该函数进行重写。该函数中，可以对自定义控件进行画图。

比如本案例中的控件，实际上是在界面上画出来的，该控件由两个小图片组成，如下所示：

左边的图片为 bar. png，右边的图片为 line. png，将两个图片重叠在一起，就可以形成一个进度条。

paint 函数中，参数 w 保存了控件的当前宽度，参数 h 中保存了控件的当前高度。比如用户如果要从控件的左上角到右下角画一条直线，就可以写如下代码。

```
g.drawLine(0,0,w,h);
```

效果如下：

选择音量

（2）

protected abstract int getMinContentHeight()

该函数是抽象函数，如果扩展了 CustomItem 类，就必须对该函数进行重写。该函数返回自定义控件的最小高度。在实际开发的过程中，用户可以让该函数返回 0。

（3）

protected abstract int getMinContentWidth()

该函数是抽象函数，必须对该函数进行重写。该函数返回自定义控件的最小宽度。在实际开发的过程中，用户可以让该函数返回 0。

（4）

protected abstract int getPrefContentHeight(int width)

该函数是抽象函数，必须对该函数进行重写。该函数返回自定义控件的最适合高度。很有意思的是，这个函数里面有一个参数，参数中保存的是自定义控件的当前宽度。在实际开发的过程中，用户可以让该函数返回控件可视区域相应的高度，如图 10-2 中的进度条。

用户可以让这个函数返回进度条图片的高度。而参数 width 一般可以不用。

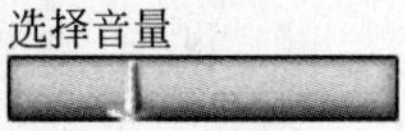

选择音量

图 10-2　进度条

（5）

protected abstract int getPrefContentWidth(int height)

该函数是抽象函数，必须对该函数进行重写。该函数返回自定义控件的最适合宽度。这个函数里面有一个参数，参数中保存的是自定义控件的当前高度。在实际开发的过程中，用户可以让该函数返回控件可视区域相应的宽度，如图 10-2 中的进度条，用户可以让这个函数返回进度条图片的宽度。而参数 height 一般可以不用。

综上所述，自定义控件开发的基本结构如下。

```java
public class CustomGauge extends CustomItem
{
    public CustomGauge(String label)
    {
        super(label);
    }
    protected int getMinContentHeight()
    {
        //代码
    }
    protected int getMinContentWidth()
    {
        //代码
    }
    protected int getPrefContentHeight(int height)
    {
        //代码
    }
```

```
    protected int getPrefContentWidth(int width)
    {
        //代码
    }
    protected void paint(Graphics gra, int w, int h)
    {
        //画图
    }
}
```

172

然后在 MIDlet 上去调用这个自定义控件，代码如下。

```
Form frm = new Form("游戏界面");
CustomGauge cg = new CustomGauge("选择音量",100,25);
frm.append(cg);
```

（6）

```
public final void repaint()
```

该函数负责调用 paint 函数。

下面用一个 MIDlet 来测试一下。在项目 Prj10_1 中，将两张图片 bar.png 和 line.png 复制到系统的/res 目录下，建立一个类 CustomGauge。打开这个类，代码改为如下。

CustomGauge.java

```
package step1;
import javax.microedition.lcdui.CustomItem;
import javax.microedition.lcdui.Graphics;
import javax.microedition.lcdui.Image;

public class CustomGauge extends CustomItem
{
    private Image imgLine = null;
    private Image imgBar = null;

    public CustomGauge(String label)
    {
        super(label);
        try
        {
            imgLine = Image.createImage("/line.png");
            imgBar = Image.createImage("/bar.png");
        }catch(Exception ex)
        {
            ex.printStackTrace();
        }
    }
    protected int getMinContentHeight()
    {
        return 0;
```

```
    }
    protected int getMinContentWidth()
    {
        return 0;
    }
    protected int getPrefContentHeight(int height)
    {
        //设定最佳高度为 line 图片高度
        return imgLine.getHeight();
    }
    protected int getPrefContentWidth(int width)
    {
        //设定最佳宽度为 line 图片宽度
        return imgLine.getWidth();
    }
    protected void paint(Graphics gra, int w, int h)
    {
        gra.drawImage(imgLine, 0, 0, Graphics.TOP|Graphics.LEFT);
        //将 bar 图片画在 line 的 1/4 处
        gra.drawImage(imgBar, imgLine.getWidth()/4 ,0, Graphics.TOP|Graphics.LEFT);
    }
}
```

再建立一个 MIDlet1，调用 CustomeGauge，代码如下。

MIDlet1.java

```
package step1;

import javax.microedition.lcdui.Display;
import javax.microedition.lcdui.Form;
import javax.microedition.midlet.MIDlet;
import javax.microedition.midlet.MIDletStateChangeException;

public class MIDlet1 extends MIDlet
{
    private Form frm = new Form("游戏界面");
    private CustomGauge cg = new CustomGauge("选择音量");
    private Display dis;
    protected void startApp() throws MIDletStateChangeException
    {
        dis = Display.getDisplay(this);
        dis.setCurrent(frm);
        frm.append(cg);
    }
    protected void destroyApp(boolean arg0) throws MIDletStateChangeException {}
    protected void pauseApp() {}
}
```

运行 MIDlet5，效果如图 10-3 所示。

说明通过 paint 函数，能够画出自定义的进度条。

图 10-3　运行 MIDlet5 的效果

10.3　绑定键盘事件

前面步骤中只是将自定义的进度条画出来，并不能用键盘来控制其运动。打开文档，找到 javax. microedition. lcdui. CustomItem 文件，在支持按键事件方面，会发现里面有三个重要函数。

（1）当按键按下的时候，自动调用：

```
protected void keyPressed(int keyCode)
```

（2）当按键一直按下的时候，自动调用：

```
protected void keyRepeated(int keyCode)
```

（3）当按键释放的时候，自动调用：

```
protected void keyReleased(int keyCode)
```

以上三个函数都是保护型的，无法直接使用，可以被子类重写。可以发现，CustomItem 的键盘事件和 Canvas 键盘事件差不多。

但是也不尽然。

下面用一个程序来综合测试一下。在项目中，将 CustomGauge 代码改为如下。

CustomGauge. java

```java
package step2;

import javax.microedition.lcdui.CustomItem;
import javax.microedition.lcdui.Graphics;
import javax.microedition.lcdui.Image;

public class CustomGauge extends CustomItem
{
    protected void keyPressed(int keyCode)
    {
        System.out.println("有键按下,keyCode 为:" + keyCode);
    }
    private Image imgLine = null;
    private Image imgBar = null;

    public CustomGauge(String label)
    {
```

```
        super(label);
        try
        {
            imgLine = Image.createImage("/line.png");
            imgBar = Image.createImage("/bar.png");
        }catch(Exception ex)
        {
            ex.printStackTrace();
        }
    }
    protected int getMinContentHeight()
    {
        return 0;
    }

    protected int getMinContentWidth()
    {
        return 0;
    }

    protected int getPrefContentHeight(int height)
    {
        //设定最佳高度为 line 图片高度
        return imgLine.getHeight();
    }
    protected int getPrefContentWidth(int width)
    {
        //设定最佳宽度为 line 图片宽度
        return imgLine.getWidth();
    }
    protected void paint(Graphics gra, int w, int h)
    {
        gra.drawImage(imgLine, 0, 0, Graphics.TOP|Graphics.LEFT);
        //将 bar 图片画在 line 的 1/4 处
        gra.drawImage(imgBar,imgLine.getWidth()/4 ,0, Graphics.TOP|Graphics.LEFT);
    }
}
```

MIDlet1 代码不变。运行 MIDlet1,同样出现一个含有进度条的面手机界面。任选键盘上的一个按键,如"1"键,按下按键,控制台上打印:

> 有键按下,keyCode为:49

这是正常的。按下键盘上的"向左"键,会发现,毫无反应！控制台上什么都没打印！

这是为什么呢？这是因为,由于自定义控件是 Item 的子类,而 Item 又是放在 Form 上的,因此,当用户按下左、右键,系统会认为用户是在 Form 上按下"左"、"右"键,"左"、"右"键消息被 Form 截获,而不是被自定义控件截获。

怎么办？打开 CustomItem 文档,会发现里面有一个重要函数:

```
protected boolean traverse(int dir,
                           int viewportWidth,
                           int viewportHeight,
                           int[] visRect_inout)
```

该函数是保护的,可被子类重写。关于它的参数我们不解释太多,主要介绍参数 1。参数 1 表示了按键方向。

当"向上键"按下时,dir 的值为: Canvas. UP;

当"向下键"按下时,dir 的值为: Canvas. DOWN;

当"向左键"按下时,dir 的值为: Canvas. LEFT;

当"向右键"按下时,dir 的值为: Canvas. RIGHT。

该函数的返回值为 boolean 型,如果返回 true,说明捕捉键盘事件,否则键盘事件将不会响应。

176

下面用一个程序来综合测试一下。在项目中,将 CustomGauge 代码改为如下。

CustomGauge. java

```java
package step3;

import javax.microedition.lcdui.CustomItem;
import javax.microedition.lcdui.Graphics;
import javax.microedition.lcdui.Image;

public class CustomGauge extends CustomItem
{
    protected boolean traverse(int dir, int viewportWidth, int viewportHeight,
            int[] visRect_inout)
    {
        System.out.println("有键按下,dir 为:" + dir);
        return true;
    }
    private Image imgLine = null;
    private Image imgBar = null;

    public CustomGauge(String label)
    {
        super(label);
        try
        {
            imgLine = Image.createImage("/line.png");
            imgBar = Image.createImage("/bar.png");
        }catch(Exception ex)
        {
            ex.printStackTrace();
        }
    }
    protected int getMinContentHeight()
    {
        return 0;
    }
    protected int getMinContentWidth()
    {
        return 0;
    }
```

```
protected int getPrefContentHeight(int height)
{
    //设定最佳高度为 line 图片高度
    return imgLine.getHeight();
}
protected int getPrefContentWidth(int width)
{
    //设定最佳宽度为 line 图片宽度
    return imgLine.getWidth();
}
protected void paint(Graphics gra, int w, int h)
{
    gra.drawImage(imgLine, 0, 0, Graphics.TOP|Graphics.LEFT);
    //将 bar 图片画在 line 的 1/4 处
    gra.drawImage(imgBar, imgLine.getWidth()/4 ,0, Graphics.TOP|Graphics.LEFT);
}
}
```

MIDlet1 代码不变。运行 MIDlet1,同样出现一个含有进度条的面手机界面。任选键盘上的一个按键,如"向右"键,按下按键,控制台上打印:

> 有键按下,dir为:5

而 Canvas.RIGHT 的值也刚好为 5。反过来,按下键盘上的数字键,如"1"键,则毫无反应。因此,在开发的过程中,应该根据实际情况来使用键盘策略。

一般说来,进度条都有一个值的范围。比如 0～10,称 10 为 maxValue,那么,怎样将 10 和图片宽度结合起来,来确定滑块的位置呢? 也就是说,给定一个值,怎样计算滑块位置? 代码如下。

```
int value;
//将图片宽度分为 maxValue 份,每份 per 长度
double per = imgLine.getWidth() / maxValue;
//确定滑块位置
int location = value * per;
gra.drawImage(imgLine, 0, 0, Graphics.TOP|Graphics.LEFT);
gra.drawImage(imgBar, location ,0, Graphics.TOP|Graphics.LEFT);
```

10.4　代码编写

了解了以上知识,就可以编写代码了。在项目中,将 CustomGauge 代码改为如下。

CustomGauge.java

```
package step4;

import javax.microedition.lcdui.CustomItem;
import javax.microedition.lcdui.Graphics;
import javax.microedition.lcdui.Image;
```

```java
import javax.microedition.lcdui.Canvas;

public class CustomGauge extends CustomItem
{
    private Image imgLine = null;
    private Image imgBar = null;
    private int maxValue = 10;
    private int value = 3;
    private int per;
    public CustomGauge(String label)
    {
        super(label);
        try
        {
            imgLine = Image.createImage("/line.png");
            imgBar = Image.createImage("/bar.png");
        }catch(Exception ex)
        {
            ex.printStackTrace();
        }
        per = imgLine.getWidth() / maxValue;
    }
    protected int getMinContentHeight()
    {
        return 0;
    }
    protected int getMinContentWidth()
    {
        return 0;
    }
    protected int getPrefContentHeight(int height)
    {
        //设定最佳高度为 line 图片高度
        return imgLine.getHeight();
    }
    protected int getPrefContentWidth(int width)
    {
        //设定最佳宽度为 line 图片宽度
        return imgLine.getWidth();
    }
    protected void paint(Graphics gra, int w, int h)
    {
        int location = value * per;
        gra.drawImage(imgLine, 0, 0, Graphics.TOP|Graphics.LEFT);
        //将 bar 图片画在 line 的 1/4 处
        gra.drawImage(imgBar,location ,0, Graphics.TOP|Graphics.LEFT);
    }
    protected boolean traverse(int dir, int viewportWidth, int viewportHeight,
            int[] visRect_inout)
    {
        switch(dir)
```

```
        {
            case Canvas. LEFT:
                if(value > 0)
                {
                    value -- ;
                }
                break;
            case Canvas. RIGHT:
                if(value < maxValue)
                {
                    value++;
                }
                break;
        }
        //调用 paint 函数
        this.repaint();
        return true;
    }
}
```

运行 MIDlet1，便得到如图 10-1 所示的效果。移动"左"、"右"键，可以让滑块在进度条上运动。

10.5　小结

本章结合画布的内容，详细讲解了自定义控件。

第11章

课程设计3：动画和简单游戏

本章选学

前面的篇幅中，主要讲解了低级界面开发的若干问题。在这里，首先通过文档来对这些内容进行总结。打开文档，找到 javax. microedition. lcdui 包，分别打开它们的树型目录，可以看见，前面的低级界面的基本内容分别体现在以下两个类。

（1）画布类：

javax.microedition.lcdui.Canvas

（2）画笔类：

javax.microedition.lcdui.Graphics

在本章中，将针对这些内容开发一些项目。首先将讲解动画开发。在这个项目中，将讲解动画开发过程中的一些技巧，特别是线程控制技巧。

本章的第二个项目是卡通时钟，在这个项目中将制作界面丰富的时钟，主要复习定时器和画图，以及叙述分块画图过程中的一些技巧。

最后，讲解一个完整的游戏：拼图游戏。在这个游戏中，复习到的内容是分块画图和键盘控制，同时也让大家掌握一些游戏制作过程中的开发策略。

11.1 弹跳的小球

在本节中，将制作一个动画效果，系统运行，出现如图 11-1 和图 11-2 所示界面。

界面上有个小红球，要求能够慢慢掉下来然后再弹起来；为了逼真，当球在比较上方的时候，球比较大，球落下时，慢慢变小；在界面右下角有一个"暂停"按钮，可以让动画暂停；动画暂停结束之后又可以让动画继续运行。

11.1.1 了解线程策略

显而易见，动画的运行是持续性的，图 11-1 中的效果实现步骤如下。

（1）在界面上画一个圆；

（2）隔一段时间，清空界面，重新画另一个圆。

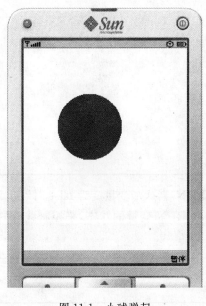

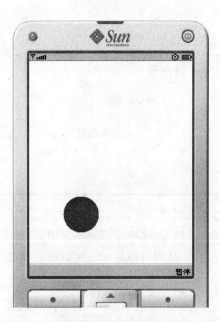

181

图 11-1　小球弹起　　　　　　　　　　　图 11-2　小球掉下

如果动画不停止，画圆的过程就是一个死循环。这个过程可以用定时器来做，也可以用多线程来实现。本节中先用多线程来完成这个程序。在多线程情况下，程序暂停时，就相当于让线程暂时停止运行。

但是，打开 java. lang. Thread 的文档，会发现，里面没有让线程暂停的函数！

怎么办呢？实际上，在 JavaSE 中，线程的停止和继续的方法是被淘汰掉的，因为让线程暂时停止可能会给系统的可靠性带来损害，如线程在独占了一些资源的情况下暂停，会导致其他线程的一直等待等。

因此，强行让线程暂时停止，本来就不是一个好方法，这里没有提供，不值得奇怪。那怎样让线程停止呢？最好的方法是程序暂停，就是让线程终止，下次继续运行时，再开一个线程，重新运行。这样虽然比较消耗资源，但是保证了程序的安全性。

当然，在开新的线程时，如果要用到原来线程所保存的一些状态，则原来线程终止运行时，其状态（如小球的当前位置等）必须不能丢失。否则暂停解除时，系统将无法接着暂停之前的状态继续运行。所以，基于画布的动画线程的结构一般采用以下方法。

动画策略

```
class VideoCanvas extends Canvas implements Runnable
{
        private Thread th;
        private boolean RUN = true;
        public VideoCanvas()
        {
            th = new Thread(this);
            th. start();
        }
        public void paint(Graphics g)
```

```
        {
            //画图
        }
        public void run()
        {
            while(RUN)
            {
                //线程控制代码
            }
        }
    }
```

182

在上面的代码中,发现画布中定义了一个变量 RUN,当这个变量变为 false 时,run 函数中的循环将会终止,线程运行完毕。因此,可以通过控制 RUN 变量的状态,来控制线程的运行。在暂停之后,用户可以用如下代码重新开启一个线程。

```
th = new Thread(this);
th.start();
```

11.1.2 小球弹起策略

小球掉到地上之后,需要再弹起。弹起之后,到达一定高度,还需要能够再掉下来。这个过程怎样实现呢? 很明显,小球是向上移动还是向下移动,和小球的位置有关系。如果是向下移动到界面底部,则马上变为向上移动;反之,如果向上移动到一定高度,则马上变为向下移动。因此,可以用一个变量 DIR 来控制方向,具体代码如下。

```
//1: 向下,2: 向上
int DIR = 1;
//……代码
if(DIR == 1)
{
    //向下运动
    if(/*到达最底部*/)
    {
        DIR = 2;
    }
}
if(DIR == 2)
{
    //向上运动
    if(/*到达顶部*/)
    {
        DIR = 1;
    }
}
```

综上所述,各部分的命名如表 11-1 所示。

表 11-1　各模块定义

类　　名	成　　员
VideoMIDlet	VideoCanvas videoCanvas：动画画布实例
VideoCanvas	int left,top,d：圆球的左上角坐标和直径 int DIR：方向,1 表示向下,2 表示向上 Command cmdPause：暂停按钮 Command cmdResume：继续按钮 Thread th：动画线程 boolean RUN：线程运行状态 实现 CommandListener：按钮事件 重写 paint 函数：画图 重写 run 函数：动画控制

11.1.3　代码编写

打开 Eclipse,新建项目 Prj11_1,建立一个包 prj11_1,首先编写 VideoCanvas。建立一个类 VideoCanvas,编写代码如下。

VideoCanvas.java

```java
package prj11_1;

import javax.microedition.lcdui.Canvas;
import javax.microedition.lcdui.Command;
import javax.microedition.lcdui.CommandListener;
import javax.microedition.lcdui.Displayable;
import javax.microedition.lcdui.Graphics;

public class VideoCanvas extends Canvas implements Runnable,CommandListener
{
    private int left = 50;
    private int top = 50;
    private int d = 100;
    //1: 向下,2: 向上
    private int DIR = 1;
    private Command cmdPause = new Command("暂停",Command.SCREEN,1);
    private Command cmdResume = new Command("继续",Command.SCREEN,1);
    private Thread th;
    private boolean RUN = true;
    public VideoCanvas()
    {
        this.addCommand(cmdPause);
        this.setCommandListener(this);
        th = new Thread(this);
        th.start();
    }
    public void commandAction(Command c,Displayable d)
    {
```

184

```java
        //按下暂停按钮
        if(c == cmdPause)
        {
            this.removeCommand(cmdPause);
            this.addCommand(cmdResume);
            RUN = false;
            th = null;
        }
        //按下继续按钮
        else if(c == cmdResume)
        {
            this.removeCommand(cmdResume);
            this.addCommand(cmdPause);
            RUN = true;
            th = new Thread(this);
            th.start();
        }
    }
    public void paint(Graphics g)
    {
        g.setColor(255,255,255);
        g.fillRect(0,0,this.getWidth(),this.getHeight());
        g.setColor(255,0,0);
        g.fillArc(left,top,d,d,0,360);
    }
    public void run()
    {
        while(RUN)
        {
            if(DIR == 1)
            {
                top += 3;
                d--;
                if(top >= this.getHeight() - d)
                {
                    DIR = 2;
                }
            }
            if(DIR == 2)
            {
                top -= 3;
                d++;
                if(top <= 50)
                {
                    DIR = 1;
                }
            }
            //重画
            repaint();
            try
            {
                Thread.currentThread().sleep(10);
            }catch(Exception ex){}
        }
```

```
}
}
```

在项目 Prj11_1 下建立一个 VideoMIDlet，编写代码如下。

VideoMIDlet.java

```java
package prj11_1;

import javax.microedition.lcdui.Display;
import javax.microedition.midlet.MIDlet;
import javax.microedition.midlet.MIDletStateChangeException;

public class VideoMIDlet extends MIDlet
{
    private VideoCanvas videoCanvas = new VideoCanvas();
    private Display dis;
    protected void startApp() throws MIDletStateChangeException
    {
        dis = Display.getDisplay(this);
        dis.setCurrent(videoCanvas);
    }
    protected void destroyApp(boolean arg0) throws MIDletStateChangeException {}
    protected void pauseApp() {}
}
```

编写完毕，运行 VideoMIDlet，就可以得到动画效果。

11.2 卡通时钟

在本章中，将制作一个卡通时钟，系统运行该时钟时，出现如图 11-3 所示的界面。

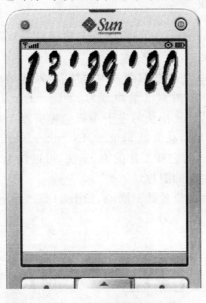

图 11-3 卡通时钟效果

界面上显示了当前时间，用 hour：minute：second 的格式表示。每隔 1 秒钟，系统能够获取当前时间，显示在界面上。

11.2.1　图片策略

显而易见，该程序也是一个动画，运行也是持续性的，图 11-3 中的效果实现步骤如下。

(1) 在界面上画出当前时间；

(2) 隔 1 秒，重新获取当前时间，画到界面上。

该问题可以用多线程实现，也可以用定时器实现。本节中选用定时器来完成。

很明显，本问题的难度是界面上的卡通数字是怎么组织起来的。

Java ME 时钟并没有提供卡通数字，因此，卡通数字是图片。仔细分析界面，会发现卡通时钟中的数字只有可能是 0、1、2、3、4、5、6、7、8、9，以及一个冒号分隔符。因此，可以选取 10 幅图片，系统根据当前时间，获取相应的图片画出来。

以上方案并不是最好的方案，会造成文件数量过多。打开 javax. microedition. lcdui. Graphics 文档，里面有一个重要函数：

```
public void drawRegion(Image src,
                       int x_src,
                       int y_src,
                       int width,
                       int height,
                       int transform,
                       int x_dest,
                       int y_dest,
                       int anchor)
```

该函数可以在源图片上截取一小块，画到界面上。因此，系统中可以只用 number. jpg 一幅图片，如图 11-4 所示。

该图片上一共有 10 个字符 0、1、2、3、4、5、6、7、8、9 和冒号。

11.2.2　图片获取

图 11-4 中显示了图片 number. jpg，所有数字和冒号都从这个图片中获得。给定一个数字，怎样获取相应的图片块呢？

以"5"为例，给定数字"5"，怎样获取图片中的"5"所对应的小块？ 这实际上是一个数学问题。首先可以将 number. jpg 的宽度平均分为 11 份，每份宽度为 widthOfNumber，高度为 heightOfNumber，数字"5"图片小块的左上角横坐标实际上是 $5 \times$ widthOfNumber，纵坐标是 0，宽度为 widthOfNumber，高度是 heightOfNumber，以此类推。

注意："："并不是数字，因为它在图片的第 10 块，可以认为它是"10"，给定数字"10"，用上面的方法就可以得到"："对应的图片。

另外，每个数字画到界面的位置是不同的，如图 11-5 所示的时钟。

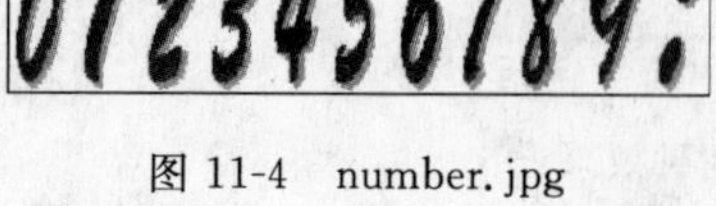

图 11-4　number. jpg

图 11-5　一个时钟

里面有两个"9"，一个画在第 4 个位置（位置从 0 开始算），另一个画在第 7 个位置，这怎么定位呢？

可以给时钟中的每个位置编一个号码 location，如图中的"4"，location 为 3，冒号的 location 为 2 和 5 等。给定一个 location，怎样确定界面上的位置呢？很简单，以上图为例，数字"4"的左上角横坐标为 3×widthOfNumber，纵坐标为 0，其他以此类推。

综上所述，在得到当前时间之后，画出图片上的内容，可以用如下代码。

因此，对于任意数字，画法如下。

```
//根据 number 从图片中取一个数字,画在画布的 location 位置
public void drawNumber(Graphics g, int number,int location)
{
    int x_src = widthOfNumber * number;
    int y_src = 0;
    int width = widthOfNumber;
    int height = heightOfNumber;
    int x_des = location * widthOfNumber;
    int y_dest = 0;
    g.drawRegion(img, x_src, y_src, width, height,
            Sprite.TRANS_NONE,
            x_des, y_dest,
            raphics.LEFT|Graphics.TOP);
}
```

综上所述，各部分的命名如表 11-2 所示。

表 11-2　各模块定义

类　名	成　员
ClockMIDlet	ClockCanvas clockCanvas：动画画布实例
ClockCanvas	int hour：小时 int minute：分钟 int second：秒钟 Image img：图片对象 Timer timer：定时器对象 int widthOfNumber：每一小块宽度 int heightOfNumber：每一小块高度 重写 paint 函数：画图 drawNumber(Graphics g, int number,int location)：根据 number 从图片中取一个数字,画在画布的 location 位置 class Task：TimerTask 类

11.2.3　代码编写

打开 Eclipse，新建项目 Prj11_2，将 number.jpg 复制到项目的/res 目录下。首先建立一个包 prj11_2，编写 ClockCanvas，代码如下。

ClockCanvas.java

```java
package prj11_2;

import java.util.Calendar;
import java.util.Timer;
import java.util.TimerTask;
import javax.microedition.lcdui.Canvas;
import javax.microedition.lcdui.Graphics;
import javax.microedition.lcdui.Image;
import javax.microedition.lcdui.game.Sprite;

public class ClockCanvas extends Canvas
{
    private int hour;
    private int minute;
    private int second;
    private Image img = null;
    private Timer timer = new Timer();

    private int widthOfNumber;
    private int heightOfNumber;
    public ClockCanvas()
    {
        try
        {
            img = Image.createImage("/number.jpg");
        }catch(Exception ex)
        {
            ex.printStackTrace();
        }
        widthOfNumber = img.getWidth() / 11;
        heightOfNumber = img.getHeight();

        Task task = new Task();
        timer.schedule(task, 0, 1000);
    }
    public void paint(Graphics g)
    {
        //画小时的两个数字
        int num1 = hour / 10;
        int num2 = hour % 10;
        this.drawNumber(g, num1,0);
        this.drawNumber(g, num2,1);
        //画冒号
        this.drawNumber(g, 10,2);
        //画分钟的两个数字
        int num3 = minute / 10;
        int num4 = minute % 10;
        this.drawNumber(g, num3,3);
        this.drawNumber(g, num4,4);
```

```
        //画冒号
        this.drawNumber(g, 10,5);
        //画秒钟的两个数字
        int num5 = second / 10;
        int num6 = second % 10;
        this.drawNumber(g, num5,6);
        this.drawNumber(g, num6,7);
    }
//根据number从图片中取一个数字,画在画布的location位置
public void drawNumber(Graphics g, int number,int location)
{
        int x_src = widthOfNumber * number;
        int y_src = 0;
        int width = widthOfNumber;
        int height = heightOfNumber;
        int x_des = location * widthOfNumber;
        int y_dest = 0;
        g.drawRegion(img, x_src, y_src, width, height,
                    Sprite.TRANS_NONE,
                    x_des, y_dest,
                    Graphics.LEFT|Graphics.TOP);
    }
class Task extends TimerTask
{
    public void run()
    {
        Calendar calendar = Calendar.getInstance();
        hour = calendar.get(Calendar.HOUR_OF_DAY);
        minute = calendar.get(Calendar.MINUTE);
        second = calendar.get(Calendar.SECOND);
        repaint();                    //重画
    }
}
}
```

在项目 Prj11_2 下建立一个 MIDlet：ClockMIDlet，编写代码如下：

ClockMIDlet.java

```
package prj11_2;

import javax.microedition.lcdui.Display;
import javax.microedition.midlet.MIDlet;
import javax.microedition.midlet.MIDletStateChangeException;

public class ClockMIDlet extends MIDlet
{
    private ClockCanvas clockCanvas = new ClockCanvas();
    private Display dis;
    protected void startApp() throws MIDletStateChangeException
```

189

```
    {
        dis = Display.getDisplay(this);
        dis.setCurrent(clockCanvas);
    }
    protected void destroyApp(boolean arg0) throws MIDletStateChangeException {}
    protected void pauseApp() {}
}
```

编写完毕,运行 ClockMIDlet,就可以得到本案例需求中的效果。

11.3 拼图游戏

拼图游戏是一种比较常见的游戏,在本节中,将制作一个拼图游戏系统,该系统由 1 个界面组成。

系统运行该游戏时,出现如图 11-6 所示的界面。

该界面上出现 15 个图片小块,已经被打乱。

注意:第 1 行第 2 列的图片小块为空白。源图片如图 11-7 所示。

图 11-6 初始界面

图 11-7 源图片

在图 11-6 界面中,用户可以通过按下键盘上的"上"、"下"、"左"、"右"键来控制小块的运动。如果用户无法确定源图片的样子,还可以长按"选择"键,界面将变成如图 11-8 的界面。

选择键松开,界面上又恢复到打乱状态。

如果 15 个图片小块被正确排好,系统会提示"恭喜您,您已经顺利完成! 还要继续吗?",如图 11-9 所示。

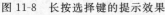

图 11-8 长按选择键的提示效果   图 11-9 顺利完成之后的效果

在界面的右下方有一个"继续"按钮，单击该按钮，可以重新开始游戏；在左下方有一个"关闭"按钮，单击该按钮，程序关闭。

11.3.1 系统分析

在这个项目中，只需要用到1个界面：拼图游戏界面。这个界面比较简单，可以用一个类 PPuzzleCanvas 来完成，将该类用一个 PPuzzleMIDlet 组织起来，是比较好的方法。

但是，该项目有些特殊，主要是界面上的图片显示以及图片块的移动。在这里，我们利用问题来讲解。

问题 1：界面上的图片块，是来源于16幅小图片，还是1幅大图片？

很明显，如果界面上的图片块是来自于16幅小图片，虽然编程比较简单，用户可以将16幅小图片封装成16个 Image 对象，用键盘对它们的位置进行控制。但是，这对于游戏的功能来说，可扩展性不强。如果界面上的图片块是来自于1幅大图片，则需要手工将图片用图像处理软件分割成16个小文件，这个工作是不可想象的；并且，如果游戏难度增加，比如变成 $5 \times 5 = 25$ 个小块，就要重新手工分割，这是比较麻烦的。

所以，问题的答案是系统只载入一幅大图片，小图片是通过编写程序，用代码来进行分割的。

大图片为 img.jpg，如图 11-7 所示。

问题 2：既然系统载入的是一幅大图片，怎样分割？

从游戏的界面上可以看出，在该游戏里面，大图片首先应该分为4行4列。怎样分割呢？有很多种方法，在此介绍一种常见的方法。可以给图片的每一个小块一个编号，如图 11-10 所示。

图 11-10 源图片的分块情况与编号

这样，源图片上的每个小块就和一个二维数组结合起来了，这个二维数组用户可以定义为整型，也可以定义为字符串型。如果定义为整型，就可以用如下代码。

```
int[][] map = {   { 00, 01, 02, 03 },
                  { 10, 11, 12, 13 },
                  { 20, 21, 22, 23 },
                  { 30, 31, 32, 33 } };
```

将这个数组打乱，就相当于将小图片块打乱。因为规定数组中的每一个元素对应着图片上的固定小块。

比如，将数组 map 变为：

```
{ { 01, 00, 02, 03 },
  { 10, 11, 12, 13 },
  { 20, 21, 22, 23 },
  { 30, 31, 32, 33 } }
```

表示将源图片中的 00 小块和 01 小块调换，其他小块不变，然后将整个图片画到界面上。

现在又出现了一个新的问题：怎样由数组中的整数，来获取图片小块在图片中的位置？如数组 map 中，在没有打乱的情况下，map[2][2]＝22，怎样在源图片中获取 22 编号所对应的那个小块呢？在打乱的情况下，例如 map[2][2]＝13 了，怎样在源图片中获取 13 编号所对应的那个小块呢？

其实，稍微有一点数学知识就应该能解决这个问题。

以 13 为例，很显然，13 对应的那一块图片块，其宽度和高度都是源图片的 1/4；接下来就是确定图片块左上角的坐标了。图片块左上角横坐标是图片块的宽度×1，图片块左上角纵坐标是图片块的高度×3，其他的小块以此类推（参考图 11-10）。

还要注意另一个问题，数组 map 中的元素为 16 个，但是图片小块只有 15 个。实际上，编号为 33 的图片小块是不画出来的。

确定了小块的位置，就可以将图片中的那一小块单独拿出来画在界面上。代码如下。

```
    int edge = 图片宽度/4;
public void paint(Graphics g)
{
    for(int x = 0;x < 4;x++)
    {
        for(int y = 0;y < 4;y++)
        {
            if(map[x][y]!= 33)
            {
                //获取编号的第一位数
                int xSegment = map[x][y]/10;
                //获取编号的第二位数
                int ySegment = map[x][y] % 10;
                //获取图片中左上角坐标为(xSegment * edge, ySegment * edge)
```

```
            //宽度为 edge,高度为 edge 的小块
            //画到界面上左上角坐标为(x * edge, y * edge)的位置
            g.drawRegion(img,
                xSegment * edge, ySegment * edge, edge, edge,
                Sprite.TRANS_NONE,
                x * edge, y * edge,
                Graphics.LEFT | Graphics.TOP);
            }
        }
    }
}
```

问题 3：图片小块怎样打乱？

图片的打乱，可以在数组 map 中任取两个元素交换位置，交换足够多的次数（如 100 次），数组 map 中的元素就足够乱了，然后根据元素在源图片中取图片小块，画到界面上。代码如下。

```
public void initMap()
{
    Random rnd = new Random();
    int temp, x1, y1, x2, y2;
    //将地图数组打乱
    for (int i = 0; i < 100; i++)
    {
        x1 = rnd.nextInt(4);
        x2 = rnd.nextInt(4);
        y1 = rnd.nextInt(4);
        y2 = rnd.nextInt(4);
        temp = map[x1][y1];
        map[x1][y1] = map[x2][y2];
        map[x2][y2] = temp;
    }
    this.repaint();
}
```

问题 4：分割之后的小图片，怎样用键盘来控制？

实际上，界面上只有 15 块小图片，有一个位置（如 33）是空着的，也就是说可以让编号为 33 的小图片不画出来。数组打乱之后，键盘按下时，首先判断 33 在数组中的位置，按下键盘，实际上就是将 33 和周围的元素进行调换。当然，用户还要考虑 33 是否在边上的情况。比如，数组 map 为：

```
{ { 01, 00, 02, 03 },
  { 10, 11, 12, 13 },
  { 33, 21, 22, 23 },
  { 30, 31, 32, 20} }
```

此时，33 在最左边，这时按下"向右"键，因为 33 的左边没有任何元素了，没有元素可以

向右了，所以此时按下"向右"键，程序应该没有反应。

代码如下。

```java
protected void keyPressed(int keyCode)
{
    int action = this.getGameAction(keyCode);
    int xOf33 = -1, yOf33 = -1;
    for (int x = 0; x < 4; x++)
    {
        for (int y = 0; y < 4; y++)
        {
            if (map[x][y] == 33)
            {
                xOf33 = x;
                yOf33 = y;
                break;
            }
        }
    }
    switch (action)
    {
    case GameCanvas.UP:
        if (yOf33 != 3)
        {
            this.swap(xOf33, yOf33, xOf33, yOf33 + 1);
        }
        break;
    case GameCanvas.DOWN:
        if (yOf33 != 0)
        {
            this.swap(xOf33, yOf33, xOf33, yOf33 - 1);
        }
        break;
    case GameCanvas.LEFT:
        if (xOf33 != 3)
        {
            this.swap(xOf33, yOf33, xOf33 + 1, yOf33);
        }
        break;
    case GameCanvas.RIGHT:
        if (xOf33 != 0)
        {
            this.swap(xOf33, yOf33, xOf33 - 1, yOf33);
        }
        break;
    }
    this.repaint();
}
//将 map 中的 33 和周围的元素对调
public void swap(int xOf33, int yOf33, int targetX, int targetY)
```

```
{
    int temp = map[targetX][targetY];
    map[targetX][targetY] = 33;
    map[xOf33][yOf33] = temp;
}
```

问题 5：长按"选择"键，怎样出现源图片？释放"选择"键，源图片怎样消失？

很简单，长按"选择"键，将图片重新画在界面上；释放"选择"键，重新调用 paint 函数即可。

```
//提示键按下
protected void keyRepeated(int keyCode)
{
    int action = this.getGameAction(keyCode);
    if(action == GameCanvas.FIRE)
    {
        gra.drawImage(img, 0, 0, Graphics.TOP|Graphics.LEFT);
    }
}
//提示键释放
protected void keyReleased(int keyCode)
{
    int action = this.getGameAction(keyCode);
    if(action == GameCanvas.FIRE)
    {
        this.repaint();
    }
}
```

问题 6：怎样判断游戏成功完成？

可以遍历数组 map，如果它是按照正常的顺序排序，即可表示游戏成功完成。代码如下。

```
public boolean isSuccess()
{
    for (int x = 0; x < 4; x++)
    {
        for (int y = 0; y < 4; y++)
        {
            int xSegment = map[x][y]/10;
            int ySegment = map[x][y]%10;
            if(xSegment!= x || ySegment!= y)
            {
                return false;
            }
        }
    }
    return true;
}
```

11.3.2　代码编写

打开 Eclipse，新建项目 Prj11_3，将源图片 img.jpg 复制到项目中的/res 下面，建立包 prj11_3。首先编写 PPuzzleCanvas，在项目中建立一个 PPuzzleCanvas 类，编写代码如下。

PPuzzleCanvas. java

```java
package prj11_3;

import java.util.Random;

import javax.microedition.lcdui.Canvas;
import javax.microedition.lcdui.Command;
import javax.microedition.lcdui.CommandListener;
import javax.microedition.lcdui.Displayable;
import javax.microedition.lcdui.Graphics;
import javax.microedition.lcdui.Image;
import javax.microedition.lcdui.game.GameCanvas;
import javax.microedition.lcdui.game.Sprite;
import javax.microedition.midlet.MIDlet;

public class PPuzzleCanvas extends Canvas implements CommandListener
{
    private Command cmdResume = new Command("继续", Command.SCREEN, 1);
    private Command cmdClose = new Command("关闭", Command.CANCEL, 1);
    // 图像
    private Image img;
    // 每块宽度和高度
    private int edge;
    // 初始地图数组
    int[][] map = { { 00, 01, 02, 03 },
                    { 10, 11, 12, 13 },
                    { 20, 21, 22, 23 },
                    { 30, 31, 32, 33 } };
    private Graphics gra = null;
    private MIDlet parent;

    public PPuzzleCanvas(Image img, MIDlet parent)
    {
        this.img = img;
        this.parent = parent;
        edge = img.getWidth() / 4;
        this.setCommandListener(this);
        this.initMap();
    }

    void initMap()
    {
        Random rnd = new Random();
```

```
    int temp, x1, y1, x2, y2;
    // 将地图数组打乱
    for (int i = 0; i < 100; i++)
    {
        x1 = rnd.nextInt(4);
        x2 = rnd.nextInt(4);
        y1 = rnd.nextInt(4);
        y2 = rnd.nextInt(4);
        temp = map[x1][y1];
        map[x1][y1] = map[x2][y2];
        map[x2][y2] = temp;
    }
    this.repaint();
}


public void paint(Graphics g)
{
    gra = g;
    // 用白色填充背景
    g.setColor(255, 255, 255);
    g.fillRect(0, 0, this.getWidth(), this.getHeight());
    // 根据地图数组中的编号选取图片小块画出来
    for (int x = 0; x < 4; x++)
    {
        for (int y = 0; y < 4; y++)
        {
            if (map[x][y] != 33)
            {
                // 获取编号的第一位数
                int xSegment = map[x][y] / 10;
                // 获取编号的第二位数
                int ySegment = map[x][y] % 10;
                // 获取图片中左上角坐标为(xSegment * edge,
                // ySegment * edge)
                // 宽度为 edge,高度为 edge 的小块
                // 画到界面上左上角坐标为(x * edge, y * edge)的位置
                g.drawRegion(img,
                    xSegment * edge, ySegment * edge, edge, edge,
                    Sprite.TRANS_NONE,
                    x * edge, y * edge,
                    Graphics.LEFT | Graphics.TOP);
            }
        }
    }
    if (isSuccess())
    {
        g.setColor(0, 0, 0);
        g.drawString("恭喜您,您已经顺利完成!还要继续吗?",
            this.getWidth() / 2, this.getHeight() - 60,
            Graphics.HCENTER | Graphics.TOP);
        this.addCommand(cmdResume);
```

197

```java
                this. addCommand(cmdClose);
            }
        }

    public void commandAction(Command cmd, Displayable dis)
    {
        if (cmd == cmdClose)
        {
            parent. notifyDestroyed();
        } else if (cmd == cmdResume)
        {
            this. initMap();
            this. removeCommand(cmdResume);
            this. removeCommand(cmdClose);
        }
    }

    public boolean isSuccess()
    {
        for (int x = 0; x < 4; x++)
        {
            for (int y = 0; y < 4; y++)
            {
                int xSegment = map[x][y] / 10;
                int ySegment = map[x][y] % 10;
                if (xSegment != x || ySegment != y)
                {
                    return false;
                }
            }
        }
        return true;
    }

    protected void keyPressed(int keyCode)
    {
        int action = this. getGameAction(keyCode);
        int xOf33 = -1, yOf33 = -1;
        for (int x = 0; x < 4; x++)
        {
            for (int y = 0; y < 4; y++)
            {
                if (map[x][y] == 33)
                {
                    xOf33 = x;
                    yOf33 = y;
                    break;
                }
            }
        }
        switch (action)
```

```
        {
        case GameCanvas.UP:
            if (yOf33 != 3)
            {
                this.swap(xOf33, yOf33, xOf33, yOf33 + 1);
            }
            break;
        case GameCanvas.DOWN:
            if (yOf33 != 0)
            {
                this.swap(xOf33, yOf33, xOf33, yOf33 - 1);
            }
            break;
        case GameCanvas.LEFT:
            if (xOf33 != 3)
            {
                this.swap(xOf33, yOf33, xOf33 + 1, yOf33);
            }
            break;
        case GameCanvas.RIGHT:
            if (xOf33 != 0)
            {
                this.swap(xOf33, yOf33, xOf33 - 1, yOf33);
            }
            break;
        }
        this.repaint();
}


// 将 map 中的 33 和周围的元素对调
public void swap(int xOf33, int yOf33, int targetX, int targetY)
{
    int temp = map[targetX][targetY];
    map[targetX][targetY] = 33;
    map[xOf33][yOf33] = temp;
}


// 提示键按下
protected void keyRepeated(int keyCode)
{
    int action = this.getGameAction(keyCode);
    if (action == GameCanvas.FIRE)
    {
        gra.drawImage(img, 0, 0, Graphics.TOP | Graphics.LEFT);
    }
}


// 提示键释放
protected void keyReleased(int keyCode)
{
    int action = this.getGameAction(keyCode);
```

```
        if (action == GameCanvas.FIRE)
        {
            this.repaint();
        }
    }
}
```

上一步中的 PPuzzleCanvas 类，实际上可以利用一个 MIDlet 来进行调用。在项目中建立一个 PPuzzleMIDlet，编写代码如下。

PPuzzleMIDlet.java

```
package prj11_3;

import javax.microedition.lcdui.Display;
import javax.microedition.lcdui.Image;
import javax.microedition.midlet.MIDlet;
import javax.microedition.midlet.MIDletStateChangeException;


public class PPuzzleMIDlet extends MIDlet
{
    private PPuzzleCanvas canvas;
    private Display dis;
    protected void startApp() throws MIDletStateChangeException
    {
        dis = Display.getDisplay(this);
        try
        {
            Image img = Image.createImage("/img.jpg");
            canvas = new PPuzzleCanvas(img,this);
        }catch(Exception ex)
        {
            ex.printStackTrace();
        }
        dis.setCurrent(canvas);
    }
    protected void pauseApp() {}
    protected void destroyApp(boolean arg0) throws MIDletStateChangeException {}
}
```

运行这个 MIDlet，就可以进行拼图游戏。

11.3.3 思考题

回顾本章提出的将图片块打乱的方法，是在数组 map 中任取两个元素交换位置，交换足够多的次数（如 100 次），数组 map 中的元素就足够乱了，然后根据元素在源图片中取图片小块，画到界面上。

这个方法可靠吗？

如果数组被打乱成如下的样子：

```
{ { 01, 00, 02, 03 },
  { 10, 11, 12, 13 },
  { 20, 21, 22, 23 },
  { 30, 32, 31, 33 } }
```

也就是说将图片中的 32 小块和 31 小块对调，其他不变。这种情况下，不管怎么移动，都得不到正确的结果，读者可以试试看。

可见，用以上方法打乱数组，可能会造成游戏永远成功不了的局面。怎么办？读者可以自己思考。

11.4 小结

本章首先讲解了动画开发，特别讲解了动画开发过程中的一些技巧，特别是线程控制技巧。

然后利用一个卡通时钟项目，复习了定时器和画图，以及叙述分块画图过程中的一些技巧。

最后，利用拼图游戏，复习了分块画图和键盘控制，同时也介绍了一些游戏制作过程中的开发策略。

第12章

RMS基础编程

建议学时：2

在 Java ME 移动开发过程中，经常会出现数据需要持久存储的情况，如游戏数据要存盘，怎么办？一种方法是存入文件。但是，并不是所有的手机都支持文件存储。

为了满足这种要求，MIDP 推出了一个记录管理系统（Record Management System，RMS），它和数据库管理系统很类似，相应的支持包为：

javax.microedition.rms

打开文档，可以看到，该包中只包含一个类：

javax.microedition.rms.**RecordStore**

这个类也就是进行 RMS 操作的基础。

RMS 是 MIDP 中提供数据持久化存储的支持系统，本章内容将特别针对 RMS 的基础开发进行讲解。

12.1 RecordStore 基本操作

javax. microedition. rms 中只包含一个 RecordStore 类，顾名思义，RecordStore 是记录集的意思，里面可以存储一条条的记录。为了便于理解，可以将 RMS 和数据库管理系统中的概念做简单类比。

RMS：记录管理系统，相当于数据库中的数据库管理系统。

RecordStore：记录集，相当于表格。

本例中将基于文档，利用 MIDlet，来讲解 RMS 中 RecordStore 的维护，包括建立 RecordStore、删除 RecordStore、访问 RecordStore 基本信息等。

打开文档，查看 javax. microedition. rms. RecordStore 类。

首先，RecordStore 类没有可用的构造函数。根据经验，当一个类没有可用的构造函数时，这个类有可能是抽象类，供扩展使用的。但我们发现，该类不是抽象类。那就可能是另一种情况：该类的对象可以由一个静态函数来创建。

查看该类的成员函数，会发现有如下函数可以生成 RecordStore 对象。

（1）

```
public static RecordStore openRecordStore(String recordStoreName,
                                          boolean createIfNecessary)
                             throws RecordStoreException,
                                    RecordStoreFullException,
                                    RecordStoreNotFoundException
```

该函数有两个参数。

参数 1 表示记录集名称（区分大小写）；

参数 2 表示如果记录集不存在，是否创建。

如下代码：

```
RecordStore rs1 = RecordStore.openRecordStore("RS1", true);
```

表示创建一个名为 RS1 的记录集，如果不存在，则创建。

（2）

```
public static RecordStore openRecordStore(String recordStoreName,
                                          boolean createIfNecessary,
                                          int authmode,
                                          boolean writable)
                             throws RecordStoreException,
                                    RecordStoreFullException,
                                    RecordStoreNotFoundException
```

该函数有 4 个参数。

参数 1 表示记录集名称。

参数 2 表示如果记录集不存在，是否创建。

参数 3 表示创建方式，一共有两种选项。

RecordStore. AUTHMODE_ANY：该记录集可以被任何其他套件访问；

RecordStore. PRIVATE：该记录集不可被其他套件访问。

参数 4 表示其他套件是否可以进行写操作。

通过以上两个函数就可以创建记录集，可以简单理解为数据库中的建表。在实际开发的过程中，使用第一个函数即可。

在 RecordStore 类中，关于记录集的维护，还有如下函数。

（1）得到记录集占据的空间：

```
public int getSize()
            throws RecordStoreNotOpenException
```

（2）得到记录集名称：

```
public String getName()
            throws RecordStoreNotOpenException
```

（3）关闭记录集：

```
public void closeRecordStore()
                throws RecordStoreNotOpenException,
                       RecordStoreException
```

（4）列出系统中当前的所有记录集名称：

```
public static String[] listRecordStores()
```

（5）删除某个记录集：

```
public static void deleteRecordStore(String recordStoreName)
                            throws RecordStoreException,
                                    RecordStoreNotFoundException
```

用实例测试以上代码。建立项目 Prj12_1，在里面创建 MIDlet1，将代码改成如下形式。

MIDlet1.java

```
import javax.microedition.midlet.MIDlet;
import javax.microedition.midlet.MIDletStateChangeException;
import javax.microedition.rms.RecordStore;

public class MIDlet1 extends MIDlet
{
    protected void startApp() throws MIDletStateChangeException
    {
        try
        {
            //打开记录集 rs1
            RecordStore rs1 = RecordStore.openRecordStore("RS1", true);
            //得到记录集 rs1 的大小
            System.out.println("RS1 占据大小:" + rs1.getSize());
            //得到记录集 rs1 的名称
            System.out.println("名称: " + rs1.getName());
            //关闭记录集 rs1
            rs1.closeRecordStore();
            //列出系统中的记录集
            this.list();
            //建立记录集 rs2
            RecordStore rs2 = RecordStore.openRecordStore("RS2", true);
            //删除记录集 rs1
            RecordStore.deleteRecordStore("RS1");
            //列出系统中的记录集
            this.list();
        }catch(Exception ex)
        {
            ex.printStackTrace();
        }
    }
    public void list()
    {
        String[] names = RecordStore.listRecordStores();
        System.out.println("------目前的记录集为------");
        for(int i = 0;i < names.length;i++)
        {
            System.out.println(names[i]);
        }
```

```
    }
    protected void destroyApp(boolean arg0) throws MIDletStateChangeException {}
    protected void pauseApp() {}
}
```

运行此 MIDlet,出现手机界面,控制台打印如下信息:

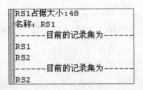

以上效果说明,系统中可以建立多个记录集来存储数据。

读者也许会问,既然是持久化存储,在手机上应该永久保存。那么,在 PC 的模拟器上,RMS 文件是怎么保存的呢?

在 Windows 平台中的默认安装下,找到 C:\Documents and Settings\用户名称\j2mewtk\2.5.2\appdb\DefaultColorPhone,在里面可以看到相应的文件。如在本题中,文件显示为:

12.2 RecordStore 记录操作

javax. microedition. rms 中只包含一个 RecordStore 类,如果说 RecordStore 相当于数据库中的表格,那针对 RecordStore 也应该有一些增、删、改、查的方法。

本例中将基于文档,利用 MIDlet,来讲解 RecordStore 中对记录的维护,包括添加、删除、修改、遍历查询记录等。

打开文档,找到 javax. microedition. rms. RecordStore 类。首先需要了解如下基本概念。

(1) 在 RecordStore 中存储数据比表格中简单,每一条记录都是一个字节数组。但是这样也带来了难度,有些内容(如对象)需要转为字节数组之后才能存入。

(2) 每条记录都有一个 ID,第一条记录的 ID 号为 1,以此类推。

(3) 记录集中间的记录被删除,后面的记录不会前移,它们的 ID 号不变。

这几个基本概念在后面将会有专门的测试。

在 RecordStore 文档中,提供了对记录增删改查的功能,在这里一一列出。

(1) 添加记录:

```
public int addRecord(byte[] data,
                     int offset,
                     int numBytes)
          throws RecordStoreNotOpenException,
                 RecordStoreException,
                 RecordStoreFullException
```

该函数有 3 个参数。

参数 1 为数据的字节数组；

参数 2 表示该字节数组写入 RecordStore 时，从第 offset 个字节截取，截取的字节数目由参数 3 决定。

例如，如果要将"中国人"存入记录集，代码如下。

```
RecordStore rs1 = RecordStore.openRecordStore("RS1", true);
String str = "中国人";
byte[] data = str.getBytes();
rs.addRecord(data, 0, data.length);
```

（2）删除记录：

```
public void deleteRecord(int recordId)
                throws RecordStoreNotOpenException,
                       InvalidRecordIDException,
                       RecordStoreException
```

该函数有 1 个参数，表示删除某个 ID 处的记录，如果该 ID 处没有记录，则抛出异常。

例如，如果要将记录集中第 2 条记录删除，代码如下。

```
RecordStore rs1 = RecordStore.openRecordStore("RS1", true);
rs1.deleteRecord(2);
```

（3）修改记录：

```
public void setRecord(int recordId,
                byte[] newData,
                int offset,
                int numBytes)
            throws RecordStoreNotOpenException,
                   InvalidRecordIDException,
                   RecordStoreException,
                   RecordStoreFullException
```

该函数较好理解，参数 1 表示被修改记录的 ID 位置，参数 2 表示新的数据，参数 3 和参数 4 表示对参数 2 数组的截取。

例如，如果将"中国人"存入记录集，然后改为 ChinaPeople，代码如下。

```
RecordStore rs1 = RecordStore.openRecordStore("RS1", true);
String str = "中国人";
byte[] data = str.getBytes();
rs.addRecord(data, 0, data.length);
str = "ChinaPeople";
data = str.getBytes();
rs.setRecord(1, data, 0, data.length);
```

（4）查询记录包含以下几个功能。

① 得到记录条数：

```
        public int getNumRecords()
                throws RecordStoreNotOpenException
```

注意：当 RecordStore 中删掉一条记录之后，该函数的返回值会变小，但是由于被删除记录后面的记录并没有前移，因此系统中的最大 ID 号并没有减小。

如下代码：

```
RecordStore rs1 = RecordStore.openRecordStore("RS1", true);
String str1 = "中国人";
byte[] b1 = str1.getBytes();
rs.addRecord(b1, 0, b1.length);

String str2 = "China";
byte[] b2 = str2.getBytes();
rs.addRecord(b2, 0, b2.length);

rs.deleteRecord(1);
System.out.println("当前记录条数: " + rs.getNumRecords());
```

删除第 1 条记录之后，系统打印的结果为：

当前记录条数: 1

但是要注意，第 2 条记录并没有前移。也就是说第 2 条记录还是存在的。而第 1 条记录变为无效了。

② 得到记录集中的下一个记录号：

```
        public int getNextRecordID()
                throws RecordStoreNotOpenException,
                       RecordStoreException
```

该函数实际上是首先找到记录集中记录号的最大值，然后加 1，就是记录集中的下一个记录号。当 RecordStore 中删掉一条记录之后，由于被删除记录后面的记录并没有前移，因此该函数的返回值不变。

如下代码：

```
RecordStore rs1 = RecordStore.openRecordStore("RS1", true);
String str1 = "中国人";
byte[] b1 = str1.getBytes();
rs.addRecord(b1, 0, b1.length);

String str2 = " China";
byte[] b2 = str2.getBytes();
rs.addRecord(b2, 0, b2.length);

rs.deleteRecord(1);
System.out.println("下一个记录号: " + rs.getNextRecordID());
```

删除第 1 条记录之后，系统打印的结果为：

下一个记录号: 3

207

③ 根据 ID 号获得数据的字节数组：

```
public byte[] getRecord(int recordId)
              throws RecordStoreNotOpenException,
                     InvalidRecordIDException,
                     RecordStoreException
```

如下代码：

```
RecordStore rs1 = RecordStore.openRecordStore("RS1", true);
String str1 = "中国人";
byte[] b1 = str1.getBytes();
rs.addRecord(b1, 0, b1.length);

String str2 = " China";
byte[] b2 = str2.getBytes();
rs.addRecord(b2, 0, b2.length);

byte[] b3 = rs.getRecord(1);
String str3 = new String(b3);
System.out.println(str3);
```

系统打印的结果为：

中国人

④ 根据 ID 获得记录所占的字节数：

```
public int getRecordSize(int recordId)
           throws RecordStoreNotOpenException,
                  InvalidRecordIDException,
                  RecordStoreException
```

如下代码：

```
RecordStore rs1 = RecordStore.openRecordStore("RS1", true);
String str1 = "中国人";
byte[] b1 = str1.getBytes();
rs.addRecord(b1, 0, b1.length);

String str2 = "China";
byte[] b2 = str2.getBytes();
rs.addRecord(b2, 0, b2.length);

System.out.println("记录 1 占据空间为：" + rs1.getRecordSize(1));
System.out.println("记录 2 占据空间为：" + rs1.getRecordSize(2));
```

系统打印的结果为：

记录 1 占据空间为：6
记录 2 占据空间为：5

注意：因为一个汉字占用 2 个字节，所以"中国人"所占字节数为 6。

下面用一个综合案例来说明问题。在项目 Prj12_1 中创建 MIDlet2,将代码改成如下形式。

MIDlet2.java

```java
import javax.microedition.midlet.MIDlet;
import javax.microedition.midlet.MIDletStateChangeException;
import javax.microedition.rms.RecordStore;

public class MIDlet2 extends MIDlet
{
    protected void startApp() throws MIDletStateChangeException
    {
        RecordStore rs = null;
        try
        {
            rs = RecordStore.openRecordStore("RS1", true);
            System.out.println("添加：中国人");
            String str1 = "中国人";
            byte[] b1 = str1.getBytes();
            rs.addRecord(b1, 0, b1.length);
            System.out.println("当前记录条数：" + rs.getNumRecords());

            System.out.println("添加：郭克华");
            String str2 = "郭克华";
            byte[] b2 = str2.getBytes();
            rs.addRecord(b2, 0, b2.length);
            System.out.println("当前记录条数：" + rs.getNumRecords());
            System.out.println("修改记录第一条记录为：中国");
            String newStr = "中国";
            byte[] newBytes = newStr.getBytes();
            rs.setRecord(1, newBytes, 0, newBytes.length);

            //根据 ID 得到记录
            byte[] b = rs.getRecord(2);
            System.out.println("第二条记录是：" + new String(b));
            //得到第一条记录所占字节的大小
            System.out.println("第一条记录所占字节的大小为:" + rs.getRecordSize(1));
        }catch(Exception ex)
        {
            ex.printStackTrace();
        }
        finally
        {
            try
            {
                rs.closeRecordStore();
            }catch(Exception ex){}
        }
    }
    protected void destroyApp(boolean arg0) throws MIDletStateChangeException {}
```

```
    protected void pauseApp() {}
}
```

运行此 MIDlet，将出现手机界面，控制台打印如下信息：

```
添加：中国人
当前纪录条数：1
添加：郭克华
当前纪录条数：2
修改记录第一条记录为：中国
第二条记录是：郭克华
第一条记录所占字节的大小为：4
```

以上效果说明，RecordStore 中提供了比较灵活的做法，来对记录进行增、删和改查。

12.3 RMS 对象存储

前面章节都提到了将数据保存在 RecordStore 中，但保存的是简单数据。在某些特定场合，需要保存在 RecordStore 中的可能不是简单数据。如将用户的通信记录保存在 RecordStore 中时，就必须同时保存姓名和电话号码两个字段，这就牵涉怎样将对象保存在 RMS 中的技术。例如，有一个 Customer 类，里面包含了两个属性：cname 和 phone，要求能够将 Customer 类的对象存入 RecordStore，然后读入。

12.3.1 编写 Customer 类

在 Prj12_1 中建立一个 Customer 类，并增加相应属性，代码如下。

Customer.java

```java
public class Customer
{
    private String cname;
    private String phone;
    public String getCname()
    {
        return cname;
    }
    public void setCname(String cname)
    {
        this.cname = cname;
    }
    public String getPhone()
    {
        return phone;
    }
    public void setPhone(String phone)
    {
        this.phone = phone;
    }
}
```

12.3.2 了解基本知识

打开文档,来查看 javax. microedition. rms. RecordStore 类。找到其中的"添加记录"的
函数。

```
public int addRecord(byte[] data,
                     int offset,
                     int numBytes)
             throws RecordStoreNotOpenException,
                    RecordStoreException,
                    RecordStoreFullException
```

该函数中,参数 1 是一个字节数组,并不能传入一个对象,因此,现在的关键问题是怎样
将一个对象转化为字节数组。

java. lang. Object 并没有提供将对象变成字节数组的方法。在这里,我们需要另辟
蹊径。

这里要借助 java. io 包里面的几个类。

首先讲解怎样将一个对象变成字节数组。将对象变成字节数组相当于将对象中的每个
成员变量写入流,然后将流变成字节数组。

打开文档,找到 java. io 包,在里面有一个类 java. io. ByteArrayOutputStream,在该类
中有一个方法:

```
public byte[] toByteArray()
```

该方法能够将流中的内容转换为字节数组返回。但是,该方法并不能很方便地将对象
中的成员写入流中。在文档中找到另一个类 java. io. DataOutputStream,该类的构造函
数为:

```
public DataOutputStream(OutputStream out)
```

能够将 ByteArrayOutputStream 对象传入,并且,该类中有大量的 write 方法可以支持
将各种类型写入流中。

(1) 写字符串:

```
public final void writeUTF(String str)
                   throws IOException
```

(2) 写整数:

```
public final void writeInt(int v)
                   throws IOException
```

例如,如果要将一个 Customer 对象 cus 中的 cname 和 phone 字段变成字节数组,就可
以用下面的代码。

```
ByteArrayOutputStream baos = new ByteArrayOutputStream();
DataOutputStream dos = new DataOutputStream(baos);
//通过 dos 将对象内容写入 baos
```

```
dos.writeUTF(cus.cname);
dos.writeUTF(cus.phone);
baos.close();
dos.close();
```

接下来讲解怎样将一个字节数组变为对象。将字节数组变成对象相当于从流中的字节数组中读入每个成员，然后包装为对象。

打开文档，找到 java.io 包，在里面有一个类 java.io.ByteArrayInputStream，该类有一个构造函数为：

public ByteArrayInputStream(byte[] buf)

能够将字节数组放入流中。但是，该方法并不能很方便地将字节数组中的数据读入。在文档中找到另一个类 java.io.DataInputStream，该类的构造函数为：

public DataInputStream(InputStream in)

能够将 ByteArrayInputStream 对象传入。并且，该类中有大量的 read 方法可以支持从流中读取各种数据类型。

（1）读字符串：

public final String readUTF()
throws IOException

（2）读整数：

public final int readInt()
throws IOException

例如，如果要将一个字节数组 b 中的数据从流中读入，然后赋值为 Customer 对象 cus 中的 cname 和 phone 字段，就可以用下面的代码。

```
ByteArrayInputStream bais = new ByteArrayInputStream(b);
DataInputStream dis = new DataInputStream(bais);
//从 bais 读取内容
Customer cus = new Customer();
cus.setCname(dis.readUTF());
cus.setPhone(dis.readUTF());
bais.close();
dis.close();
```

12.3.3　编写代码

Customer 类并没有提供将对象变为字节数组和将字节数组转为对象的方法，因此可以在里面自定义。在项目 Prj12_1 中，打开 Customer.java 程序，将代码改为如下。

Customer.java

```
import java.io.ByteArrayInputStream;
import java.io.ByteArrayOutputStream;
import java.io.DataInputStream;
```

```
import java.io.DataOutputStream;

public class Customer
{
    private String cname;
    private String phone;
    //将对象转为字节数组
    public byte[] object2ByteArray() throws Exception
    {
        ByteArrayOutputStream baos = new ByteArrayOutputStream();
        DataOutputStream dos = new DataOutputStream(baos);
        //通过 dos 将对象内容写入 baos
        dos.writeUTF(this.cname);
        dos.writeUTF(this.phone);
        baos.close();
        dos.close();
        //返回字节数组
        return baos.toByteArray();
    }
    //将字节数组转为对象
    public static Customer byteArray2Object(byte[] b) throws Exception
    {
        ByteArrayInputStream bais = new ByteArrayInputStream(b);
        DataInputStream dis = new DataInputStream(bais);
        //从 bais 读取内容
        Customer cus = new Customer();
        cus.setCname(dis.readUTF());
        cus.setPhone(dis.readUTF());
        bais.close();
        dis.close();
        return cus;
    }
    public String getCname()
    {
        return cname;
    }
    public void setCname(String cname)
    {
        this.cname = cname;
    }
    public String getPhone()
    {
        return phone;
    }
    public void setPhone(String phone)
    {
        this.phone = phone;
    }
}
```

在项目 Prj12_1 中,建立 MIDlet3,将代码改为如下。

MIDlet3.java

```
import javax.microedition.midlet.MIDlet;
import javax.microedition.midlet.MIDletStateChangeException;
import javax.microedition.rms.RecordStore;

public class MIDlet3 extends MIDlet
{
    protected void startApp() throws MIDletStateChangeException
    {
        RecordStore rs = null;
        try
        {
            rs = RecordStore.openRecordStore("RS1", true);
            Customer cus = new Customer();
            cus.setCname("王强");
            cus.setPhone("02567823456");
            //转换为字节数组写入
            byte[] b1 = cus.object2ByteArray();
            rs.addRecord(b1, 0, b1.length);
            //读
            byte[] b2 = rs.getRecord(1);
            Customer newCus = Customer.byteArray2Object(b2);
            System.out.println("姓名为: " + newCus.getCname());
            System.out.println("电话号码为: " + newCus.getPhone());
        }catch(Exception ex)
        {
            ex.printStackTrace();
        }
        finally
        {
            try
            {
                rs.closeRecordStore();
            }catch(Exception ex){}
        }
    }
    protected void destroyApp(boolean arg0) throws MIDletStateChangeException {}
    protected void pauseApp() {}
}
```

214

运行此 MIDlet,将出现手机界面,控制台打印如下信息:

```
姓名为: 王强
电话号码为: 02567823456
```

该结果表明,对象能够存进 RMS,并能读入。

12.4　小结

本章中对 RMS 基本的开发进行了系统的阐述,包括 RecordStore 的建立和维护、记录的建立和维护,以及对象的存取和读入等。

12.5　上机习题

1. 当 RecordStore 中删掉一条记录之后,getNumRecords 函数的返回值会变小,但是由于被删除记录后面的记录并没有前移,因此系统中的最大 ID 号并没有减小。请编程序进行测试。

2. 有短信资料,包含短信内容、发信号码、收信号码、发信时间。请实例化两个这样的对象,存入 RMS,然后读入并显示。

第13章

RMS高级编程

本章选学

在第 12 章中，介绍了 RMS 的基本操作，主要包括 RecordStore 的维护以及 RecordStore 中记录的维护。但是，在很多应用中，对记录的操作可能要进行一些加工，如记录遍历、记录改变时的监听、记录过滤、排序等，本章重点讲解这些内容。

打开文档，找到 javax. microedition. rms 包，本章内容主要讲解里面的 4 个重要接口。

(1) 用于记录集遍历的接口：

javax. microedition. rms. RecordEnumeration

(2) 用于记录集监听的接口：

javax. microedition. rms. RecordListener

(3) 用于记录过滤的接口：

javax. microedition. rms. RecordFilter

(4) 用于记录排序的接口：

javax. microedition. rms. RecordComparator

最后将用一个案例对它们的应用进行总结。

13.1 记录集遍历

javax. microedition. rms. RecordStore 支持记录集的遍历。记录集遍历，通俗地说就是将记录集中的记录显示出来。本节将用 MIDlet 来讲解记录集遍历的机制。

本节完成一个电话簿维护的效果，界面如图 13-1 所示。

该界面上有一个列表框，显示系统中的电话号码；下方有一个文本框，可以输入新的电话号码，输入之后，单击界面右下方的"添加"按钮，能够将新的电话号码添加到电话簿中。在界面上选择一个电话号码之后，单击"删除"按钮，又可以将电话从电话簿中删除，如图 13-2 所示。

图 13-2 左边的图中选择了电话号码"666"，单击"删除"按钮，出现右边的界面。可以看出，"666"已经被删除。

图 13-1　程序效果

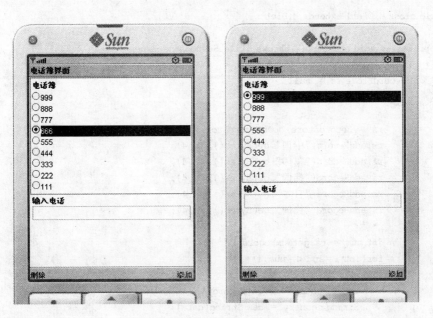

图 13-2　删除电话

13.1.1　了解基本知识

打开文档，找到 javax. microedition. rms. RecordStore，在支持记录获取方面，会发现里面有 1 个重要函数：

```
public byte[] getRecord(int recordId)
            throws RecordStoreNotOpenException,
                InvalidRecordIDException,
                RecordStoreException
```

该函数传入一个 ID,能够得到该 ID 处的记录。但是,该函数只能得到一条记录,却不能得到所有记录,如果要得到记录集中的所有记录,还需要对各个 ID 进行循环。通过以下函数可以得到记录的数量。

```
public int getNumRecords()
                         throws RecordStoreNotOpenException
```

而一般情况下,记录的数量就是 ID 的最大值。

13.1.2 代码编写

根据以上内容,结合第 12 章讲解的 RMS 操作技术,首先建立项目 Prj13_1,然后建立一个名为 MIDlet1 的 MIDlet,代码如下。

MIDlet1.java

```java
import javax.microedition.midlet.MIDlet;
import javax.microedition.midlet.MIDletStateChangeException;
import javax.microedition.rms.RecordStore;

public class MIDlet1 extends MIDlet
{
    protected void startApp() throws MIDletStateChangeException
    {
        RecordStore rs = null;
        try
        {
            rs = RecordStore.openRecordStore("RS1", true);
            rs.addRecord("中国".getBytes(), 0, 4);
            rs.addRecord("美国".getBytes(), 0, 4);
            rs.addRecord("韩国".getBytes(), 0, 4);
            rs.addRecord("日本".getBytes(), 0, 4);
            rs.addRecord("德国".getBytes(), 0, 4);

            int num = rs.getNumRecords();
            for(int i = 1; i <= num; i++)
            {
                byte[] data = rs.getRecord(i);
                String country = new String(data);
                System.out.println(country);
            }
        }catch(Exception ex)
        {
            ex.printStackTrace();
        }
        finally
        {
            try
            {
                rs.closeRecordStore();
```

```
        }catch(Exception ex){}
    }
}
    protected void destroyApp(boolean arg0) throws MIDletStateChangeException {}
    protected void pauseApp() {}
}
```

运行这个 MIDlet，将出现一个手机界面。控制台上将打印：

以上代码说明，可以首先得到记录条数，然后用循环来获得各条记录的内容。

13.1.3　有记录删除情况下的遍历

前面的代码，在记录集中没有记录删除的情况下，没有问题；但是，如果记录集中有记录删除，就会抛出异常。建立 MIDlet2，代码改为如下。

MIDlet2.java

```
import javax.microedition.midlet.MIDlet;
import javax.microedition.midlet.MIDletStateChangeException;
import javax.microedition.rms.RecordStore;

public class MIDlet2 extends MIDlet
{

    protected void startApp() throws MIDletStateChangeException
    {
        RecordStore rs = null;
        try
        {
            rs = RecordStore.openRecordStore("RS1", true);
            rs.addRecord("中国".getBytes(), 0, 4);
            rs.addRecord("美国".getBytes(), 0, 4);
            rs.addRecord("韩国".getBytes(), 0, 4);
            rs.addRecord("日本".getBytes(), 0, 4);
            rs.addRecord("德国".getBytes(), 0, 4);
            //删除第 1 条记录
            rs.deleteRecord(1);
            int num = rs.getNumRecords();
            for(int i = 1; i <= num; i++)
            {
                byte[] data = rs.getRecord(i);
                String country = new String(data);
                System.out.println(country);
            }
        }catch(Exception ex)
        {
```

```
                ex.printStackTrace();
            }
            finally
            {
                try
                {
                    rs.closeRecordStore();
                }catch(Exception ex){}
            }
        }
        protected void destroyApp(boolean arg0) throws MIDletStateChangeException {}
        protected void pauseApp() {}
}
```

运行这个 MIDlet,将出现一个手机界面。控制台上将打印:

```
javax.microedition.rms.InvalidRecordIDException
```

为什么会出现这种情况?这是因为当第 1 条记录删除之后,后面的记录 ID 没有变化,ID 为 1 的位置的记录变为无效,因此,rs.getRecord(1)抛出异常,如图 13-3 所示。

ID	内容
1	中国
2	美国
3	韩国
4	日本
5	德国

ID	内容
1	
2	美国
3	韩国
4	日本
5	德国

图 13-3　第 1 条记录删除前后

怎样解决这个问题呢?最常见的方法是利用枚举接口。

打开 javax.microedition.rms.RecordStore 文档,在里面会发现一个函数:

```
public RecordEnumeration enumerateRecords(RecordFilter filter,
                                          RecordComparator comparator,
                                          boolean keepUpdated)
                                          throws RecordStoreNotOpenException
```

该函数传入 3 个参数。

参数 1 是过滤接口,参数 2 是排序接口,在后面的章节叙述,如果是对所有记录进行遍历,这两个参数取 null 即可。

参数 3 可以确定查询出来的结果和原记录集是否保持同步更新,一般写 false 即可。

该函数返回一个 RecordEnumeration 对象,RecordEnumeration 接口提供了查询结果的枚举,可以通过这个对象进行记录的遍历。

打开 javax.microedition.RecordEnumeration 文档,会发现里面有两个函数。

(1) 判断枚举中是否有下一个元素:

```
public boolean hasNextElement()
```

(2) 得到枚举中的下一个记录:

```
public byte[] nextRecord()
                throws InvalidRecordIDException,
                RecordStoreNotOpenException,
                RecordStoreException
```

很显然,通过循环进行判断,就可以对记录集进行遍历。

可以通过 while 循环对枚举进行遍历,如下代码。

```java
RecordEnumeration re = rs.enumerateRecords(null, null, false);
while(re.hasNextElement())
{
    byte[] data = re.nextRecord();
    String country = new String(data);
    System.out.println(country);
}
```

在项目中建立 MIDlet3,将代码改为如下。

MIDlet3.java

```java
import javax.microedition.midlet.MIDlet;
import javax.microedition.midlet.MIDletStateChangeException;
import javax.microedition.rms.RecordEnumeration;
import javax.microedition.rms.RecordStore;

public class MIDlet3 extends MIDlet
{

    protected void startApp() throws MIDletStateChangeException
    {
        RecordStore rs = null;
        try
        {
            rs = RecordStore.openRecordStore("RS1", true);
            rs.addRecord("中国".getBytes(), 0, 4);
            rs.addRecord("美国".getBytes(), 0, 4);
            rs.addRecord("韩国".getBytes(), 0, 4);
            rs.addRecord("日本".getBytes(), 0, 4);
            rs.addRecord("德国".getBytes(), 0, 4);
            //删除第 1 条记录
            rs.deleteRecord(1);
            RecordEnumeration re = rs.enumerateRecords(null, null, false);
            while(re.hasNextElement())
            {
                byte[] data = re.nextRecord();
                String country = new String(data);
                System.out.println(country);
            }
        }catch(Exception ex)
        {
            ex.printStackTrace();
        }
        finally
        {
            try
```

```
            {
                rs.closeRecordStore();
            }catch(Exception ex){}
        }
    }
    protected void destroyApp(boolean arg0) throws MIDletStateChangeException {}
    protected void pauseApp() {}
}
```

运行这个 MIDlet，将出现一个手机界面，控制台上将打印：

以上程序说明，枚举遍历，能够自动发现并判断被删除的记录，性能较好。

13.1.4　代码实现

在项目中建立 MIDlet4，代码如下。

MIDlet4.java

```java
import javax.microedition.lcdui.ChoiceGroup;
import javax.microedition.lcdui.Command;
import javax.microedition.lcdui.CommandListener;
import javax.microedition.lcdui.Display;
import javax.microedition.lcdui.Displayable;
import javax.microedition.lcdui.Form;
import javax.microedition.lcdui.TextField;
import javax.microedition.midlet.MIDlet;
import javax.microedition.midlet.MIDletStateChangeException;
import javax.microedition.rms.RecordEnumeration;
import javax.microedition.rms.RecordStore;

public class MIDlet4 extends MIDlet implements CommandListener
{

    private Command cmdDel = new Command("删除", Command.CANCEL, 1);
    private Command cmdAdd = new Command("添加", Command.SCREEN, 1);
    private Form frm = new Form("电话簿界面");
    private ChoiceGroup cg = new ChoiceGroup("电话簿", ChoiceGroup.EXCLUSIVE);
    private TextField tfPhone = new TextField("输入电话", "", 20,
            TextField.PHONENUMBER);
    private Display dis = null;
    private RecordStore rs = null;
    protected void startApp() throws MIDletStateChangeException
    {
        dis = Display.getDisplay(this);
        dis.setCurrent(frm);
        frm.addCommand(cmdDel);
        frm.addCommand(cmdAdd);
```

```
            frm.append(cg);
            frm.append(tfPhone);
            frm.setCommandListener(this);
            this.initList();
    }
    //刷新界面
    public void initList()
    {
        cg.deleteAll();
        try
        {
            rs = RecordStore.openRecordStore("RS1", true);
            RecordEnumeration re = rs.enumerateRecords(null, null, false);
            while (re.hasNextElement())
            {
                byte[] data = re.nextRecord();
                String phone = new String(data);
                cg.append(phone, null);
            }
        } catch (Exception ex) {}
        finally
        {
            try
            {
                rs.closeRecordStore();
            } catch (Exception ex){}
        }
    }
    protected void destroyApp(boolean arg0) throws MIDletStateChangeException {}
    protected void pauseApp() {}
    public void commandAction(Command cmd, Displayable display)
    {
        if (cmd == cmdDel)
        {
            int selectedIndex = cg.getSelectedIndex();
            String selectedPhone = cg.getString(selectedIndex);
            try
            {
                rs = RecordStore.openRecordStore("RS1", true);
                int nextRecordId = rs.getNextRecordID();
                for (int i = 1; i < nextRecordId; i++)
                {
                    try
                    {
                        byte[] data = rs.getRecord(i);
                        String phone = new String(data);
                        if (phone.equals(selectedPhone))
                        {
                            rs.deleteRecord(i);
                        }
                    }catch(Exception ex){}
```

223

```
            }
        } catch (Exception ex) {}
        finally
        {
            try
            {
                rs.closeRecordStore();
                this.initList();
            } catch (Exception ex){}
        }
    } else
    {
        try
        {
            rs = RecordStore.openRecordStore("RS1", true);
            String phone = tfPhone.getString();
            byte[] data = phone.getBytes();
            rs.addRecord(data, 0, data.length);
        } catch (Exception ex) {} finally
        {
            try
            {
                rs.closeRecordStore();
                tfPhone.setString("");
                this.initList();
            } catch (Exception ex) {}
        }
    }
  }
}
```

运行这个 MIDlet，就可以得到本例中需要的效果。

13.2　记录监听

javax. microedition. rms. RecordStore 支持记录的监听。记录监听，通俗地说就是在向 RecordStore 中添加、删除或修改记录时，同时需要做一些别的事情，如添加记录时自动判断记录是否重复，修改记录的同时判断用户是否有权限等。本节完成如下的程序，程序启动后，界面如图 13-4 显示。

该界面上有一个列表框，显示系统中的电话；下方有一个文本框，可以输入新的电话号码，输入之后，单击界面右下方的"添加"按钮，能够将新的电话号码添加到电话簿中。当单击"添加"按钮之后，界面标题自动变为"RS1 中添加记录 1"，然后显示记录编号。

删除的效果如图 13-5 所示。

在该程序中，当单击"删除"按钮之后，界面标题自动变为"RS1 中删除记录"，然后显示记录编号。

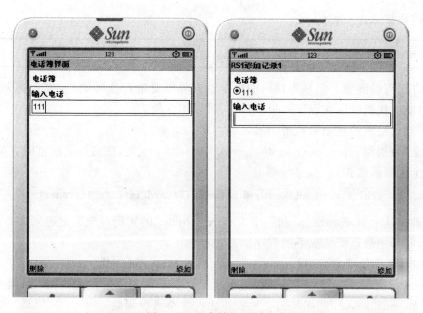

图 13-4 程序效果（添加）

图 13-5 程序效果（删除）

13.2.1 了解基本知识

该题看似不难，因为用户可以将如下代码嵌入到程序的相应事件中去。

添加按钮被选择。

```
frm.setTitle(recordStore.getName() + "添加记录" + recordId);
```

删除按钮被选择。

```
frm.setTitle(recordStore.getName() + "删除记录" + recordId);
```

这种方法可以奏效。但是当代码中很多地方都需要进行这种响应,或者响应的工作比较复杂时,响应代码分散在程序的很多地方,维护不方便。

因此,建议使用的是记录监听。

打开文档,找到 javax.microedition.rms.RecordStore 类,在支持记录监听方面,会发现里面有 1 个重要函数:

```
public void addRecordListener(RecordListener listener)
```

该函数将这个 RecordStore 和一个 RecordListener 的实现对象绑定起来。

因此,基于记录监听情况下的程序编写过程如下。

(1) 编写事件处理类,实现 javax.microedition.rms.RecordListener。

实现一个接口,需要将接口里面的函数进行重写,在文档中找到接口 javax.microedition.rms.RecordListener,会发现里面有 3 个重要函数。

① 当向 RecordStore 中添加记录的时候,自动调用:

```
public void recordAdded(RecordStore recordStore,
                        int recordId)
```

参数 1 是添加记录的 RecordStore,参数 2 是被添加记录的位置。

② 当在 RecordStore 中修改记录的时候,自动调用:

```
public void recordChanged(RecordStore recordStore,
                          int recordId)
```

参数 1 是修改记录的 RecordStore,参数 2 是被修改记录的位置。

③ 当在 RecordStore 中删除记录的时候,自动调用:

```
public void recordDeleted(RecordStore recordStore,
                          int recordId)
```

参数 1 是删除记录的 RecordStore,参数 2 是被删除记录的位置。

从这些函数看出,可以在监听的时候来确定是哪个 RecordStore 发生了(添加、删除、修改)事件,以及记录的位置。

(2) 重写 RecordListener 中的 3 个方法,编写事件响应代码。

如下代码:

```
class RS1Listener implements RecordListener
{
    public void recordAdded(RecordStore recordStore, int recordId)
    {
        try
        {
            frm.setTitle(recordStore.getName() + "添加记录" + recordId);
        } catch (Exception ex) {}
    }
    public void recordChanged(RecordStore recordStore, int recordId)
```

```
    {
        try
        {
            frm.setTitle(recordStore.getName() + "改变记录" + recordId);
        } catch (Exception ex) {}
    }
    public void recordDeleted(RecordStore recordStore, int recordId)
    {
        try
        {
            frm.setTitle(recordStore.getName() + "删除记录" + recordId);
        } catch (Exception ex) {}
    }
}
```

227

表示当向 recordStore 中添加或删除记录时，界面标题变为 recordStore 的名称，以及记录的 ID 号。

（3）将事件源和事件响应对象绑定。

事件处理类编写完之后，只是能够处理事件，并不能保证记录集增、删、改之后会触发事件，因此还需要将记录集和事件处理类（RecordListener）对象绑定。

打开 javax. microedition. rms. RecordStore 文档，会发现，里面有如下重要函数：

> public void **addRecordListener**(RecordListener listener)

将 RecordStore 对象和 RecordListener 对象绑定。

如下代码：

```
RecordStore rs = RecordStore.openRecordStore("RS1", true);
RS1Listener listener = new RS1Listener();
rs.addRecordListener(listener);
```

就是将 rs 和 RS1Listener 的对象 listener 绑定。

13.2.2　代码编写

根据以上内容，结合第 12 章讲解的 RMS 操作技术，在项目 Prj13_1 中建立一个名为 MIDlet5 的 MIDlet，代码如下。

MIDlet5.java

```
import javax.microedition.lcdui.ChoiceGroup;
import javax.microedition.lcdui.Command;
import javax.microedition.lcdui.CommandListener;
import javax.microedition.lcdui.Display;
import javax.microedition.lcdui.Displayable;
import javax.microedition.lcdui.Form;
import javax.microedition.lcdui.TextField;
import javax.microedition.midlet.MIDlet;
```

```java
import javax.microedition.midlet.MIDletStateChangeException;
import javax.microedition.rms.RecordEnumeration;
import javax.microedition.rms.RecordListener;
import javax.microedition.rms.RecordStore;

public class MIDlet5 extends MIDlet implements CommandListener
{

    private Command cmdDel = new Command("删除", Command.CANCEL, 1);
    private Command cmdAdd = new Command("添加", Command.SCREEN, 1);
    private Form frm = new Form("电话簿界面");
    private ChoiceGroup cg = new ChoiceGroup("电话簿", ChoiceGroup.EXCLUSIVE);
    private TextField tfPhone = new TextField("输入电话", "", 20,
            TextField.PHONENUMBER);
    private Display dis = null;
    private RecordStore rs = null;
    private RS1Listener listener = new RS1Listener();

    protected void startApp() throws MIDletStateChangeException
    {
        dis = Display.getDisplay(this);
        dis.setCurrent(frm);
        frm.addCommand(cmdDel);
        frm.addCommand(cmdAdd);
        frm.append(cg);
        frm.append(tfPhone);
        frm.setCommandListener(this);
        this.initList();
    }
    public void initList()
    {
        cg.deleteAll();
        try
        {
            rs = RecordStore.openRecordStore("RS1", true);
            rs.addRecordListener(listener);
            RecordEnumeration re = rs.enumerateRecords(null, null, false);
            while (re.hasNextElement())
            {
                byte[] data = re.nextRecord();
                String phone = new String(data);
                cg.append(phone, null);
            }
        } catch (Exception ex){}
        finally
        {
            try
            {
                rs.closeRecordStore();
            } catch (Exception ex) { }
        }
    }
```

```
}

protected void destroyApp(boolean arg0) throws MIDletStateChangeException {}
protected void pauseApp() {}

public void commandAction(Command cmd, Displayable display)
{
    if (cmd == cmdDel)
    {
        int selectedIndex = cg.getSelectedIndex();
        String selectedPhone = cg.getString(selectedIndex);
        try
        {
            rs = RecordStore.openRecordStore("RS1", true);
            rs.addRecordListener(listener);
            int nextRecordId = rs.getNextRecordID();
            for (int i = 1; i < nextRecordId; i++)
            {
                try
                {
                    byte[] data = rs.getRecord(i);
                    String phone = new String(data);
                    if (phone.equals(selectedPhone))
                    {
                        rs.deleteRecord(i);
                    }
                } catch (Exception ex) {   }
            }
        } catch (Exception ex){}
        finally
        {
            try
            {
                rs.closeRecordStore();
                this.initList();
            } catch (Exception ex) {   }
        }
    } else
    {
        try
        {
            rs = RecordStore.openRecordStore("RS1", true);
            rs.addRecordListener(listener);
            String phone = tfPhone.getString();
            byte[] data = phone.getBytes();
            rs.addRecord(data, 0, data.length);
        } catch (Exception ex){}
        finally
        {
            try
            {
```

```
                                          rs.closeRecordStore();
                                          tfPhone.setString("");
                                          this.initList();
                                    } catch (Exception ex) {   }
                               }
                          }
                     }


               class RS1Listener implements RecordListener
               {
                     / ********************** 事件响应 *************************** /
                     public void recordAdded(RecordStore recordStore, int recordId)
                     {
                          try
                          {
                               frm.setTitle(recordStore.getName() + "添加记录" + recordId);
                          } catch (Exception ex) {}
                     }
                     public void recordChanged(RecordStore recordStore, int recordId)
                     {
                          try
                          {
                               frm.setTitle(recordStore.getName() + "改变记录" + recordId);
                          } catch (Exception ex) {   }
                     }
                     public void recordDeleted(RecordStore recordStore, int recordId)
                     {
                          try
                          {
                               frm.setTitle(recordStore.getName() + "删除记录" + recordId);
                          } catch (Exception ex) {}
                     }
               }
```

运行这个 MIDlet，就可以得到本节案例需求中的效果。

13.3 记录过滤

javax. microedition. rms. RecordStore 支持记录的过滤。记录过滤，通俗地说就是从 RecordStore 中查找记录时，选择用户需要的记录。如查找年龄大于 30 岁的用户等。本节中将用 MIDlet 来测试记录过滤的机制，开发如图 13-6 所示界面的程序。

该界面上有一个列表框，显示系统中的电话号码；下方有一个文本框，可以输入新的电话号码，输入之后，单击界面右下方的"添加"按钮，能够将新的电话号码添加到电话簿中。这些功能和前面讲过的相同。

在界面最下方有一个"查找电话"的文本框，当向这个文本框中输入相应的字符串时，能够自动筛选号码簿中以这个字符串开头的号码，如图 13-7 所示。

图 13-6　程序初始效果

图 13-7　查找电话

如图 13-7 的界面中，在"查找电话"文本框中输入"6"，就显示以"6"开头的号码；输入"62"，就显示以"62"开头的号码。

13.3.1　了解基本知识

该程序实际上是一个记录过滤问题。打开文档，找到 javax. microedition. rms. RecordStore，在支持记录过滤方面，会发现里面有 1 个重要函数。

```
public RecordEnumeration enumerateRecords(RecordFilter filter,
                                          RecordComparator comparator,
                                          boolean keepUpdated)
          throws RecordStoreNotOpenException
```

该函数有三个参数,这里主要讲解第一个参数,该参数将这个 RecordStore 和一个 RecordFilter 的实现对象绑定起来。

该函数返回一个 RecordEnumeration 对象,RecordEnumeration 接口提供了查询结果的枚举,可以通过这个对象进行记录的遍历,前面已经叙述过了。

因此,记录过滤的程序编写过程如下。

(1) 编写过滤类,实现 javax. microedition. rms. RecordFilter。

实现一个接口,需要将接口里面的函数进行重写,在文档中找到接口 javax. microedition. rms. RecordFilter,会发现里面有 1 个重要函数:

```
public boolean matches(byte[] candidate)
```

该函数在当每一条记录被筛选时会自动调用,其参数就是筛选的记录数据,如果该函数返回 false,表示该记录不被筛选;返回 true,表示该记录被筛选。

(2) 重写 RecordFilter 中的 match 方法,编写事件响应代码。

如下代码:

```java
class Filter1 implements RecordFilter
{
    public boolean matches(byte[] candidate)
    {
        String str = new String(candidate);
        if(str.startsWith("王"))
        {
            return true;
        }
        return false;
    }
}
```

表示将以"王"字开头的记录筛选出来。

(3) 将记录集和过滤器对象绑定,并遍历。

过滤器类编写完之后,只是能够过滤,并不知道对谁进行过滤,因此还需要将记录集和过滤器(RecordFilter)对象绑定。

如下代码:

```java
Filter1 filter = new Filter1();
RecordEnumeration re = rs.enumerateRecords(filter, null, false);
while(re.hasNextElement())
{
    System.out.println(new String(re.nextRecord()));
}
```

就是将 rs 和 Filter1 的对象 filter 绑定,并用枚举接口遍历。

13.3.2　代码编写

根据以上内容,结合第 12 章讲解的 RMS 操作技术,在项目 Prj13_1 中建立一个名为 MIDlet6 的 MIDlet,代码如下。

MIDlet6.java

```java
import javax.microedition.lcdui.ChoiceGroup;
import javax.microedition.lcdui.Command;
import javax.microedition.lcdui.CommandListener;
import javax.microedition.lcdui.Display;
import javax.microedition.lcdui.Displayable;
import javax.microedition.lcdui.Form;
import javax.microedition.lcdui.Item;
import javax.microedition.lcdui.ItemStateListener;
import javax.microedition.lcdui.TextField;
import javax.microedition.midlet.MIDlet;
import javax.microedition.midlet.MIDletStateChangeException;
import javax.microedition.rms.RecordEnumeration;
import javax.microedition.rms.RecordFilter;
import javax.microedition.rms.RecordStore;

public class MIDlet6 extends MIDlet implements
CommandListener,ItemStateListener,RecordFilter
{
    private Command cmdAdd = new Command("添加", Command.SCREEN, 1);
    private Form frm = new Form("电话簿界面");
    private ChoiceGroup cg = new ChoiceGroup("电话簿", ChoiceGroup.EXCLUSIVE);
    private TextField tfPhone = new TextField("输入电话", "", 20,
            TextField.PHONENUMBER);
    private TextField tfSearch = new TextField("查找电话", "", 20,
            TextField.PHONENUMBER);
    private Display dis = null;
    private RecordStore rs = null;
    private String searchString = "";

    protected void startApp() throws MIDletStateChangeException
    {
        dis = Display.getDisplay(this);
        dis.setCurrent(frm);
        frm.addCommand(cmdAdd);
        frm.append(cg);
        frm.append(tfPhone);
        frm.append(tfSearch);
        frm.setCommandListener(this);
        frm.setItemStateListener(this);
        this.initList();
```

```
        }

        public void initList()
        {
            cg.deleteAll();
            try
            {
                rs = RecordStore.openRecordStore("RS1", true);
                RecordEnumeration re = rs.enumerateRecords(this, null, false);
                while (re.hasNextElement())
                {
                    byte[] data = re.nextRecord();
                    String phone = new String(data);
                    cg.append(phone, null);
                }
            } catch (Exception ex) {}
            finally
            {
                try
                {
                    rs.closeRecordStore();
                } catch (Exception ex) {}
            }
        }

        protected void destroyApp(boolean arg0) throws MIDletStateChangeException {}
        protected void pauseApp() {}

        public void commandAction(Command cmd, Displayable display)
        {
            try
            {
                rs = RecordStore.openRecordStore("RS1", true);
                String phone = tfPhone.getString();
                byte[] data = phone.getBytes();
                rs.addRecord(data, 0, data.length);
            } catch (Exception ex){}
            finally
            {
                try
                {
                    rs.closeRecordStore();
                    tfPhone.setString("");
                    this.initList();
                } catch (Exception ex) {}
            }
        }

        public boolean matches(byte[] candidate)
        {
            String str = new String(candidate);
```

```
        if(str.startsWith(searchString))
        {
            return true;
        }
        return false;
    }

    public void itemStateChanged(Item item)
    {
        searchString = tfSearch.getString();
        this.initList();
    }
}
```

运行这个 MIDlet，就可以得到本节案例需求中的效果。

13.4　排序功能

javax. microedition. rms. RecordStore 支持记录的排序。记录排序，通俗地说就是从 RecordStore 中查找记录时，将结果排序之后返回，如将电话号码排序等。本节中将用 MIDlet 来测试记录排序的机制，开发如图 13-8 所示的界面的程序。

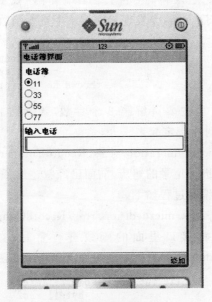

图 13-8　程序初始效果

该界面上有一个列表框，显示系统中的电话号码；下方有一个文本框，可以输入新的电话号码。输入之后，单击界面右下方的"添加"按钮，能够将新的电话号码添加到电话簿中。这些功能和前面讲过的相同。但是，当输入的电话号码在界面上显示的时候，顺序是已经排好的。图 13-9 中输入电话号码"66"。

图 13-9 的界面中，输入"66"之后，新的界面是排好顺序的结果。

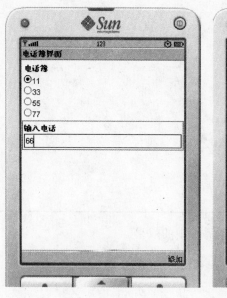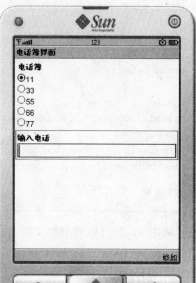

图 13-9　输入电话

13.4.1　了解基本知识

该程序实际上是一个记录排序问题。打开文档，找到 javax. microedition. rms. RecordStore，在支持记录排序方面，会发现里面有 1 个重要函数。

```
public RecordEnumeration enumerateRecords(RecordFilter filter,
                                          RecordComparator comparator,
                                          boolean keepUpdated)
                                   throws RecordStoreNotOpenException
```

该函数有三个参数，这里主要讲解第 2 个参数，该参数将这个 RecordStore 和一个 RecordComparator 的实现对象绑定起来。

该函数返回一个 RecordEnumeration 对象，RecordEnumeration 接口提供了查询结果的枚举，可以通过这个对象进行记录的遍历，前面已经叙述过了。

因此，记录排序的程序编写过程如下。

（1）编写过滤类，实现 javax. microedition. rms. RecordComparator。

实现一个接口，需要将接口里面的函数进行重写，在文档中找到接口 javax. microedition. rms. RecordComparator，会发现里面有 1 个重要函数：

```
public int compare(byte[] rec1,
                   byte[] rec2)
```

该函数在当每两条记录调整顺序时会自动调用，其参数就是筛选的记录数据，该函数的返回值有三个选择。

RecordComparator. PRECEDES：在排序结果中，记录 1 在记录 2 前面。

RecordComparator. FOLLOWS：在排序结果中，记录 1 在记录 2 后面。

RecordComparator. EQUIVALENT：记录 1＝记录 2。

（2）重写 RecordComparator 中的 compare 方法，编写事件响应代码。

如下代码：

```
class Comparator1 implements RecordComparator
{
  public int compare(byte[] rec1, byte[] rec2)
  {
    String  str1 = new String(rec1);
    String  str2 = new String(rec2);
    int num1 = Integer.parseInt(str1);
    int num2 = Integer.parseInt(str2);
    if(num1 > num2)
    {
        return RecordComparator.FOLLOWS;
    }
    else if(num1 < num2)
    {
        return RecordComparator.PRECEDES;
    }
    return RecordComparator.EQUIVALENT;
  }
}
```

表示将所有记录按照从小到大的顺序返回。

（3）将记录集和比较器对象绑定，并遍历。

比较器类编写完之后，只是能够比较，并不知道与哪里的记录进行比较，因此还需要将记录集和比较器（RecordComparator）对象绑定。

如下代码：

```
Comparator1 com = new Comparator1();
RecordEnumeration re = rs.enumerateRecords(null, com , false);
while(re.hasNextElement())
{
    System.out.println(new String(re.nextRecord()));
}
```

就是将 rs 和 Comparator1 的对象 com 绑定，并用枚举接口遍历。

13.4.2　代码编写

根据以上内容，结合第 12 章讲解的 RMS 操作技术，在项目 Prj13_1 中建立一个名为 MIDlet7 的 MIDlet，代码如下。

MIDlet7.java

```
import javax.microedition.lcdui.ChoiceGroup;
import javax.microedition.lcdui.Command;
import javax.microedition.lcdui.CommandListener;
import javax.microedition.lcdui.Display;
```

237

```java
import javax.microedition.lcdui.Displayable;
import javax.microedition.lcdui.Form;
import javax.microedition.lcdui.TextField;
import javax.microedition.midlet.MIDlet;
import javax.microedition.midlet.MIDletStateChangeException;
import javax.microedition.rms.RecordComparator;
import javax.microedition.rms.RecordEnumeration;
import javax.microedition.rms.RecordStore;

public class MIDlet7 extends MIDlet implements CommandListener,RecordComparator
{

    private Command cmdAdd = new Command("添加", Command.SCREEN, 1);
    private Form frm = new Form("电话簿界面");
    private ChoiceGroup cg = new ChoiceGroup("电话簿", ChoiceGroup.EXCLUSIVE);
    private TextField tfPhone = new TextField("输入电话", "", 20,
            TextField.PHONENUMBER);
    private Display dis = null;
    private RecordStore rs = null;

    protected void startApp() throws MIDletStateChangeException
    {
        dis = Display.getDisplay(this);
        dis.setCurrent(frm);
        frm.addCommand(cmdAdd);
        frm.append(cg);
        frm.append(tfPhone);
        frm.setCommandListener(this);
        this.initList();
    }

    public void initList()
    {
        cg.deleteAll();
        try
        {
            rs = RecordStore.openRecordStore("RS1", true);
            RecordEnumeration re = rs.enumerateRecords(null, this, false);
            while (re.hasNextElement())
            {
                byte[] data = re.nextRecord();
                String phone = new String(data);
                cg.append(phone, null);
            }
        } catch (Exception ex) {}
        finally
        {
            try
            {
                rs.closeRecordStore();
            } catch (Exception ex){}
        }
```

```
    }

    protected void destroyApp(boolean arg0) throws MIDletStateChangeException{}

    protected void pauseApp(){}

    public void commandAction(Command cmd, Displayable display)
    {
        try
        {
            rs = RecordStore.openRecordStore("RS1", true);
            String phone = tfPhone.getString();
            byte[] data = phone.getBytes();
            rs.addRecord(data, 0, data.length);
        } catch (Exception ex){}
        finally
        {
            try
            {
                rs.closeRecordStore();
                tfPhone.setString("");
                this.initList();
            } catch (Exception ex){}
        }
    }


    public int compare(byte[] rec1, byte[] rec2)
    {
        String str1 = new String(rec1);
        String str2 = new String(rec2);
        if(str1.compareTo(str2)>0)
        {
            return RecordComparator.FOLLOWS;
        }
        else if(str1.compareTo(str2)<0)
        {
            return RecordComparator.PRECEDES;
        }
        return RecordComparator.EQUIVALENT;
    }
}
```

运行这个 MIDlet,就可以得到本节案例需求中的效果。

13.5 小结

本节中对 RMS 的高级开发进行了系统的阐述,包括记录遍历、记录监听、记录过滤和排序等。

第14章

课程设计4：电话簿模拟

本章选学

前面的篇幅主要讲解了 RMS 开发的若干问题。在这里，首先通过文档来对这些内容进行总结。打开文档，找到 javax.microedition.rms 包，打开它的树型目录，可以看见，前面的 RMS 开发的基本内容分别体现在以下几个方面。

（1）存储记录的 RecordStore 类：

> javax.microedition.rms.**RecordStore**

（2）用于记录集遍历的接口：

> javax.microedition.rms.**RecordEnumeration**

（3）用于记录集监听的接口：

> javax.microedition.rms.**RecordListener**

（4）用于记录过滤的接口：

> javax.microedition.rms.**RecordFilter**

（5）用于记录排序的接口：

> javax.microedition.rms.**RecordComparator**

在本章中，将针对这些内容进行一个总结性的项目：电话簿开发。

14.1　电话簿的实例需求

在本章中，将制作一个电话簿系统，该系统由三个界面组成。系统运行后，出现欢迎界面，如图 14-1 所示。

在这个界面中，单击左边的按钮，程序退出；

单击右边的"电话簿"按钮，到达电话簿列表界面，如图 14-2 所示。

在图 14-2 中，首先出现的是电话簿界面，列表中的姓名和电话号码用冒号隔开。

界面左下方有一个"返回"按钮，单击，能够返回到欢迎界面；在右边有两个命令按钮："添加电话"和"删除电话"。

图 14-1　欢迎界面

图 14-2　电话簿列表界面

单击"删除电话"按钮，可以将电话删除；

单击"添加电话"按钮，能到达电话添加界面，如图 14-3 所示。

在图 14-3 中，可以在文本框内输入姓名和电话号码。界面左下方有一个"返回"按钮，单击该按钮，能够返回到电话簿列表界面。

当文本框中输入姓名和电话号码之后，单击界面右下方的"确定添加"按钮，能够将姓名和电话存入 RMS，并返回到电话簿列表界面，电话簿列表中显示的将是添加之后的电话号码簿，如图 14-4 所示。

整个程序流程如图 14-5 所示。

返回电话簿 —— 添加电话

图 14-3 电话添加界面   图 14-4 添加之后的电话簿

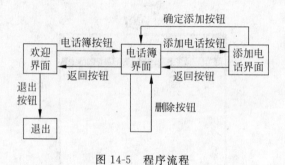

图 14-5 程序流程

14.2 电话簿系统分析

在这个项目中,需要用到以下几个界面:欢迎界面、电话簿列表界面、电话添加界面。这几个界面怎样组织在一起呢?很显然,三个界面分别用三个类,在各个类里面负责不同界面的界面元素和事件处理,将这三个类用一个 MIDlet 组织起来,是比较好的方法。

但是,该项目有些特殊,主要是在好几个界面中都用到了 RMS 操作,如果将 RMS 操作的代码分散在多个界面类中,维护性较差。因此,这里有必要将 RMS 操作的代码专门放在一个类中,让各个界面调用。

另外,客户的电话信息包括两个字段:姓名和电话号码,具有很浓的对象意味,可以将电话信息用对象的方式存储在 RMS 内。因此,可以建立一个 Customer 类专门来封装客户的姓名和电话号码。整个系统结构如图 14-6 所示。

将项目划分为几个模块之后,模块之间的数据传递难度就增大了。比如,在欢迎界面中单击"电话簿"按钮,界面应该切换到电话簿列表界面,这时就应该由 MIDlet 来进行切换。所以,三个界面必须要能够反过来调用 MIDlet 进行界面切换,一般的方法是在实例化界面

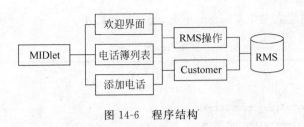

图 14-6　程序结构

时，将 MIDlet 的引用作为构造函数的参数传入。

各部分的命名及基本功能如表 14-1 所示。

表 14-1　各模块定义

类　　名	成　　员
PhoneMIDlet	WelcomeCanvas welcomeCanvas：欢迎界面实例 PhoneList phoneList：电话簿列表界面实例 AddForm addForm：添加电话界面实例 void changeForm()：切换界面
WelcomeCanvas	Image img：图片 Command cmdExit：退出程序按钮 Command cmdPhone：写短信按钮 PhoneMIDlet parent：PhoneMIDlet 引用 实现 CommandListener：按钮事件
PhoneList	Command cmdBack：返回按钮 Command cmdDel：删除按钮 Command cmdAdd：添加按钮 PhoneMIDlet parent：PhoneMIDlet 引用 实现 CommandListener：按钮事件 void refresh()：刷新电话簿列表
AddForm	TextField tfName：姓名文本框 TextField tfPhone：电话号码文本框 Command cmdBack：返回按钮 Command cmdOK：确定按钮 PhoneMIDlet parent：PhoneMIDlet 引用 实现 CommandListener：按钮事件 void refresh()：刷新添加界面 void addPhone()：添加电话
RMSOpe	void addPhone(Customer cus)：添加电话 void deletePhone(String content)：删除电话 Vector getAllPhone()：得到所有电话
Customer	String cname：姓名 String phone：电话号码 byte[] object2ByteArray()：将对象转为字节数组 Customer byteArray2Object(byte[] b)：将字节数组转为对象

14.3　代码编写

14.3.1　编写 Customer 类

该项目采取从后端开发到前端的策略。打开 Eclipse，新建项目 Prj14_1，首先编写

Customer，在项目中建立一个 Customer 类，编写代码如下。

Customer.java

```java
Package prj14_1;

import java.io.ByteArrayInputStream;
import java.io.ByteArrayOutputStream;
import java.io.DataInputStream;
import java.io.DataOutputStream;

public class Customer
{
    //姓名
    private String cname;
    //电话
    private String phone;
    //对象转为字节数组
    public byte[] object2ByteArray() throws Exception
    {
        ByteArrayOutputStream baos = new ByteArrayOutputStream();
        DataOutputStream dos = new DataOutputStream(baos);
        dos.writeUTF(this.cname);
        dos.writeUTF(this.phone);
        baos.close();
        dos.close();
        return baos.toByteArray();
    }
    //字节数组转为对象
    public static Customer byteArray2Object(byte[] b) throws Exception
    {
        ByteArrayInputStream bais = new ByteArrayInputStream(b);
        DataInputStream dis = new DataInputStream(bais);
        Customer cus = new Customer();
        cus.setCname(dis.readUTF());
        cus.setPhone(dis.readUTF());
        bais.close();
        dis.close();
        return cus;
    }
    public String getCname()
    {
        return cname;
    }
    public void setCname(String cname)
    {
        this.cname = cname;
    }
    public String getPhone()
    {
        return phone;
    }
}
```

```
    }
    public void setPhone(String phone)
    {
        this.phone = phone;
    }
}
```

14.3.2　编写 RMSOpe

实际上，RMSOpe 这个类，类似于 J2EE 中的 Dao，负责持久化存储的所有操作。在项目中建立一个类：RMSOpe，编写代码如下。

RMSOpe. java

```
package prj14_1;

import java.util.Vector;

import javax.microedition.rms.RecordEnumeration;
import javax.microedition.rms.RecordStore;

public class RMSOpe
{
    //添加电话
    public static void addPhone(Customer cus)
    {
        try
        {
            openRecordStore();
            byte[] b = cus.object2ByteArray();
            rs.addRecord(b, 0, b.length);
        }catch(Exception ex)
        {
            ex.printStackTrace();
        }
        finally
        {
            closeRecordStore();
        }
    }
    //删除电话
    public static void deletePhone(String content)
    {
        try
        {
            openRecordStore();
            int nextRecordId = rs.getNextRecordID();
            for(int i = 1; i < nextRecordId; i++)
            {
                try
```

```
                    {
                        byte[] data = rs.getRecord(i);
                        Customer cus = Customer.byteArray2Object(data);
                        if((cus.getCname() + ":" + cus.getPhone()).equals(content))
                        {
                            rs.deleteRecord(i);
                        }
                    }catch(Exception ex){}
                }
            }catch(Exception ex)
            {
                ex.printStackTrace();
            }
            finally
            {
                closeRecordStore();
            }
    }
    //得到所有电话
    public static Vector getAllPhone()
    {
        Vector v = new Vector();
        try
        {
            openRecordStore();
            RecordEnumeration re = rs.enumerateRecords(null,null,false);
            while(re.hasNextElement())
            {
                byte[] data = re.nextRecord();
                Customer cus = Customer.byteArray2Object(data);
                v.addElement(cus);
            }
        }catch(Exception ex)
        {
            ex.printStackTrace();
        }
        finally
        {
            closeRecordStore();
        }
        return v;
    }
    private static RecordStore rs = null;
    private static void openRecordStore()
    {
        try
        {
            rs = RecordStore.openRecordStore("PhoneListRS", true);
        }catch(Exception ex)
        {
            ex.printStackTrace();
```

```
        }
    }
    private static void closeRecordStore()
    {
        try
        {
            rs.closeRecordStore();
        }catch(Exception ex)
        {
            ex.printStackTrace();
        }
    }
}
```

14.3.3 编写 PhoneMIDlet

现在开始编写前端程序，首先编写 PhoneMIDlet，在这个系统中有一幅图片，将 welcome.png 复制到项目中的/res 目录下。建立一个 MIDlet：PhoneMIDlet，编写代码如下。

PhoneMIDlet.java

```java
package prj14_1;

import javax.microedition.lcdui.Display;
import javax.microedition.midlet.MIDlet;
import javax.microedition.midlet.MIDletStateChangeException;

public class PhoneMIDlet extends MIDlet
{
    public Display dis;
    private WelcomeCanvas welcomeCanvas = new WelcomeCanvas(this);
    private PhoneList phoneList = new PhoneList(this);
    private AddForm addForm = new AddForm(this);

    protected void startApp() throws MIDletStateChangeException
    {
        dis = Display.getDisplay(this);
        this.changeForm("WelcomeCanvas");
    }
    public void changeForm(String formName)
    {
        if(formName.equals("WelcomeCanvas"))
        {
            dis.setCurrent(welcomeCanvas);
        }
        else if(formName.equals("PhoneList"))
        {
            dis.setCurrent(phoneList);
            //界面刷新
            phoneList.refresh();
```

```
        }
        else if(formName.equals("AddForm"))
        {
            dis.setCurrent(addForm);
            //界面刷新
            addForm.refresh();
        }
    }
    protected void destroyApp(boolean arg0) throws MIDletStateChangeException {}
    protected void pauseApp() {}
}
```

14.3.4　编写欢迎界面

在项目 Prj14_1 下建立一个类：WelcomeCanvas，编写代码如下。

WelcomeCanvas.java

```java
package prj14_1;

import javax.microedition.lcdui.Canvas;
import javax.microedition.lcdui.Command;
import javax.microedition.lcdui.CommandListener;
import javax.microedition.lcdui.Displayable;
import javax.microedition.lcdui.Font;
import javax.microedition.lcdui.Graphics;
import javax.microedition.lcdui.Image;

public class WelcomeCanvas extends Canvas implements CommandListener
{
    private Command cmdPhone = new Command("电话簿",Command.SCREEN,1);
    private Command cmdExit = new Command("退出",Command.EXIT,1);
    private Image img = null;
    private PhoneMIDlet parent;
    public WelcomeCanvas(PhoneMIDlet parent)
    {
        this.parent = parent;
        this.addCommand(cmdPhone);
        this.addCommand(cmdExit);
        this.setCommandListener(this);
        try
        {
            img = Image.createImage("/welcome.png");
        }catch(Exception ex)
        {
            ex.printStackTrace();
        }
    }
    public void commandAction(Command c,Displayable d)
    {
```

```java
        if(c == cmdPhone)
        {
            parent.changeForm("PhoneList");
        }
        else if(c == cmdExit)
        {
            parent.notifyDestroyed();
        }
    }
    public void paint(Graphics g)
    {
        String str = "欢迎光临电话簿";
        g.setFont(Font.getFont(Font.FACE_SYSTEM,
                    Font.STYLE_BOLD,
                    Font.SIZE_LARGE));
        g.setColor(255,0,0);
        g.drawString(str, this.getWidth()/2, 50, Graphics.TOP|Graphics.HCENTER);
        g.drawImage(img, this.getWidth()/2, (this.getHeight() - img.getHeight())/2,
                Graphics.TOP|Graphics.HCENTER);
    }
}
```

249

14.3.5　编写电话簿列表界面

在项目 Prj14_1 下建立一个类：PhoneList，编写代码如下。

PhoneList.java

```java
package prj14_1;

import java.util.Vector;

import javax.microedition.lcdui.Command;
import javax.microedition.lcdui.CommandListener;
import javax.microedition.lcdui.Displayable;
import javax.microedition.lcdui.List;

public class PhoneList extends List implements CommandListener
{
    private Command cmdBack = new Command("返回",Command.BACK,1);
    private Command cmdAdd = new Command("添加电话",Command.SCREEN,1);
    private Command cmdDel = new Command("删除电话",Command.SCREEN,1);
    private PhoneMIDlet parent;
    public PhoneList(PhoneMIDlet parent)
    {
        super("电话本",List.IMPLICIT);
        this.parent = parent;
        this.addCommand(cmdBack);
        this.addCommand(cmdAdd);
        this.addCommand(cmdDel);
```

```
                    this.setCommandListener(this);
            }
            public void commandAction(Command c,Displayable d)
            {
                if(c == cmdBack)
                {
                    parent.changeForm("WelcomeCanvas");
                }
                else if(c == cmdAdd)
                {
                    parent.changeForm ("AddForm");
                }
                else if(c == cmdDel)
                {
                    RMSOpe.deletePhone(this.getString(this.getSelectedIndex()));
                    parent.changeForm ("PhoneList");
                }
            }
            /* 刷新载入所有电话 */
            public void refresh()
            {
                this.deleteAll();
                Vector v = RMSOpe.getAllPhone();
                for(int i = 0;i < v.size();i++)
                {
                    Customer cus = (Customer)v.elementAt(i);
                    String content = cus.getCname() + ":" + cus.getPhone();
                    this.append(content, null);
                }
            }
        }
```

14.3.6 编写添加电话界面

在项目 Prj14_1 下建立一个类：AddForm，编写代码如下。

AddForm.java

```java
package prj14_1;

import javax.microedition.lcdui.Command;
import javax.microedition.lcdui.CommandListener;
import javax.microedition.lcdui.Displayable;
import javax.microedition.lcdui.Form;
import javax.microedition.lcdui.TextField;

public class AddForm extends Form implements CommandListener
{
    private Command cmdOK = new Command("确定添加",Command.SCREEN,1);
    private Command cmdBack = new Command("返回",Command.BACK,1);
```

250

```java
private TextField tfName = new TextField("请您输入姓名","",10,TextField.ANY);
private TextField tfPhone = new TextField("请您输入电话","",10,
                                    TextField.PHONENUMBER);

private PhoneMIDlet parent;
public AddForm(PhoneMIDlet parent)
{
    super("添加电话");
    this.parent = parent;
    this.addCommand(cmdOK);
    this.addCommand(cmdBack);
    this.setCommandListener(this);

    this.append(tfName);
    this.append(tfPhone);

}
public void commandAction(Command c,Displayable d)
{
    if(c == cmdOK)
    {
        this.addPhone();
    }
    parent.changeForm("PhoneList");
}
//添加电话
public void addPhone()
{
    Customer cus = new Customer();
    cus.setCname(tfName.getString());
    cus.setPhone(tfPhone.getString());
    RMSOpe.addPhone(cus);
}
//刷新界面
public void refresh()
{
    this.tfName.setString("");
    this.tfPhone.setString("");
}
}
```

编写完毕，运行 PhoneMIDlet，就可以得到效果。

14.4 小结

本章首先对 RMS 开发进行了一定的总结，然后通过一个电话簿界面案例，阐述了 RMS 开发过程。

第15章

TCP 编 程

建议学时：2

从本章开始，将讲解网络编程，在网络编程框架内，主要针对比较重要的几种应用进行讲解，它们是 TCP 编程、UDP 编程和 HTTP 编程。

本章讲解 TCP 编程。TCP 编程是一种应用比较广泛的编程方式。比如，要通过手机进行聊天，就牵涉 MIDlet 和 MIDlet 之间的网络通信，而这种网络通信就可以用 TCP 编程来实现。

关于 TCP 的原理，可以参考网络基础知识。

本章主要利用 TCP 编程技术进行 MIDlet 客户端和服务器端之间的通信，本章用到的包是：

javax.microedition.io

网络编程 API 主要有以下两种。

(1) 服务器端用于接收客户端的连接：

javax.microedition.io.ServerSocketConnection

(2) 客户端和服务器端进行通信：

javax.microedition.io.SocketConnection

15.1 客户端和服务器端的连接

TCP 通信，一般是 C/S 结构的程序。客户端连接到服务器进行通信，以聊天程序为例，各个聊天的界面叫做客户端，客户端之间如果要相互聊天，则可以将信息先发送到服务器端，然后由服务器端转发。因此，客户端先要连接到服务器端。其连接框架如图 15-1 所示。

本节将开发一个客户端连接到服务器的程序。首先运行服务器，得到如图 15-2 所示的界面。

服务器运行完毕，界面上标题为"服务器端，目前未见连接"。然后运行客户端，界面如图 15-3 所示。

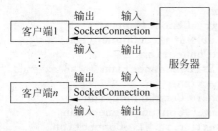

图 15-1　连接框架

图 15-2　运行服务器　　　　　　　　　　图 15-3　运行客户端

客户端运行完毕，界面上标题为"客户端"。在右下角有一个"连接"按钮，单击该按钮，连接到服务器端。服务器端界面变为如图 15-4 所示的界面。

该界面上显示客户端的 IP 地址。

同时，客户端变为如图 15-5 所示的界面，界面标题变为"恭喜您，已经连上"。

图 15-4　客户端连接后的服务器端界面　　　　图 15-5　客户端连接后的客户端界面

15.1.1　TCP 连接基本知识

客户端连接到服务器端，需要知道一些什么信息呢？

显然，首先需要知道服务器端的 IP 地址，还要知道服务器端相应程序的端口（端口的概念大家可以参考网络的相关资料）。如知道服务器 IP 地址是 127.0.0.1，端口是 9999 等。那服务器就必须首先打开这个端口，等待客户端的连接。

所以，在服务器端，必须要做到以下工作：打开并监听某个端口。

在客户端，必须要做到以下工作：根据服务器 IP，连接服务器的某个端口。

服务器端怎样监听端口呢？

端口的监听是由 javax. microedition. io. ServerSocketConnection 进行管理的，打开 javax. microedition. io 的树型文档，其继承关系如下：

```
interface javax.microedition.io.Connection
  o interface javax.microedition.io.DatagramConnection
    o interface javax.microedition.io.UDPDatagramConnection
  o interface javax.microedition.io.InputConnection
    o interface javax.microedition.io.StreamConnection (also extends
      javax.microedition.io.OutputConnection)
      o interface javax.microedition.io.CommConnection
      o interface javax.microedition.io.ContentConnection
        o interface javax.microedition.io.HttpConnection
          o interface javax.microedition.io.HttpsConnection
      o interface javax.microedition.io.SocketConnection
        o interface javax.microedition.io.SecureConnection
  o interface javax.microedition.io.OutputConnection
    o interface javax.microedition.io.StreamConnection (also extends
      javax.microedition.io.InputConnection)
      o interface javax.microedition.io.CommConnection
      o interface javax.microedition.io.ContentConnection
        o interface javax.microedition.io.HttpConnection
          o interface javax.microedition.io.HttpsConnection
      o interface javax.microedition.io.SocketConnection
        o interface javax.microedition.io.SecureConnection
  o interface javax.microedition.io.StreamConnectionNotifier
    o interface javax.microedition.io.ServerSocketConnection
```

从上图中可以发现 ServerSocketConnection 是 javax.microedition.io.Connection 的子接口。实际上，几乎所有的 XXXConnection，包括 HttpConnection、SocketConnection，都是 javax.microedition.io.Connection 的子接口。

ServerSocketConnection 是个接口，自然不能直接实例化，怎样做呢？在这里，Java ME 中有一个机制可以解决这个问题，那就是利用 javax.microedition.io.Connector 专门负责建立各种连接。打开 Connector 的文档，会发现里面含有许多 open 函数，就是利用 open 函数来获得连接：

```
public static Connection open(String name)
                  throws IOException
```

注意到，该函数返回一个 Connection，在 Java ME 中，这个 Connection 可以是它的子接口对象，刚好 ServerSocketConnection 是 Connection 的子接口，因此，这个返回值也可以强制转换为 ServerSocketConnection。

从这里我们可以看出一个规律：几乎所有的 XXXConnection 都可以用 javax.microedition.io.Connector 的 open 函数来获得，只需要将返回的 Connection 类型的返回值强制转换成 XXXConnection 类型即可。

open 函数传入一个连接字符串，返回一个 Connection 对象。注意，对于不同的通信方式，这个连接字符串的格式不同。本章讲解的是 TCP 编程，那么对于服务器端来说，连接字符串的格式是：

socket://:端口号

如：socket://:9999，表示服务器端打开并监听 9999 端口。

当然，该函数的返回值需要强制转换为 javax.microedition.io.ServerSocketConnection

类型。

例如,如下代码就可以监听服务器上的 9999 端口,并返回 ServerSocketConnection 对象 ssc。

```
ServerSocketConnection ssc =
(ServerSocketConnection)Connector.open("socket://:9999");
```

接下来的问题是:客户端怎样连接到服务器端的某个端口呢?

客户端连接到服务器端的某个端口是由 javax. microedition. io. SocketConnection 进行管理的,从文档中可以看到,SocketConnection 也是 javax. microedition. io. Connection 的子接口。

SocketConnection 是个接口,自然也不能直接实例化,很显然,也可以利用 javax. microedition. io. Connector 中的 open 函数来获得连接。

```
public static Connection open(String name)
                    throws IOException
```

该函数返回一个 Connection,刚好 SocketConnection 是 Connection 的子接口,因此,也可以强制转换为 SocketConnection。

该函数传入一个连接字符串,返回一个 Connection 对象。对于客户端来说,连接字符串的格式是:

```
socket://IP:端口号
```

其中,IP 是服务器 IP 地址,端口号是服务器打开的端口号。如 socket://215. 197. 115. 80:9999,表示客户端连接到 IP 为 215. 197. 115. 80 的服务器的 9999 端口。

当然,该函数的返回值需要强制转换为 javax. microedition. io. SocketConnection 类型。

例如,如下代码就可以连接服务器 215. 197. 115. 80 上的 9999 端口,并返回连接 SocketConnection 对象 sc。

```
SocketConnection sc =
    (SocketConnection)Connector.open("socket://215.197.115.80:9999");
```

接下来的问题是:服务器怎么知道客户端连上来了呢?

既然客户端用 SocketConnection 来向服务器请求连接,如果连接上之后,SocketConnection 对象自然成为连接的纽带。对于服务器端来说,就应该得到客户端的这个 SocketConnection 对象,并以此为基础来进行通信。怎样得到客户端的 SocketConnection 对象? 在前面的篇幅中知道,服务器端通过打开端口,返回了一个 ServerSocketConnection 对象,打开 ServerSocketConnection 文档,会发现里面从父接口 javax. microedition. io. StreamConnectionNotifier 继承了一个重要函数:

```
public StreamConnection acceptAndOpen()
                            throws IOException
```

该函数返回一个 StreamConnection 的对象,而 SocketConnection 刚好是 StreamConnection 的子接口(可以看文档,找到这个关系),因此,在服务器端可以用如下代码得到客户端的

SocketConnection 对象。

```
SocketConnection sc =
    (SocketConnection)ssc.acceptAndOpen();
```

值得一提的是，acceptAndOpen 函数是一个"死等函数"，如果没有客户端请求连接，它会一直等待。为了说明这个问题，编写如下代码进行测试。

建立项目 Prj15_1，在里面建立一个 ServerMIDlet1，代码改为如下。

256

ServerMIDlet1.java

```java
import javax.microedition.io.Connector;
import javax.microedition.io.ServerSocketConnection;
import javax.microedition.io.SocketConnection;
import javax.microedition.midlet.MIDlet;
import javax.microedition.midlet.MIDletStateChangeException;
public class ServerMIDlet1 extends MIDlet
{
    protected void startApp() throws MIDletStateChangeException
    {
        try
        {
            //监听 9999 端口
            ServerSocketConnection ssc =
                (ServerSocketConnection)Connector.open("socket://:9999");
            System.out.println("未连接");
            //等待客户端连接，如果没有客户端连接，程序在这里阻塞
            SocketConnection sc = (SocketConnection)ssc.acceptAndOpen();
            System.out.println("连接");
        }catch(Exception ex)
        {
            ex.printStackTrace();
        }
    }
    protected void destroyApp(boolean arg0) throws MIDletStateChangeException {}
    protected void pauseApp() {}
}
```

运行这个 MIDlet，将出现一个手机界面，控制台上将打印：

```
未连接
```

因为没有打印"连接"，说明程序在 acceptAndOpen 处阻塞。

接下来建立一个 ClientMIDlet1，代码改为如下。

ClientMIDlet1.java

```java
import javax.microedition.io.Connector;
import javax.microedition.io.SocketConnection;
import javax.microedition.midlet.MIDlet;
import javax.microedition.midlet.MIDletStateChangeException;
```

```
public class ClientMIDlet1 extends MIDlet
{

    protected void startApp() throws MIDletStateChangeException
    {
        try
        {
            //连接到服务器端
            SocketConnection sc =
                (SocketConnection)Connector.open("socket://127.0.0.1:9999");
        }catch(Exception ex)
        {
            ex.printStackTrace();
        }
    }
    protected void destroyApp(boolean arg0) throws MIDletStateChangeException {}
    protected void pauseApp() {}
}
```

运行客户端,连接到服务器,服务器端将打印:

```
未连接
连接
```

说明服务器阻塞被解除。

了解了客户端怎样连接到服务器端,很显然,客户端和服务器端用 SocketConnection 对象来进行通信,从 SocketConnection 能否得到一些连接的基本信息呢?

打开 SocketConnection 文档,会发现有如下函数。

(1) 得到远程的 IP 地址(适合在某端得到通信对方的 IP 地址):

```
public String getAddress()
                    throws IOException
```

(2) 得到本地 IP 地址:

```
public String getLocalAddress()
                    throws IOException
```

15.1.2　一个有问题的代码

得知上面的基本知识之后,现在就可以编写代码了。在项目 Prj15_1 中,建立 ServerMIDlet2,代码改为如下。

ServerMIDlet2.java

```
import javax.microedition.io.Connector;
import javax.microedition.io.ServerSocketConnection;
import javax.microedition.io.SocketConnection;
import javax.microedition.lcdui.Display;
import javax.microedition.lcdui.Form;
```

```
import javax.microedition.midlet.MIDlet;
import javax.microedition.midlet.MIDletStateChangeException;

public class ServerMIDlet2 extends MIDlet
{
    private Display dis;
    private Form frm = new Form("服务器端,目前未见连接");
    protected void startApp() throws MIDletStateChangeException
    {
        dis = Display.getDisplay(this);
        dis.setCurrent(frm);
        try
        {
            ServerSocketConnection ssc =
                (ServerSocketConnection)Connector.open("socket://:9999");
            SocketConnection sc = (SocketConnection)ssc.acceptAndOpen();
            String remote = sc.getAddress();
            frm.setTitle("服务器端,目前有" + remote + "连接上");

        }catch(Exception ex)
        {
            ex.printStackTrace();
        }
    }
    protected void destroyApp(boolean arg0) throws MIDletStateChangeException {}
    protected void pauseApp() {}
}
```

运行程序,得到如图 15-1 所示的界面。然后建立一个 ClientMIDlet2,代码改为如下。

ClientMIDlet2.java

```
import javax.microedition.io.Connector;
import javax.microedition.io.SocketConnection;
import javax.microedition.lcdui.Command;
import javax.microedition.lcdui.CommandListener;
import javax.microedition.lcdui.Display;
import javax.microedition.lcdui.Displayable;
import javax.microedition.lcdui.Form;
import javax.microedition.midlet.MIDlet;
import javax.microedition.midlet.MIDletStateChangeException;

public class ClientMIDlet2 extends MIDlet implements CommandListener
{
    private Display dis;
    private Form frm = new Form("客户端");
    private Command cmd = new Command("连接",Command.SCREEN,1);
    protected void startApp() throws MIDletStateChangeException
    {
        dis = Display.getDisplay(this);
        dis.setCurrent(frm);
```

```
        frm.addCommand(cmd);
        frm.setCommandListener(this);
    }
    public void commandAction(Command arg0, Displayable arg1)
    {
        try
        {
            //连接到服务器端
            SocketConnection sc =
                (SocketConnection)Connector.open("socket://127.0.0.1:9999");
            frm.setTitle("恭喜您,已经连上");
            frm.removeCommand(cmd);
        }catch(Exception ex)
        {
            ex.printStackTrace();
        }

    }
    protected void destroyApp(boolean arg0) throws MIDletStateChangeException {}
    protected void pauseApp() {}
}
```

259

运行这个 MIDlet,得到如图 15-2 所示的界面。

到此,界面都是正常的。但是单击客户端的"连接"按钮,却发现无法连接! 客户端控制台上打印:

> 警告: 若要避免潜在的死锁,应该在 commandAction() 处理程序之外的其他线程中执行可能会阻塞的
> 操作(如网络连接)。

这说明,网络连接代码不适合放在 commandAction 函数内!

实际上,这是 Java ME 的一个机制,因为网络连接可能会引起阻塞,如果放在这里,弄不好会造成整个程序的阻塞。Java ME 建议将网络连接代码放在线程内。

15.1.3　代码改进

很显然,在客户端利用线程,将连接代码写在线程内,可以解决这个问题。在项目 Prj15_1 中,将 ClientMIDlet2 代码改为如下。

ClientMIDlet2.java

```
import javax.microedition.io.Connector;
import javax.microedition.io.SocketConnection;
import javax.microedition.lcdui.Command;
import javax.microedition.lcdui.CommandListener;
import javax.microedition.lcdui.Display;
import javax.microedition.lcdui.Displayable;
import javax.microedition.lcdui.Form;
import javax.microedition.midlet.MIDlet;
import javax.microedition.midlet.MIDletStateChangeException;
```

```
public class ClientMIDlet2 extends MIDlet implements CommandListener,Runnable
{
    private Display dis;
    private Form frm = new Form("客户端");
    private Command cmd = new Command("连接",Command.SCREEN,1);
    protected void startApp() throws MIDletStateChangeException
    {
        dis = Display.getDisplay(this);
        dis.setCurrent(frm);
        frm.addCommand(cmd);
        frm.setCommandListener(this);
    }
    public void commandAction(Command arg0, Displayable arg1)
    {
        //开始线程
        Thread th = new Thread(this);
        th.start();
    }
    public void run()
    {
        try
        {
            //连接到服务器端
            SocketConnection sc =
                (SocketConnection)Connector.open("socket://127.0.0.1:9999");
            frm.setTitle("恭喜您,已经连上");
            frm.removeCommand(cmd);
        }catch(Exception ex)
        {
            ex.printStackTrace();
        }
    }
    protected void destroyApp(boolean arg0) throws MIDletStateChangeException {}
    protected void pauseApp() {}
}
```

服务器代码无需改动。首先运行服务器,然后运行这个新的客户端,就可以得到相应的效果。

15.2 利用 TCP 实现信息收发

15.1 节中已经讲述了客户端和服务器端的连接,接下来就可以让客户端和服务器端进行通信了。本节举一个案例,其中服务器和客户端界面相同,都可以给对方发送信息,也能够自动收到对方发过来的信息。效果如图 15-6 所示。

服务器端和客户端都有一个文本框,可输入聊天信息。输入聊天信息之后,单击"发送"按钮,就能够将信息发送给对方,对方也能够自动收到之后显示。

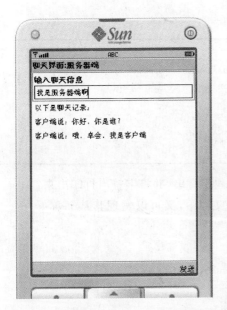
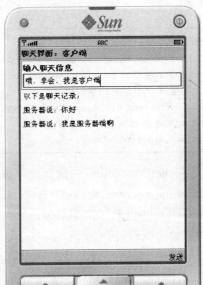

图 15-6 程序效果

15.2.1 信息收发基本 API

上一个例子的内容,还只是客户端连接到服务器端,并相互得到基本信息。接下来应该是客户端与服务器端的通信。通信包括读和写,对于客户端和服务器端,如果将数据传给对方,就称为写,用到输出流;反之,如果从对方处得到数据,就为读,用到输入流。

TCP 编程中,客户端和服务器端之间的通信是通过 SocketConnection 实现的。

打开 java.io.microedition.SocketConnection 文档,会发现其从 java.io.microedition. InputConnection 中继承了两个函数。

(1) 打开输入流,返回 InputStream

```
public InputStream openInputStream()
                        throws IOException
```

(2) 打开输入流,返回 DataInputStream

```
public DataInputStream openDataInputStream()
                        throws IOException
```

一般使用第 2 个函数。其对读操作支持得更强大一些。该函数返回 DataInputStream 对象,打开 java.io.microedition.DataInputStream 文档,可以发现里面有许多 read 函数。

(1) 将对方处的数据以字节数组的形式读入:

```
public final int read(byte[] b)
                throws IOException
```

(2) 从对方处读取一个字符串:

```
public final String readUTF()
                throws IOException
```

如下代码：

```
ServerSocketConnection ssc =
    (ServerSocketConnection)Connector.open("socket://:9999");
SocketConnection sc = (SocketConnection)ssc.acceptAndOpen();
/*接受客户端送来的字符串*/
DataInputStream dis = sc.openDataInputStream();
String msg = dis.readUTF();
System.out.println(msg)
```

就是从 SocketConnection 的输入流中读入字符串，并将字符串打印出来。

从 java.io.microedition.SocketConnection 文档中，又可以发现其从 java.io.microedition.OutputConnection 中继承了两个函数。

（1）打开输出流，返回 OutputStream

$$\text{public OutputStream } \textbf{openOutputStream}()$$
$$\text{throws IOException}$$

（2）打开输出流，返回 DataOutputStream

$$\text{public DataOutputStream } \textbf{openDataOutputStream}()$$
$$\text{throws IOException}$$

一般使用第 2 个函数。其对写操作支持得更强大一些。该函数返回 DataOutputStream 对象，打开 java.io.microedition.DataOutputStream 文档，可以发现里面有许多 write 函数。

（1）向对方送出一个字节数组：

$$\text{public void } \textbf{write}(\text{byte[] b,}$$
$$\text{int off,}$$
$$\text{int len)}$$
$$\text{throws IOException}$$

（2）向对方送出一个字符串：

$$\text{public final void } \textbf{writeUTF}(\text{String str})$$
$$\text{throws IOException}$$

如下代码：

```
SocketConnection sc =
    (SocketConnection)Connector.open("socket://127.0.0.1:9999");
//送出去一个"你好"
DataOutputStream dos = sc.openDataOutputStream();
dos.writeUTF("你好");
```

就是向 SocketConnection 的输出流中写入一个字符串。

很明显，在本例中，客户端和服务器端的通信，既要用到读操作，又要用到写操作。

15.2.2 线程机制

值得一提的是，在客户端与服务器端之间传递信息时，DataInputStream 的 rcad 函数也是一个"死等函数",如果客户端连接上了,但是没有收到信息,read 函数会一直等待。为了说明这个问题,编写如下代码进行测试。

在项目 Prj15_1 中建立一个 ServerMIDlet3,代码改为如下。

ServerMIDlet3.java

```java
import java.io.DataInputStream;
import javax.microedition.io.Connector;
import javax.microedition.io.ServerSocketConnection;
import javax.microedition.io.SocketConnection;
import javax.microedition.midlet.MIDlet;
import javax.microedition.midlet.MIDletStateChangeException;

public class ServerMIDlet3 extends MIDlet
{

    protected void startApp() throws MIDletStateChangeException
    {
        try
        {
            ServerSocketConnection ssc =
                (ServerSocketConnection)Connector.open("socket://:9999");
            SocketConnection sc = (SocketConnection)ssc.acceptAndOpen();
            DataInputStream dis = sc.openDataInputStream();
            System.out.println("未收到信息");
            //如果没有读到内容,就死等
            String msg = dis.readUTF();
            System.out.println("已经收到: " + msg);
        }catch(Exception ex)
        {
            ex.printStackTrace();
        }
    }
    protected void destroyApp(boolean arg0) throws MIDletStateChangeException {}
    protected void pauseApp() {}
}
```

然后建立一个 ClientMIDlet3,代码如下。

ClientMIDlet3.java

```java
import javax.microedition.io.Connector;
import javax.microedition.io.SocketConnection;
import javax.microedition.midlet.MIDlet;
import javax.microedition.midlet.MIDletStateChangeException;

public class ClientMIDlet3 extends MIDlet
{

    protected void startApp() throws MIDletStateChangeException
    {
```

263

```
        try
        {
            SocketConnection sc =
                (SocketConnection)Connector.open("socket://127.0.0.1:9999");
        }catch(Exception ex)
        {
            ex.printStackTrace();
        }
    }
    protected void destroyApp(boolean arg0) throws MIDletStateChangeException {}
    protected void pauseApp() {}
}
```

首先运行服务器,然后运行客户端,控制台上将打印:

```
未收到信息
```

说明服务器端程序在 readUTF 处阻塞。

由以上情况可以看出,客户端和服务器端如果需要自动读取对方传来的信息,就不能将 read 函数放在主线程内,因为在不知道对方在什么时候会发出信息的情况下,read 函数的死等,可能会造成程序的阻塞。所以,最好的方法是将读取信息的代码写在线程内。

15.2.3 编写代码

了解了以上知识点,就可以编写代码了。在项目 Prj15_1 中建立一个 ServerMIDlet4, 代码改为如下。

ServerMIDlet4.java

```java
import java.io.DataInputStream;
import java.io.DataOutputStream;
import javax.microedition.io.Connector;
import javax.microedition.io.ServerSocketConnection;
import javax.microedition.io.SocketConnection;
import javax.microedition.lcdui.Command;
import javax.microedition.lcdui.CommandListener;
import javax.microedition.lcdui.Display;
import javax.microedition.lcdui.Displayable;
import javax.microedition.lcdui.Form;
import javax.microedition.lcdui.TextField;
import javax.microedition.midlet.MIDlet;
import javax.microedition.midlet.MIDletStateChangeException;

public class ServerMIDlet4 extends MIDlet implements CommandListener
{

    private ServerSocketConnection ssc = null;
    private SocketConnection sc = null;
    private DataInputStream dis = null;
    private DataOutputStream dos = null;
```

```
private TextField tfMsg = new TextField("输入聊天信息","",255,TextField.ANY);
private Command cmdSend = new Command("发送",Command.SCREEN,1);
private Form frmChat = new Form("聊天界面:服务器端");
private Display display;

protected void startApp() throws MIDletStateChangeException
{
    display = Display.getDisplay(this);
    display.setCurrent(frmChat);
    frmChat.addCommand(cmdSend);
    frmChat.append(tfMsg);
    frmChat.setCommandListener(this);
    frmChat.append("以下是聊天记录:\n");
    try
    {
        ssc = (ServerSocketConnection)Connector.open("socket://:9999");
        sc = (SocketConnection)ssc.acceptAndOpen();
        dis = sc.openDataInputStream();
        dos = sc.openDataOutputStream();
        new ReceiveThread().start();
    }catch(Exception ex)
    {
        ex.printStackTrace();
    }

}
public void commandAction(Command c,Displayable d)
{
    if(c == cmdSend)
    {
        try
        {
            dos.writeUTF("服务器说: " + tfMsg.getString());
        }catch(Exception ex){}
    }
}
class ReceiveThread extends Thread
{
    public void run()
    {
        while(true)
        {
            try
            {
                String msg = dis.readUTF();
                frmChat.append(msg + "\n");
            }catch(Exception ex){ex.printStackTrace();}
        }
    }
}
```

```
        protected void destroyApp(boolean arg0) throws MIDletStateChangeException {}
        protected void pauseApp() {}
}
```

然后建立一个 ClientMIDlet4，代码如下。

ClientMIDlet4.java

```java
import java.io.DataInputStream;
import java.io.DataOutputStream;
import javax.microedition.io.Connector;
import javax.microedition.io.SocketConnection;
import javax.microedition.lcdui.Command;
import javax.microedition.lcdui.CommandListener;
import javax.microedition.lcdui.Display;
import javax.microedition.lcdui.Displayable;
import javax.microedition.lcdui.Form;
import javax.microedition.lcdui.TextField;
import javax.microedition.midlet.MIDlet;
import javax.microedition.midlet.MIDletStateChangeException;

public class ClientMIDlet4 extends MIDlet implements CommandListener
{

    private SocketConnection sc = null;
    private DataInputStream dis = null;
    private DataOutputStream dos = null;

    private TextField tfMsg = new TextField("输入聊天信息","",255,TextField.ANY);
    private Command cmdSend = new Command("发送",Command.SCREEN,1);
    private Form frmChat = new Form("聊天界面：客户端");
    private Display display;
    protected void startApp() throws MIDletStateChangeException
    {
        display = Display.getDisplay(this);
        display.setCurrent(frmChat);
        frmChat.addCommand(cmdSend);
        frmChat.append(tfMsg);
        frmChat.setCommandListener(this);
        frmChat.append("以下是聊天记录：\n");
        try
        {
            sc = (SocketConnection)Connector.open("socket://127.0.0.1:9999");
            dis = sc.openDataInputStream();
            dos = sc.openDataOutputStream();
            new ReceiveThread().start();
        }catch(Exception ex)
        {
            ex.printStackTrace();
        }
```

```
    }
    public void commandAction(Command c, Displayable d)
    {
        if(c == cmdSend)
        {
            try
            {
                dos.writeUTF("客户端说：" + tfMsg.getString());
            }catch(Exception ex){}
        }
    }

    class ReceiveThread extends Thread
    {
        public void run()
        {
            while(true)
            {
                try
                {
                    String msg = dis.readUTF();
                    frmChat.append(msg + "\n");
                }catch(Exception ex){}
            }
        }
    }
    protected void destroyApp(boolean arg0) throws MIDletStateChangeException {}
    protected void pauseApp() {}
}
```

首先运行服务器端，然后运行客户端，就可以得到本例需求中的效果。

15.3　小结

本章中对 TCP 编程进行了阐述，主要包括 TCP 编程的构架、客户端连接到服务器、客户端和服务器端互相发送信息等内容。

15.4　上机习题

1. 建立一个服务器程序和客户端程序。让客户端发送给服务器端一个"你好"信息，然后服务器端收到之后打印。首先运行服务器端，然后运行客户端，在服务器端的控制台上会打印：

你好

说明信息由客户端传输到了服务器端，并被服务器端收取。

2．开发一个支持多个客户端的程序。服务器端界面如图 15-7 所示。

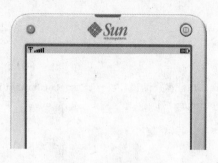

图 15-7　服务器端界面

以下是客户端界面，为了体现多客户端效果，打开了 3 个客户端，如图 15-8 所示。

图 15-8　客户端界面

在界面上有 2 个文本框，上面的文本框负责输入昵称，下面的文本框负责输入聊天信息。当聊天信息输入之后，单击"发送"按钮，能够让各个客户端都收到聊天信息，聊天信息打印在界面下方，在打印聊天信息的同时，还能够打印这条聊天信息是谁说的。

提示：客户端和客户端聊天的本质是信息由服务器端转发，要让服务器端能够接受多个客户端的连接，需要注意以下几个问题。

（1）由于事先不知道客户端什么时候连接过来，因此，服务器端必须首先有一个线程负责接受多个客户端的连接。

（2）当客户端连接上之后，服务器端要等待这些客户端传送信息过来，而事先并不知道客户端什么时候会发信息过来。所以，每一个客户端连上之后，必须为这个客户端单独开一个线程，来读取它发过来的信息。因此，需要再编写一个线程类。

（3）服务器收到某个客户端信息之后，需要将其转发给各个客户端，这就需要在服务器端保存各个客户端的输入输出流的引用。当然，最好的方法是将这些引用保存在为客户端服务的线程中。

因此，整个服务器端程序的基本结构如下。

```
public class ServerMIDlet extends MIDlet implements Runnable
{
    protected void startApp() throws MIDletStateChangeException
    {
            //服务器端打开端口
            //服务端开启线程,接受客户端连接
    }
    public void run()
    {
        //不断接受客户端连接
        while(true)
        {
                //接受客户端连接
                //开一个聊天线程给这个客户端
                //将该聊天线程对象添加进集合
                //聊天线程启动
        }
    }
    protected void destroyApp(boolean arg0) throws MIDletStateChangeException {}
    protected void pauseApp() {}
    /* 聊天线程类,每连接上一个客户端,就为它开一个聊天线程 */
    class ChatThread extends Thread
        {
        //负责读取相应 SocketConnection 的信息
        public void run()
            {
            while(true){
                    //读取客户端发来的信息
                    //将该信息发送给所有其他客户端
                    }
            }
        }
}
```

第16章

UDP 编 程

建议学时：2

第 15 章中，在网络编程框架内，讲解了 TCP 编程。TCP 最重要的特点是面向连接，也就是说必须在服务器端和客户端连接上之后才能通信，并且由 SocketConnection 来进行通信，它的安全性比较高。本章将讲解 UDP 编程，UDP 编程是面向非连接的，UDP 是数据报，只负责传输信息，并不能保证信息一定会被收到，虽然安全性不如 TCP，但是性能较好。TCP 基于连接，UDP 基于报文，具体可以参考计算机网络的知识。

本章主要包括基于 UDP 协议的 MIDlet 客户端和服务器端之间的通信，本章用到的网络编程 API 主要是：

javax.microedition.io.**UDPDatagramConnection**

16.1　UDP 通信基本 API

UDP 是面向无连接的，但并不是没有客户端和服务器端的区别。只是说，服务器端运行之后，并不一定要等待客户端的连接才能通信，客户端可以直接和服务器端通信。

在 UDP 中，客户端先要确定服务器的 IP 地址和端口。在服务器端，必须要监听某个端口。在客户端就可以向服务器的某个端口发送信息，不需要进行连接。

在 UDP 编程中，服务器端怎么监听端口呢？

UDP 编程中，端口的监听是由 javax. microedition. io. UDPDatagramConnection 进行管理的，从文档中可以看到，UDPDatagramConnection 也是 javax. microedition. io. Connection 的子接口。

UDPDatagramConnection 是个接口，自然不能直接实例化，同样，利用 javax. microedition. io. Connector 中的 open 函数来打开端口：

public static Connection **open**(String name)
throws IOException

该函数传入一个连接字符串，返回一个 Connection 对象。在 UDP 通信的情况下，对于服务器端来说，连接字符串的格式是：

datagram://:端口号

如 datagram://:9999,表示服务器端监听 9999 端口。

当然,该函数的返回值需要强制转换为 javax. microedition. io. UDPDatagramConnection 类型。

例如,如下代码就可以监听服务器上的 9999 端口,并返回连接对象 udc。

```
UDPDatagramConnection udc =
  (UDPDatagramConnection)Connector.open("datagram://:9999");
```

接下来的问题是:客户端向服务器发信息,怎样确定服务器端的某个端口呢?

客户端确定服务器端的某个端口也是由 javax. microedition. io. UDPDatagramConnection 进行管理的,也可以利用 javax. microedition. io. Connector 中的 open 函数来进行。

open 函数传入一个连接字符串,返回一个 Connection 对象。对于客户端来说,字符串的格式是:

datagram://IP:端口号

如 datagram://127.0.0.1:9999,表示确定服务器 127.0.0.1 的 9999 端口。

当然,该函数的返回值也需要强制转换为 javax. microedition. io. UDPDatagramConnection 类型。

如下代码就可以确定服务器 127.0.0.1 上的 9999 端口,并返回 UDPDatagramConnection 对象 udc。

```
UDPDatagramConnection udc =
  (UDPDatagramConnection)Connector.open("datagram://127.0.0.1:9999");
```

因此,真正的通信框架如图 16-1 所示。

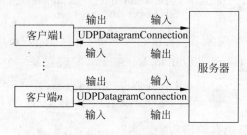

图 16-1　连接框架

读者看到这里,会发现,这岂不是和 TCP 编程一样吗?是的,看起来一样,但是本质却不一样。在 TCP 编程中,接下来的工作就是服务器要获得客户端的连接,然后通过这个连接来进行通信。但是,在 UDP 编程中,这个工作不要了!就可以直接通信了!也就是说,服务器端不需要获得客户端的连接,它们就直接通过地址来收发信息。因此,服务器不需要知道客户端是否连上来了。或者说得更加直接一些,客户端以下代码:

```
UDPDatagramConnection udc =
    (UDPDatagramConnection)Connector.open("datagram://127.0.0.1:9999");
```

实际上并没有连接到服务器，只是将服务器的 IP 地址和端口保存起来，以后在客户端给服务器端发送信息的时候，用这个 IP 地址和端口来寻找到服务器。

可以将 TCP 比喻成打电话，必须双方都拿起话机才能通话，并且连接要保持通畅。UDP 比喻成寄信，在寄信的时候，对方根本不知道有信要寄过去，信寄到哪里，靠信封上的地址。

16.2　数据包传递

以上所述还只是客户端"连接"到服务器端，接下来应该是客户端与服务器端的通信。通信包括读和写，对于客户端和服务器端，如果将数据传给对方，称为发送；反之，如果从对方处得到数据，称为接收。

注意：在前面讲解的 TCP 编程中，编程过程要用到输入输出流；在 UDP 情况下，不使用输入输出流，而采用数据包的形式进行通信。对于一方来说，发送数据包，就称为输出，反之，接收数据包，就称为输入。

打开 javax. microedition. io. UDPDatagramConnection 文档，会发现其从 javax. microedition. io. DatagramConnection 中继承了两个函数：

（1）接收数据包：

```
public void receive(Datagram dgram)
                throws IOException
```

（2）发送数据包：

```
public void send(Datagram dgram)
                throws IOException
```

这两个函数都传入一个对象 javax. microedition. io. Datagram，即数据包。

在文档中找到 javax. microedition. io. Datagram，发现它是一个接口，它的定义为：

```
public interface Datagram
    extends DataInput, DataOutput
```

说明其既有输入功能，也有输出功能。

既然 Datagram 是一个接口，自然不能直接实例化，实际上，数据包是利用 javax. microedition. io. UDPDatagramConnection 来创建的。

UDPDatagramConnection 从 javax. microedition. io. DatagramConnection 中继承了以下几个函数。

（1）创建于一个 Datagram 对象，指定一个大小，暂不指定内容：

```
public Datagram newDatagram(int size)
                throws IOException
```

（2）创建于一个 Datagram 对象，指定内容，指定大小：

$$public\ Datagram\ \textbf{newDatagram}(byte[]\ buf,$$
$$int\ size)$$
$$throws\ IOException$$

（3）创建于一个 Datagram 对象，指定内容，指定大小和发送地址：

$$public\ Datagram\ \textbf{newDatagram}(byte[]\ buf,$$
$$int\ size,$$
$$String\ addr)$$
$$throws\ IOException$$

（4）创建于一个 Datagram 对象，指定大小，发送地址，暂不指定内容：

$$public\ Datagram\ \textbf{newDatagram}(int\ size,$$
$$String\ addr)$$
$$throws\ IOException$$

在这几个函数的参数中，可以发现如果要发送或接收一个数据包，需要确定以下几个信息：

（1）数据包所含数据。一般是一个字节数组。

（2）数据包大小。用户可以确定为数据所占字节数。

（3）数据包的发送地址。通过地址才能知道数据包发到哪里去。

如果要给对方发送数据包，数据包的发送地址是必须指定的，就如同寄信要指定收信人地址一样。怎样为数据包指定发送地址呢？规律如下。

（1）客户端在确定服务器端 IP 地址的情况下，所创建的 Datagram 对象，不需要设置发送地址，数据包可以直接发送给服务器端。

（2）服务器端事先不知道客户端的地址，因此，服务器端必须手工指定发送地址，打开 javax. microedition. io. Datagram 文档，会发现里面有如下函数。

将另一个 Datagram 的发送地址设定为发送地址：

$$public\ void\ \textbf{setAddress}(Datagram\ reference)$$

这也从侧面说明，如果服务器要向客户端发送信息，但是又不知道客户端的地址，怎么办呢？一般说来，在通信时，客户端首先给服务器端发送一个 Datagram，让服务器端利用这个数据包作为参考知道客户端的地址，然后和该客户端通信。否则，服务器端就无法给客户端发信息。

打开 javax. microedition. io. Datagram 文档，会发现里面还有如下函数：

（1）设定长度：

$$public\ void\ \textbf{setLength}(int\ len)$$

（2）以字符串形式设定发送地址：

$$public\ void\ \textbf{setAddress}(String\ addr)$$
$$throws\ IOException$$

（3）设定数据：

$$public\ void\ \textbf{setData}(byte[]\ buffer,$$
$$int\ offset,$$
$$int\ len)$$

（4）得到发送地址：

$$public\ String\ \textbf{getAddress}()$$

（5）得到数据：

$$public\ byte[]\ \textbf{getData}()$$

（6）得到长度：

$$public\ int\ \textbf{getLength}()$$

如下代码：

```
UDPDatagramConnection udc =
    (UDPDatagramConnection)Connector.open("datagram://127.0.0.1:9999");
byte[] data = "你好".getBytes();
Datagram datagram = udc.newDatagram(data, data.length);
//发送数据包
udc.send(datagram);
```

表示客户端向服务器端发送一个数据包。

如下代码：

```
UDPDatagramConnection udc =
    (UDPDatagramConnection)Connector.open("datagram://:9999");
Datagram datagram = udc.newDatagram(255);
udc.receive(datagram);
String msg = new String(datagram.getData(),0,datagram.getLength());
System.out.println("已经收到: " + msg);
```

表示服务器获得客户端发送过来的数据包，并打印其内容。

从这里可以总结出 UDP 数据通信的过程：

（1）服务器端监听端口。

（2）客户端连接服务器端。

（3）一端创建一个 Datagram 对象，设定其大小、数据和发送地址，然后用 UDPDatagramConnection 的 send 函数发出。

（4）另一端用 UDPDatagramConnection 的 receive 函数读取 Datagram 对象。

（5）获取 Datagram 中的数据。

为了对这个功能进行测试，建立项目 Prj16_1，然后建立一个服务器程序和客户端程序。让客户端发送给服务器端一个"你好"信息，然后服务器端收到之后打印。首先建立 ServerMIDlet1，代码如下。

ServerMIDlet1.java

```
import javax.microedition.io.Connector;
import javax.microedition.io.Datagram;
import javax.microedition.io.UDPDatagramConnection;
import javax.microedition.midlet.MIDlet;
import javax.microedition.midlet.MIDletStateChangeException;
```

```
public class ServerMIDlet1 extends MIDlet
{

    protected void startApp() throws MIDletStateChangeException
    {
        try
        {
            UDPDatagramConnection udc =
                (UDPDatagramConnection)Connector.open("datagram://:9999");

            Datagram datagram = udc.newDatagram(255);
            udc.receive(datagram);
            String msg = new String(datagram.getData(),0,datagram.getLength());
            System.out.println("已经收到: " + msg);
        }catch(Exception ex)
        {
            ex.printStackTrace();
        }
    }
    protected void destroyApp(boolean arg0) throws MIDletStateChangeException {}
    protected void pauseApp() {}
}
```

然后编写客户端, 建立 ClientMIDlet1, 代码如下。

ClientMIDlet1.java

```
import javax.microedition.io.Connector;
import javax.microedition.io.Datagram;
import javax.microedition.io.UDPDatagramConnection;
import javax.microedition.midlet.MIDlet;
import javax.microedition.midlet.MIDletStateChangeException;

public class ClientMIDlet1 extends MIDlet
{

    protected void startApp() throws MIDletStateChangeException
    {
        try
        {
            UDPDatagramConnection udc =
                (UDPDatagramConnection)Connector.open("datagram://127.0.0.1:9999");
            byte[] data = "你好".getBytes();
            Datagram datagram = udc.newDatagram(data, data.length);
            //发送数据包
            udc.send(datagram);
        }catch(Exception ex)
        {
            ex.printStackTrace();
        }
```

```
    }
    protected void destroyApp(boolean arg0) throws MIDletStateChangeException {}
    protected void pauseApp() {}
}
```

首先运行服务器端,然后运行客户端,在服务器端的控制台上会显示:

已经收到：你好

说明信息由客户端传输到了服务器端,并被服务器端收取。

16.3 了解线程机制

值得一提的是,在客户端与服务器端之间传递信息时,UDPDatagramConnection 的 receive 函数是一个"死等函数",如果客户端连接上了,但是没有发送信息,它会一直等待。为了说明这个问题,编写如下代码进行测试。

在项目 Prj16_1 中建立一个 ServerMIDlet2,代码改为如下。

ServerMIDlet2.java

```java
import javax.microedition.io.Connector;
import javax.microedition.io.Datagram;
import javax.microedition.io.UDPDatagramConnection;
import javax.microedition.midlet.MIDlet;
import javax.microedition.midlet.MIDletStateChangeException;

public class ServerMIDlet2 extends MIDlet
{

    protected void startApp() throws MIDletStateChangeException
    {
        try
        {
            UDPDatagramConnection udc =
                (UDPDatagramConnection)Connector.open("datagram://:9999");
            System.out.println("未收到信息");
            Datagram datagram = udc.newDatagram(255);
            udc.receive(datagram);
            System.out.println("信息收到: " +
                new String(datagram.getData(),0,datagram.getLength()));
        }catch(Exception ex)
        {
            ex.printStackTrace();
        }
    }
    protected void destroyApp(boolean arg0) throws MIDletStateChangeException {}
    protected void pauseApp() {}
}
```

首先运行服务器,然后运行客户端,控制台上将显示:

> 未收到信息

说明程序在 receive 处阻塞。

接下来编写客户端,建立 ClientMIDlet2,代码如下。

ClientMIDlet2.java

```java
import javax.microedition.io.Connector;
import javax.microedition.io.Datagram;
import javax.microedition.io.UDPDatagramConnection;
import javax.microedition.midlet.MIDlet;
import javax.microedition.midlet.MIDletStateChangeException;

public class ClientMIDlet2 extends MIDlet
{

    protected void startApp() throws MIDletStateChangeException
    {
        try
        {
            UDPDatagramConnection udc =
                (UDPDatagramConnection)Connector.open("datagram://127.0.0.1:9999");
            byte[] data = "你好".getBytes();
            Datagram datagram = udc.newDatagram(data, data.length);
            //发送数据包
            udc.send(datagram);
        }catch(Exception ex)
        {
            ex.printStackTrace();
        }
    }
    protected void destroyApp(boolean arg0) throws MIDletStateChangeException {}
    protected void pauseApp() {}
}
```

运行客户端 MIDlet,将出现一个手机界面,服务器端控制台上将显示:

> 未收到信息
> 信息收到: 你好

说明阻塞被解除。

由以上情况可以看出,客户端和服务器端如果需要自动读取对方传来的信息,就不能将 receive 函数放在主线程内,因为在不知道对方在什么时候会发出信息的情况下,receive 函数的死等,可能会造成程序的阻塞。所以,最好的方法是将读取信息的代码写在线程内。

16.4 实现信息的双向收发

本节中将开发一个和 16.3 节相同的程序:客户端和服务器通信。在本节中,服务器和客户端界面相同,都可以给对方发送信息,也能够自动收到对方发过来的信息。效果如

图 16-2 所示。

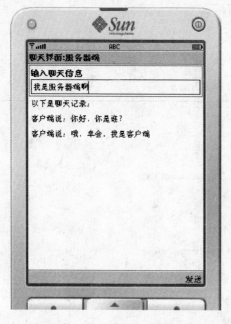

图 16-2 程序效果

服务器端和客户端都有一个文本框,可输入聊天信息。输入聊天信息之后,单击"发送"按钮,就能够将信息发送给对方,对方也能够自动收到之后显示。

很显然,这个程序在 TCP 编程中也讲解过,看完本节之后,请读者比较两者之间的区别。

根据前面所讲解的知识,在项目中建立一个 ServerMIDlet3,代码改为如下。

ServerMIDlet3.java

```java
import javax.microedition.io.Connector;
import javax.microedition.io.Datagram;
import javax.microedition.io.UDPDatagramConnection;
import javax.microedition.lcdui.Command;
import javax.microedition.lcdui.CommandListener;
import javax.microedition.lcdui.Display;
import javax.microedition.lcdui.Displayable;
import javax.microedition.lcdui.Form;
import javax.microedition.lcdui.TextField;
import javax.microedition.midlet.MIDlet;
import javax.microedition.midlet.MIDletStateChangeException;

public class ServerMIDlet3 extends MIDlet implements CommandListener
{
    private UDPDatagramConnection udc = null;
    private String address = null;
    private TextField tfMsg = new TextField("输入聊天信息","",255,TextField.ANY);
    private Command cmdSend = new Command("发送",Command.SCREEN,1);
    private Form frmChat = new Form("聊天界面:服务器端");
    private Display display;
```

```java
protected void startApp() throws MIDletStateChangeException
{
    display = Display.getDisplay(this);
    display.setCurrent(frmChat);
    frmChat.addCommand(cmdSend);
    frmChat.append(tfMsg);
    frmChat.setCommandListener(this);
    frmChat.append("以下是聊天记录：\n");
    try
    {
        udc = (UDPDatagramConnection)Connector.open("datagram://:9999");
        new ReceiveThread().start();
    }catch(Exception ex)
    {
        ex.printStackTrace();
    }


}
public void commandAction(Command c,Displayable d)
{
    if(c == cmdSend)
    {
        try
        {
            String msg = "服务器说：" + tfMsg.getString();
            byte[] data = msg.getBytes();
            Datagram datagram = udc.newDatagram(data,data.length,address);
            udc.send(datagram);
        }catch(Exception ex){}
    }
}
class ReceiveThread extends Thread
{
    public void run()
    {
        while(true)
        {
            try
            {
                Datagram datagram = udc.newDatagram(255);
                udc.receive(datagram);
                String msg = new String(datagram.getData(),0,datagram.getLength());
                frmChat.append(msg + "\n");
                address = datagram.getAddress();
            }catch(Exception ex){ex.printStackTrace();}
        }
    }
}
protected void destroyApp(boolean arg0) throws MIDletStateChangeException {}
protected void pauseApp() {}
}
```

然后建立一个 ClientMIDlet3,代码如下。

ClientMIDlet3.java

```java
import javax.microedition.io.Connector;
import javax.microedition.io.Datagram;
import javax.microedition.io.UDPDatagramConnection;
import javax.microedition.lcdui.Command;
import javax.microedition.lcdui.CommandListener;
import javax.microedition.lcdui.Display;
import javax.microedition.lcdui.Displayable;
import javax.microedition.lcdui.Form;
import javax.microedition.lcdui.TextField;
import javax.microedition.midlet.MIDlet;
import javax.microedition.midlet.MIDletStateChangeException;

public class ClientMIDlet3 extends MIDlet implements CommandListener
{
    private UDPDatagramConnection udc = null;
    private TextField tfMsg = new TextField("输入聊天信息","",255,TextField.ANY);
    private Command cmdSend = new Command("发送",Command.SCREEN,1);
    private Form frmChat = new Form("聊天界面:客户端");
    private Display display;

    protected void startApp() throws MIDletStateChangeException
    {
        display = Display.getDisplay(this);
        display.setCurrent(frmChat);
        frmChat.addCommand(cmdSend);
        frmChat.append(tfMsg);
        frmChat.setCommandListener(this);
        frmChat.append("以下是聊天记录: \n");
        try
        {
            udc = (UDPDatagramConnection)Connector.open("datagram://127.0.0.1:9999");
            new ReceiveThread().start();
        }catch(Exception ex)
        {
            ex.printStackTrace();
        }

    }
    public void commandAction(Command c,Displayable d)
    {
        if(c == cmdSend)
        {
            try
            {
                String msg = "客户端说: " + tfMsg.getString();
```

```
            byte[] data = msg.getBytes();
            Datagram datagram = udc.newDatagram(data,data.length);
            udc.send(datagram);
        }catch(Exception ex){}
    }
}
class ReceiveThread extends Thread
{
    public void run()
    {
        while(true)
        {
            try
            {
                Datagram datagram = udc.newDatagram(255);
                udc.receive(datagram);
                String msg = new String(datagram.getData(),0,datagram.getLength());
                frmChat.append(msg + "\n");
            }catch(Exception ex){ex.printStackTrace();}
        }
    }
}
    protected void destroyApp(boolean arg0) throws MIDletStateChangeException {}
    protected void pauseApp() {}
}
```

首先运行服务器端,然后运行客户端,就可以得到本例需求中的效果。

16.5　小结

本章中对 UDP 编程进行了阐述,主要包括 UDP 编程的构架、客户端连接到服务器、客户端和服务器端互相发送信息等内容。

16.6　上机习题

用 UDP 完成一个支持多个客户端的程序。服务器端界面如图 16-3 所示。

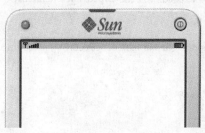

图 16-3　服务器界面

以下是客户端界面,为了体现多客户端效果,打开了 3 个客户端,如图 16-4 所示。

图 16-4　三个客户端

在界面上有 2 个文本框,上面的文本框负责输入昵称,下面的文本框负责输入聊天信息。当聊天信息输入之后,单击"发送"按钮,能够让各个客户端都收到聊天信息。在打印聊天信息的同时,还能够打印这条聊天信息是谁说的。

提示:在本例中,需要让服务器端能够接受多个客户端的连接,但是,由于和以前的 TCP 编程有着较大的区别,需要注意以下几个问题。

(1) 由于服务器端不需要知道客户端的连接,服务器端不需要有线程负责接受多个客户端的连接。

(2) 当客户端连接过来之后,服务器端要等待这些客户端传送信息过来,而事先并不知道客户端什么时候会发信息过来,所以,必须开一个线程,来读取客户端发过来的信息。

注意:不需要为每个客户端开一个线程。

(3) 服务器收到某个客户端信息之后,需要将其转发给各个客户端,这就需要在服务器端保存各个客户端的地址。但是,地址只能通过 Datagram 获得,因此,服务器端必须有一个集合来保存所有客户端的地址。每个客户端启动时,可以发给服务器端一个空的 Datagram 来告诉服务器它的地址。

因此,整个服务器端程序的基本结构如下:

```java
public class ServerMIDlet4 extends MIDlet implements Runnable
{

    protected void startApp() throws MIDletStateChangeException
    {
        //监听端口
        //开启接收信息的线程
    }
    public void run()
    {
        //读取信息
```

282

```
        while(true)
        {
                //获取客户端的数据包
                //从这个数据包获取客户端地址:
                //如果在地址集合中不存在,则添加进地址集合
                //将数据包的信息发送给地址集合中的所有客户端
        }
    }
    protected void destroyApp(boolean arg0) throws MIDletStateChangeException {}
    protected void pauseApp() {}
}
```

第17章

HTTP 编 程

建议学时：2

在网络编程框架内，实际上还有一个系列：HTTP编程。例如，在手机终端上通过输入个人信息，在WebServer上注册个人资料，就牵涉MIDlet和HTTP服务器之间的通信。本章将对MIDlet的HTTP编程进行讲解。

本章主要包括HTTP服务器的安装、MIDlet连接HTTP服务器、MIDlet和HTTP服务器之间的数据提交等内容。本章用到的网络编程API主要是：

`javax.microedition.io.HttpConnection`

17.1 安装HTTP服务器

以手机界面的登录为例。在手机上提交一个账号和密码给J2EE服务器，要求它能够查询数据库，能够返回是否登录成功的信息。从客户端的角度讲，登录的终端可能是浏览器，也可能是JavaSE的桌面应用程序，也可能是手机上的MIDlet，因此，整个体系结构就应该如图17-1所示。

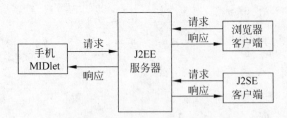

图 17-1 体系结构

要想让MIDlet连上服务器，必须首先安装J2EE服务器。

流行的J2EE服务器有很多，如Jboss、Tomcat、BEA WebLogic、IBM WebSphere等。由于J2EE属于另一个技术标准，本书不展开叙述。本节将以Tomcat5.5为例，来演示HTTP服务器的安装。

17.1.1　获取 Tomcat5.5

在浏览器地址栏中输入 http://tomcat.apache.org，可以看到 Tomcat 的可下载版本，如图 17-2 所示。选择 Tomcat5.5 选项，可以根据提示下载。

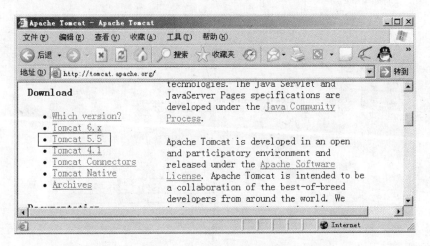

图 17-2　Tomcat 下载页面

下载之后，得到一个可执行文件，在本章中为 apache-tomcat-5.5.17.exe。

注意：也可以下载压缩包，直接解压之后即可运行。

读者访问此页面时，可能显示的界面会稍有不同，读者可自行下载相应的应用版本。

17.1.2　安装 Tomcat

1. Tomcat 安装

双击下载后的安装文件，得到如图 17-3 所示的安装界面。

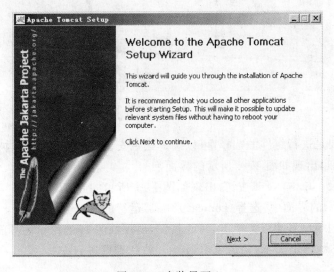

图 17-3　安装界面 1

单击 Next 按钮，得到如图 17-4 所示的界面。

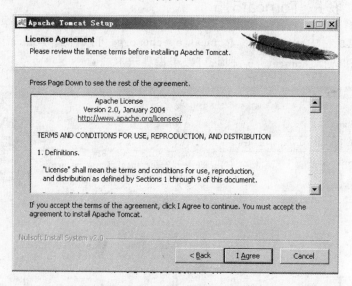

图 17-4　安装界面 2

该界面中，单击 I Agree 按钮。出现如图 17-5 所示的界面。

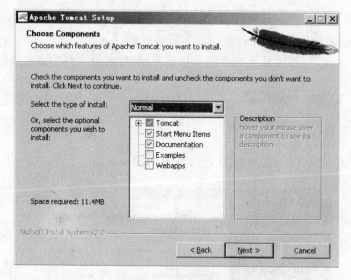

图 17-5　组件选择界面

　　该界面中主要是进行组件的选择，可以选择是否安装案例或者文档，本文中使用默认选项，单击 Next 按钮，出现如图 17-6 所示的界面。

　　选择安装目录。单击 Next 按钮，出现如图 17-7 所示的界面。

　　在图 17-7 所示的界面中，选择 Tomcat 服务器运行的端口号，默认为 8080，注意不要与系统中已经使用的端口号冲突。单击 Next 按钮，出现如图 17-8 所示的界面，在该界面中找到 JDK 的安装目录，绑定 JDK，最后单击 Install 按钮即可进行安装。

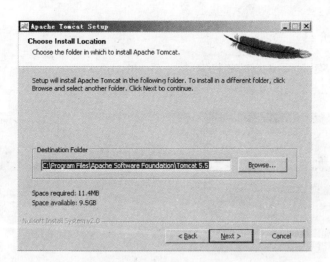

图 17-6 安装目录选择

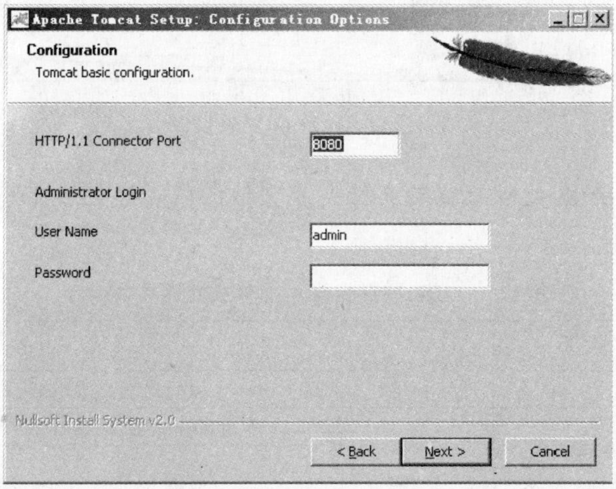

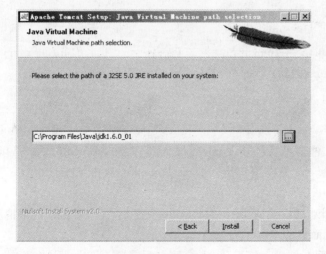

图 17-7 选择端口号

图 17-8 绑定 JDK

2. 安装目录介绍

如果是默认安装，Tomcat 安装完毕之后，在 C:\Program Files\Apache Software Foundation\Tomcat 5.5 下可以找到安装的目录，如图 17-9 所示。

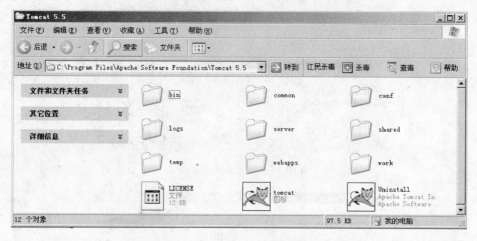

图 17-9　Tomcat 安装目录

Tomcat 安装目录中，比较重要的文件夹或文件的内容详见表 17-1。更多内容可以参考 Tomcat 文档。

表 17-1　JDK 安装目录中文件或文件夹的内容

文件夹/文件名称	内　　容
bin	支持 Tomcat 运行的常见的 exe 文件
conf	Tomcat 系统的一些配置文件
logs	系统日志文件
webapps	网站资源文件

3. 测试 Tomcat

Tomcat 安装完毕，怎样知道它已经安装成功了呢？可以首先打开 Tomcat。

进入 Tomcat 安装目录下的 bin 目录，会发现里面有如下两个文件。

这两个 exe 文件都可以打开 Tomcat 服务器，其中，tomcat5.exe 是以控制台形式打开 Tomcat，tomcat5w.exe 是以窗口形式打开 Tomcat。双击 tomcat5.exe，出现控制台界面，如图 17-10 所示。

然后在浏览器地址栏输入 http://localhost:8080/index.jsp，正常情况下，可以得到如图 17-11 所示的页面。

实际上，该页面在硬盘上位于 Tomcat 安装目录\webapps\ROOT 中。

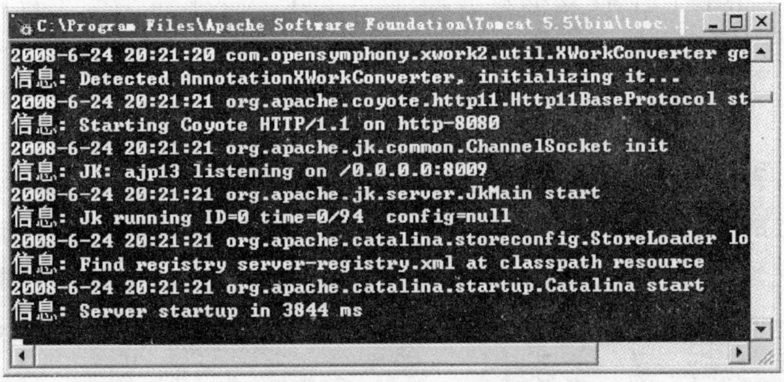

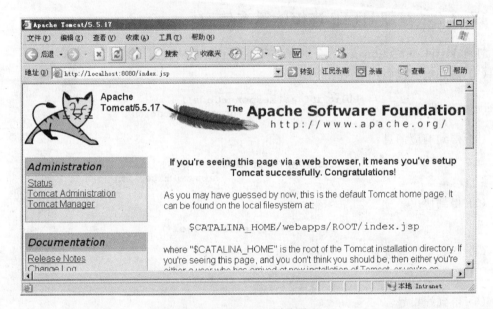

图 17-10　Tomcat 打开界面

图 17-11　Tomcat 测试页面

17.2　MIDlet 和 HTTP 服务器通信

17.2.1　连接到 HTTP 服务器

17.1 节中已经讲述了 HTTP 服务器（Tomcat）的安装，接下来就可以让 MIDlet 连接到 Tomcat 了。

HTTP 连接是由 javax. microedition. io. HttpConnection 进行管理的，HttpConnection 也是 javax. microedition. io. Connection 的子接口。

前面几章已经说过，javax. microedition. io. Connector 专门负责建立各种连接，其中也包括 HTTP 连接。在 Connector 的文档内，利用 open 函数来获得连接：

```
public static Connection open(String name)
                   throws IOException
```

该函数传入一个 HTTP 连接字符串,返回一个 Connection 对象。HTTP 连接字符串的格式是:

http://IP 地址:端口/资源路径

如 http://127.0.0.1:8080/index.jsp。其中,127.0.0.1 是服务器的 IP 地址。

当然,该函数的返回值需要强制转换为 javax.microedition.io.HttpConnection 类型。例如,如下代码就可以连接到 http://localhost:9999/index.jsp,并返回连接对象 hc。

```
HttpConnection hc =
    (HttpConnection)Connector.open("http://localhost:9999/index.jsp");
```

17.2.2 获取 HTTP 连接的基本信息

打开 HttpConnection 文档,会发现里面有如下重要函数:

(1) 得到响应代码:

```
public int getResponseCode()
                    throws IOException
```

(2) 得到响应消息:

```
public String getResponseMessage()
                    throws IOException
```

(3) 得到协议名称:

```
public String getProtocol()
```

(4) 得到主机名称:

```
public String getHost()
```

(5) 得到端口号:

```
public int getPort()
```

(6) 得到请求的 URL:

```
public String getURL()
```

(7) 得到 URL 中的查询部分:

```
public String getQuery()
```

(8) 得到请求方法:

```
public String getRequestMethod()
```

(9) 设置请求方法:

```
public void setRequestMethod(String method)
                    throws IOException
```

请求方法可以在如下字符串中选择。

(1) HttpConnection.GET

（2）HttpConnection. POST

（3）HttpConnection. HEAD

这里面的一些概念，希望读者参考 HTTP 的基本原理。

现在用一段代码来测试这些功能。

建立项目 Prj17_1，在里面建立 MIDlet1，代码改为如下。

MIDlet1.java

```java
import javax.microedition.io.Connector;
import javax.microedition.io.HttpConnection;
import javax.microedition.midlet.MIDlet;
import javax.microedition.midlet.MIDletStateChangeException;

public class MIDlet1 extends MIDlet
{
    protected void startApp() throws MIDletStateChangeException
    {
        try
        {
            //连接到 HTTP 服务器
            HttpConnection hc =
            (HttpConnection)Connector.open("http://localhost:8080/index.jsp?m=3&n=5");
            System.out.println("响应代码: " + hc.getResponseCode());
            System.out.println("响应消息: " + hc.getResponseMessage());
            System.out.println("主机: " + hc.getHost());
            System.out.println("端口: " + hc.getPort());
            System.out.println("协议: " + hc.getProtocol());
            System.out.println("URL: " + hc.getURL());
            System.out.println("查询字符串: " + hc.getQuery());
            System.out.println("请求方法: " + hc.getRequestMethod());
        }catch(Exception ex)
        {
            ex.printStackTrace();
        }
    }

    protected void destroyApp(boolean arg0) throws MIDletStateChangeException {}
    protected void pauseApp() {}
}
```

首先运行服务器，然后运行这个 MIDlet，将出现一个手机界面，控制台上将显示如图 17-12 所示的内容。

```
响应代码: 200
响应消息: OK
主机: localhost
端口: 8080
协议: http
URL: http://localhost:8080/index.jsp?m=3&n=5
查询字符串: m=3&n=5
请求方法: GET
```

图 17-12 控制台打印效果

17.2.3　MIDlet 和 HTTP 服务器的通信

以上所述还只是连接到 HTTP 服务器，并得到基本信息，接下来应该是与 HTTP 服务器的通信。打开 HttpConnection 文档，会发现其从 javax. microedition. io. InputConnection 中继承了 2 个函数。

（1）打开输入流，返回 InputStream：

public InputStream openInputStream()
throws IOException

（2）打开输入流，返回 DataInputStream：

public DataInputStream openDataInputStream()
throws IOException

一般使用第 2 个函数。其对读操作支持得更强大一些。

第 2 个函数返回 javax. microedition. io. DataInputStream 对象，查看文档，可以发现里面有许多 read 函数。如：

public final int read(byte[] b)
throws IOException

就是将对方处的数据以字节数组的形式读入。

注意：在读取字节数组时，还需要知道字节数组的长度，查看文档，发现 HttpConnection 从 javax. microedition. io. ContentConnection 中继承了如下函数：

public long getLength()

该函数可以得到读入的字节数组的长度。

如下代码：

```
HttpConnection hc =
    (HttpConnection)Connector.open("http://localhost:8080/index.jsp");
    DataInputStream dis = hc.openDataInputStream();
    int length = (int)hc.getLength();
    byte[] b = new byte[length];
    dis.read(b);
    String str = new String(b);
    frm.append(str);
```

表示获取 localhost 服务器上的 index. jsp 的源代码，添加到界面上。

从 HttpConnection 文档中，又可以发现其从 OutputConnection 中继承了 2 个函数。

（1）打开输出流，返回 OutputStream：

public OutputStream openOutputStream()
throws IOException

（2）打开输出流，返回 DataOutputStream：

public DataOutputStream openDataOutputStream()
throws IOException

一般使用第 2 个函数。其对写操作支持得更强大一些。

第 2 个函数返回 DataOutputStream 对象，查看文档，可以发现里面有许多 write 函数。如：

```
public final void writeUTF(String str)
            throws IOException
```

就是向对方送出一个字符串。

如下代码：

```
HttpConnection hc =
    (HttpConnection)Connector.open("http://localhost:8080/index.jsp");
    DataOutputStream dos = hc.openDataOutputStream();
    dos.writeUTF("你好");
```

表示向 localhost 服务器上的 index.jsp 送出一个"你好"信息。

以下用一个案例来说明问题。服务器上有一个网页：index.jsp，要求让 MIDlet 能够下载网页的源代码，并显示。效果如图 17-13 所示。

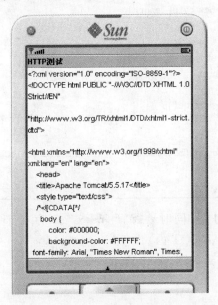

图 17-13　程序效果

文本框内显示的是服务器端 index.jsp 的源代码。很明显，MIDlet 从服务器端获得网页的 HTML 代码，属于读操作。

在项目 Prj17_1 中，建立一个 MIDlet2，打开程序，将代码改为如下。

MIDlet2.java

```
import java.io.DataInputStream;
import javax.microedition.io.Connector;
import javax.microedition.io.HttpConnection;
import javax.microedition.lcdui.Display;
import javax.microedition.lcdui.Form;
```

```
import javax.microedition.midlet.MIDlet;
import javax.microedition.midlet.MIDletStateChangeException;

public class MIDlet2 extends MIDlet
{
    private Form frm = new Form("HTTP测试");
    private Display dis;
    protected void startApp() throws MIDletStateChangeException
    {
        dis = Display.getDisplay(this);
        dis.setCurrent(frm);
        try
        {
            //连接到 HTTP 服务器
            HttpConnection hc =
                (HttpConnection)Connector.open("http://localhost:8080/index.jsp");

            DataInputStream dis = hc.openDataInputStream();
            int length = (int)hc.getLength();
            byte[] b = new byte[length];
            dis.read(b);
            String str = new String(b);
            frm.append(str);
        }catch(Exception ex)
        {
            ex.printStackTrace();
        }
    }
    protected void destroyApp(boolean arg0) throws MIDletStateChangeException {}
    protected void pauseApp() {}
}
```

首先运行 Tomcat 服务器，同时要保证 index.jsp 存在于服务器内（一般是存在于 Tomcat 安装目录\webapps\ROOT 内）。

运行这个 MIDlet，便得到如图 17-13 所示的效果。

17.3 小结

本章中对 HTTP 编程进行了阐述，主要包括 HTTP 服务器的安装、MIDlet 连接到 HTTP 服务器、MIDlet 和 HTTP 服务器通信等内容。

17.4 上机习题

开发一个远程登录系统，效果如图 17-14 所示。

在界面上有 2 个文本框，输入账号和密码，送给 HTTP 服务器，HTTP 服务器端在数据库内查找，如果该账号密码在数据库中存在，则送给 MIDlet 一个"登录成功"的消息，否则

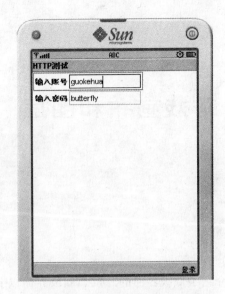

图 17-14 远程登录系统界面

回送一个"登录失败"的消息。为了简单起见,假定服务器端认为账号和密码相等就登录成功。

提示:MIDlet 输入的账号和密码应该传给服务器端,实际上是请求服务器端的一个页面,并将账号和密码提交给这个页面。服务器端这个页面接收到账号密码之后,在数据库中查询,然后回送给客户端一个信息。例如输入的账号是 guokehua,密码是 butterfly,就相当于请求服务器端的如下 url:

http://localhost:8080/login.jsp?account = guokehua&password = butterfly

因此,可以在服务器端编写一个 login.jsp,代码如下。

login.jsp

```jsp
<%@ page language = "java" contentType = "text/html;charset = gb2312" %>
<%
    String account = request.getParameter("ACCOUNT");
    String password = request.getParameter("PASSWORD");
    if(account.equals(password))
    {
        out.println("登录成功");
    }
    else
    {
        out.println("登录失败");
    }
%>
```

将 login.jsp 复制到 Tomcat 安装目录\webapps\ROOT 下,即可进行访问。

第18章

游戏画布和图层

建议学时：2

在本书的前面部分中，介绍了低级界面的开发。低级界面以 javax. microedition. lcdui. Canvas 为代表，界面效果都是通过编程，在控件上画出来的。通过低级界面，可以开发一系列丰富多彩的应用。

但是，低级界面在游戏开发方面，功能还不够强大，Java ME 针对游戏开发，还提供了一些功能更为强大的 API。从这章开始，针对游戏开发，介绍一些功能更加强大的几个类。在这部分中，用到的包是：

javax.microedition.lcdui.game

18.1　游戏画布

打开文档，找到 javax. microedition. lcdui. game 包，这个包里面包含了制作游戏的最基本的 API。打开其树型图，可以看到下图的结构：

```
class java.lang.Object
    o class javax.microedition.lcdui.Displayable
        o class javax.microedition.lcdui.Canvas
            o class javax.microedition.lcdui.game.GameCanvas
    o class javax.microedition.lcdui.game.Layer
        o class javax.microedition.lcdui.game.Sprite
        o class javax.microedition.lcdui.game.TiledLayer
    o class javax.microedition.lcdui.game.LayerManager
```

在这里，有几个类是讲解过的，分别是 javax. microedition. lcdui. Displayable 和 javax. microedition. lcdui. Canvas。从这个包中，可以看出，game 包中的 API 实际上和以前学习的画布有着紧密的联系，只是为了简化游戏的开发，增加了一些功能。该包中有几大系列。

（1）

javax.microedition.lcdui.game.GameCanvas

GameCanvas 表示游戏画布,是 Canvas 的子类,比普通画布更加适合游戏开发。

(2)

javax.microedition.lcdui.game.Layer

Layer 是图层,可以表示画布上的某个可视的物体,是抽象类。

(3)

javax.microedition.lcdui.game.Sprite

Sprite 是 Layer 的子类,可以充当游戏中的运动角色,如子弹、汽车等。

(4)

javax.microedition.lcdui.game.TiledLayer

TiledLayer 也是 Layer 的子类,可以充当游戏中的静态角色,如环境角色、地图等。

(5)

javax.microedition.lcdui.game.LayerManager

LayerManager 可以统一管理图层(包括 Sprite 和 TiledLayer)的变换。

本章中将重点介绍 GameCanvas 的特性。

javax.microedition.lcdui.game.GameCanvas 是 javax.microedition.lcdui.Displayable 的子类,因此能充满整个界面。同时它也是 Canvas 的子类,因此可以在上面进行画图,也支持按键和指针事件等。

18.1.1 GameCanvas 构造函数

GameCanvas 是画布,是 Displayable 的子类,可以充满整个界面。打开文档,找到 javax.microedition.lcdui.game.GameCanvas,构造函数有 1 个:

protected **GameCanvas**(boolean suppressKeyEvents)

这个函数是保护性的,无法直接使用,因此,一般方法是对 GameCanvas 进行扩展。在画布上画好一些内容,最后显示在 MIDlet 上。

不过,GameCanvas 类的构造函数有一个 boolean 参数,这个参数在游戏开发的过程中显得比较重要。这个参数的意义如下。

可以确定特殊键("上下左右"键和"选择"键以及键盘上的 1、3、7、9 键,具体可参见 Canvas 的讲解的相关章节)是否被禁用,如果为 true,表示禁用,如果为 false,表示不禁用。

在实际游戏开发的过程中,到底选择 true 还是 false 呢?这将在后面的章节中进行讲解。

为了了解这个问题,编写一个 MIDlet 来进行测试。建立项目 Prj18_1,在该项目中建立 MIDlet1,代码如下。

MIDlet1.java

```
import javax.microedition.lcdui.Display;
import javax.microedition.lcdui.game.GameCanvas;
import javax.microedition.midlet.MIDlet;
```

```
import javax.microedition.midlet.MIDletStateChangeException;

public class MIDlet1 extends MIDlet
{
    private MyGameCanvas mgc = new MyGameCanvas();
    private Display dis;
    protected void startApp() throws MIDletStateChangeException
    {
        dis = Display.getDisplay(this);
        dis.setCurrent(mgc);
    }
    protected void destroyApp(boolean arg0) throws MIDletStateChangeException {}
    protected void pauseApp() {}

    class MyGameCanvas extends GameCanvas
    {
        public MyGameCanvas()
        {
            //特殊键("上下左右"键和"选择"键以及键盘上的 1、3、7、9 键)被禁用
            super(true);
        }
        public void keyPressed(int keyCode)
        {
            System.out.println(keyCode + "被按下");
        }
    }
}
```

298

运行这个 MIDlet,按下键盘上的"上下左右"键和"选择"键以及键盘上的 1、3、7、9 键,会发现,控制台上不打印任何内容。但是当其他键被按下时,就可以打印相应信息。如按下"5"键,界面上打印:

53被按下

注意:53 是"5"键的 keyCode。该代码说明特殊键被禁用,其他键没有被禁用。

如果将 MIDlet1 中的"super(true);"改为"super(false);",运行这个 MIDlet,此时不管按下哪一个键,都会打印相应的信息,效果和普通的 Canvas 相同。

18.1.2 游戏画布线程策略

游戏都是丰富多彩的,在游戏界面上经常会出现动画、键盘控制等。其中动画需要利用线程来进行管理。动画的运行是持续性的,相当于每隔一段时间在画布的不同位置重新绘画图形。在游戏画布中,这个过程可以用定时器来完成,也可以用多线程来实现。所以,结合动画开发策略,基于游戏画布的动画线程的结构一般采用以下方法。

动画线程的结构

```
class MyGameCanvas extends GameCanvas implements Runnable
{
```

```
        private boolean RUN = true;
        public MyGameCanvas()
        {
            super(true);
            new Thread(this).start();
        }
        public void run()
        {
            while(RUN)
            {
                //线程动作
            }
        }
    }
```

在上面的代码中,发现游戏画布中定义了一个变量 RUN,当这个变量变为 false 时,run 函数中的循环将会终止,线程运行完毕。因此,可以通过控制 RUN 变量的状态,来控制线程的运行。

18.1.3 游戏画布键盘策略

在前面讲解了 GameCanvas 的构造函数的参数问题,其中提到这个参数的意义是可以控制特殊键("上下左右"键和"选择"键以及键盘上的 1、3、7、9 键)是否被禁用。读者也许会问,在实际开发的过程中,选用哪个值呢?

答案是选择 true。

选择了 true,不是功能键会被禁用吗?

不用担心,打开 javax. microedition. lcdui. game. GameCanvas 文档,会发现里面有一个重要函数:

$$public\ int\ getKeyStates()$$

该函数在特殊键被禁用时,可以得到特殊当前被按下的键的状态。

首先编写一个 MIDlet 来测试这个功能。在项目 Prj18_1 中建立 MIDlet2,代码改为如下。

MIDlet2.java

```java
import javax.microedition.lcdui.Display;
import javax.microedition.lcdui.game.GameCanvas;
import javax.microedition.midlet.MIDlet;
import javax.microedition.midlet.MIDletStateChangeException;

public class MIDlet2 extends MIDlet
{
    private MyGameCanvas mgc = new MyGameCanvas();
    private Display dis;
    protected void startApp() throws MIDletStateChangeException
    {
        dis = Display.getDisplay(this);
        dis.setCurrent(mgc);
```

```
        }
        protected void destroyApp(boolean arg0) throws MIDletStateChangeException {}
        protected void pauseApp() {}

        class MyGameCanvas extends GameCanvas implements Runnable
        {
            private boolean RUN = true;
            public MyGameCanvas()
            {
                //特殊键被禁用
                super(true);
                new Thread(this).start();
            }
            public void run()
            {
                while(RUN)
                {
                    try
                    {
                        System.out.println(this.getKeyStates());
                        Thread.currentThread().sleep(1000);
                    }catch(Exception ex){}
                }
            }
        }
    }
```

运行这个 MIDlet,将出现一个手机界面,会发现,当按"下上下左右"键和"选择"键以及键盘上的 1,3,7,9 键时,控制台上会打印一些数字。如按下"1"键,界面上打印:

> 512

而按下其他键,控制台上反而打印的是:

> 0

这可以认为,虽然禁用了特殊键,但通过 getKeyStates 函数,反而解放了特殊键("上下左右"键和"选择"键以及键盘上的 1、3、7、9 键),而屏蔽了其他键,让游戏中的键盘判断能够很好地移植到线程中去执行。

getKeyStates 函数的返回值和键盘上功能键之间的对应关系如表 18-1 所示。

表 18-1　getKeyStates 返回值和键盘上常见功能键对应的值

键	名　　称	getKeyStates 返回值
▲	UP	GameCanvas.UP_PRESSED：2
▼	DOWN	GameCanvas.DOWN_PRESSED：64
◀	LEFT	GameCanvas.LEFT_PRESSED：4

键	名　　称	getKeyStates 返回值
▶	RIGHT	GameCanvas. RIGHT_PRESSED：32
◣	SELECT	GameCanvas. FIRE_PRESSED：256
1	1	GameCanvas. GAME_A_PRESSED：512
3 DEF	3	GameCanvas. GAME_B_PRESSED：1024
7 PQRS	7	GameCanvas. GAME_C_PRESSED：2048
9 WXYZ	9	GameCanvas. GAME_D_PRESSED：4096
其他数字键	其他数字键	0

一般情况下,可以用如下方法查询某个键是否被按下。

方法 1：if(this.getKeyStates() = = 某个返回值);

如下代码：

```
if(this.getKeyStates() = = 512){}
//或者
if(this.getKeyStates() = = GameCanvas. GAME_A_PRESSED){}
```

表示判断"1"键是否被按下。

方法 2：if((this.getKeyStates()&某个返回值)! = 0);

如下代码：

```
if((this.getKeyStates&512)! = 0){}
//或者
if((this.getKeyStates& GameCanvas. GAME_A_PRESSED)! = 0){}
```

也表示判断"1"键是否被按下。

现在用一个程序来测试该功能。在 Prj18_1 中建立 MIDlet3,代码为：

MIDlet3.java

```
import javax.microedition.lcdui.Display;
import javax.microedition.lcdui.game.GameCanvas;
import javax.microedition.midlet.MIDlet;
import javax.microedition.midlet.MIDletStateChangeException;

public class MIDlet3 extends MIDlet
{
    private MyGameCanvas mgc = new MyGameCanvas();
    private Display dis;
    protected void startApp() throws MIDletStateChangeException
```

```
        {
            dis = Display.getDisplay(this);
            dis.setCurrent(mgc);
        }
    protected void destroyApp(boolean arg0) throws MIDletStateChangeException {}
    protected void pauseApp() {}

    class MyGameCanvas extends GameCanvas implements Runnable
    {
        private boolean RUN = true;
        public MyGameCanvas()
        {
            super(true);
            new Thread(this).start();
        }
        public void run()
        {
            while(RUN)
            {
                try
                {
                    if(this.getKeyStates() == GameCanvas.LEFT_PRESSED)
                    {
                        System.out.println("左键被按下");
                    }
                    else if((this.getKeyStates()&GameCanvas.RIGHT_PRESSED)!=0)
                    {
                        System.out.println("右键被按下");
                    }
                    Thread.currentThread().sleep(1000);
                }catch(Exception ex){}
            }
        }
    }
}
```

运行这个 MIDlet,将出现一个手机界面,首先按下左键,然后按下右键,屏幕上将打印:

```
左键被按下
右键被按下
```

说明利用该方法可以很好地判断按下的键值。更为重要的是,可以将键盘判断的工作放在线程中做,这将对编程大大简化。

18.1.4　游戏画布画图策略

游戏画布从 Canvas 继承而来,Canvas 画图策略是重写 Canvas 中如下函数:

```
protected abstract void paint(Graphics g)
```

可以利用其中的 Graphics 对象参数进行画图,还可以利用 repaint 函数调用其进行重画。

在 GameCanvas 中,画图不用重写 paint 函数,画图的工作得到了进一步简化。打开 GameCanvas 文档,可以看到其中一个函数:

protected Graphics getGraphics()

该函数可以直接得到画布上的画笔,直接画图。不过应该注意,画好的图放在内存里面,如果要在界面上显示,则还需要调用:

public void flushGraphics()

该函数的作用是将内存缓冲内画好的图在界面上显示。

首先编写一个 MIDlet 来测试这个功能。开发一个 MIDlet,上面有一个游戏画布,界面上每隔 1 秒钟在随机位置画一条随机颜色的直线,效果如图 18-1 所示。

图 18-1 程序效果

在 Prj18_1 中建立 MIDlet4,代码为:

MIDlet4.java

```java
import java.util.Random;
import javax.microedition.lcdui.Display;
import javax.microedition.lcdui.Graphics;
import javax.microedition.lcdui.game.GameCanvas;
import javax.microedition.midlet.MIDlet;
import javax.microedition.midlet.MIDletStateChangeException;

public class MIDlet4 extends MIDlet
{
    private MyGameCanvas mgc = new MyGameCanvas();
    private Display dis;
```

```java
protected void startApp() throws MIDletStateChangeException
{
    dis = Display.getDisplay(this);
    dis.setCurrent(mgc);
}
protected void destroyApp(boolean arg0) throws MIDletStateChangeException {}
protected void pauseApp() {}

class MyGameCanvas extends GameCanvas implements Runnable
{
    private boolean RUN = true;
    private Random rnd = new Random();
    private Graphics gra;
    public MyGameCanvas()
    {
        super(true);
        gra = this.getGraphics();
        new Thread(this).start();
    }
    public void run()
    {
        while(RUN)
        {
            try
            {
                //设置随机颜色
                gra.setColor(rnd.nextInt(256), rnd.nextInt(256), rnd.nextInt(256));
                //直接访问画笔
                gra.drawLine(rnd.nextInt(this.getWidth()),
                            rnd.nextInt(this.getHeight()),
                            rnd.nextInt(this.getWidth()),
                            rnd.nextInt(this.getHeight()));
                //将缓冲区的内容画显示到界面上
                this.flushGraphics();
                Thread.currentThread().sleep(100);
            }catch(Exception ex){}
        }
    }
}
```

运行这个 MIDlet，便可得到相应的效果。

18.2　图层

前面讲解了游戏画布。游戏画布只是提供了游戏运行的平台，对于游戏的开发来说，还远远不够。在 Java ME 中，还提供了更为强大的支持，那就是图层。

打开 javax. microedition. lcdui. game 包，会发现里面有一个重要的类：Layer。

如前所述，Layer 意为图层，可以表示画布上的某个可视的物体，是抽象类，一般情况下可以扩展它。在 GameAPI 中，提供了两个子类。

javax. microedition. lcdui. Sprite：图层的子类，可以充当游戏中的运动角色，如子弹、汽车等。

javax. microedition. lcdui. TiledLayer：图层的子类，可以充当游戏中的静态角色，如环境角色、地图等。

在这里，首先介绍一下 Layer 类的一些功能，而关于 Sprite 和 TiledLayer 的功能将在后面内容详述。

Layer 类具有如下重要功能。

（1）将图层中内容画到 g 所在的画布上：

$$\text{public abstract void } \textbf{paint}(\text{Graphics g})$$

（2）得到图层的宽度：

$$\text{public final int } \textbf{getWidth}()$$

（3）得到图层的高度：

$$\text{public final int } \textbf{getHeight}()$$

（4）得到图层的左上角坐标：

$$\text{public final int } \textbf{getX}()$$
$$\text{public final int } \textbf{getY}()$$

（5）将图层左上角移动到画布上的某个位置：

$$\text{public void } \textbf{setPosition}(\text{int x,}$$
$$\text{int y})$$

（6）移动图层，dx 表示向右移动的像素个数，dy 表示向下移动的像素个数，如果为负值，则方向相反：

$$\text{public void } \textbf{move}(\text{int dx,}$$
$$\text{int dy})$$

（7）设置让图层显示或隐藏：

$$\text{public void } \textbf{setVisible}(\text{boolean visible})$$

这样，图层对象就可以当成一个单元，很方便地在游戏画布上操作。

18.3　小结

本章首先对游戏画布进行系列阐述，主要包括画布的键盘策略、线程策略和画图策略等内容。后面又对图层进行了讲解。

18.4 上机习题

1. 用 GameCanvas 开发如图 18-2 所示的界面。

图 18-2 界面效果

在该程序中,界面上每隔 100 毫秒,在随机的位置,以随机的颜色,画一个随机大小的实心圆。

提示:该综合案例,需要将多线程、随机数等知识结合起来。

2. 利用 GameCanvas 的按键事件完成:界面上有一幅图片,选择"上下左右"键能够让其移动。但是,不会移动到边界之外。即:如果移动到边界上,则不能再移动。

第19章

Sprite

建议学时：2

前面一章主要讲解了游戏画布，以及游戏画布上的基本图层。在 GameAPI 内，图层有两个子类：Sprite 和 TiledLayer，前者是用于制作一些动态的目标，如子弹、汽车等。本章首先对 Sprite 进行讲解。

本章主要包括 Sprite 的生成、旋转、悬挂、碰撞检测等编程方法，涵盖了游戏开发中的大量编程技术。本章涉及的 API 是：

```
javax.microedition.lcdui.game.Sprite
```

19.1   Sprite 及其位置变化

GameCanvas 显示之后，还不能实现任何功能，一般情况下，GameCanvas 上应该具有一些游戏角色，如图 19-1 所示的界面。

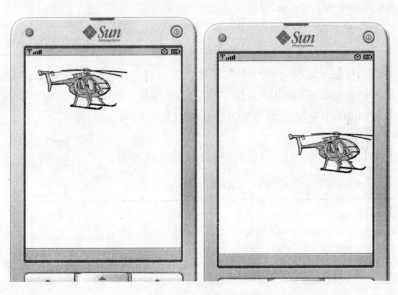

图 19-1   程序效果

在界面上有一架直升飞机，从界面左上角飞向右下角。直升飞机就是一个游戏角色。

直升飞机可以用 javax. microedition. lcdui. game. Sprite 来实现。Sprite 是游戏精灵的意思，是 Layer 的子类，当然也有 Layer 的所有功能。打开文档，找到 javax. microedition. lcdui. game. Sprite，首先介绍其构造函数，常见的构造函数有两个。

（1）将一幅图片封装至 Sprite 对象：

public **Sprite**(Image image)

其参数是一个 Image 对象，表示 Sprite 封装的图片，如子弹、汽车、飞机等。

（2）将一幅图片封装至 Sprite 对象，并分割：

public **Sprite**(Image image,
　　　　　　　int frameWidth,
　　　　　　　int frameHeight)

该构造函数用于创建带动画的 Sprite，将在后面讲解。

很明显，第一个构造函数使用较多。

前面讲过将 Layer 画到界面上的方法，针对 Sprite 来说，可以利用如下函数：

public final void **paint**(Graphics g)

另外，在文档中也可以看到，Sprite 可以通过如下函数来设置其左上角的横纵坐标位置：

public void **setPosition**(int x,
　　　　　　　　　int y)

还可以通过如下函数来对其进行移动，dx 为正，表示右移，dy 为正，表示下移：

public void **move**(int dx,
　　　　　　　int dy)

如下代码：

```
Image img = Image.createImage("/img1.png");
Sprite s = new Sprite(img);
s.move( -1, -1);
```

表示将 Sprite 对象 s 向左上移动 1 个像素位置。

下面用案例来实现图 19-1 中的效果。建立一个项目：Prj19_1，首先将飞机图片 img1. jpg 复制到项目中的/res 目录下，img1. jpg 效果如图 19-2 所示。

图 19-2　img1. jpg 效果

然后在项目中建立一个 MIDlet1，打开程序，将代码改为：

MIDlet1. java

```
import javax.microedition.lcdui.Display;
import javax.microedition.lcdui.Graphics;
import javax.microedition.lcdui.Image;
import javax.microedition.lcdui.game.GameCanvas;
import javax.microedition.lcdui.game.Sprite;
import javax.microedition.midlet.MIDlet;
```

```
import javax.microedition.midlet.MIDletStateChangeException;

public class MIDlet1 extends MIDlet
{
    private MyGameCanvas mgc = new MyGameCanvas();
    private Display dis;
    protected void startApp() throws MIDletStateChangeException
    {
        dis = Display.getDisplay(this);
        dis.setCurrent(mgc);
    }
    protected void destroyApp(boolean arg0) throws MIDletStateChangeException {}
    protected void pauseApp() {}
    class MyGameCanvas extends GameCanvas implements Runnable
    {
        private boolean RUN = true;
        private Graphics gra;
        private Sprite s1;
        private Image img;
        public MyGameCanvas()
        {
            super(true);
            gra = this.getGraphics();
            try
            {
                img = Image.createImage("/img1.jpg");
            }catch(Exception ex){ex.printStackTrace();}
            s1 = new Sprite(img);
            //初始位置在左上角
            s1.setPosition(0, 0);
            new Thread(this).start();
        }
        public void run()
        {
            while(RUN)
            {
                try
                {
                    //将界面恢复为背景颜色
                    gra.setColor(255,255,255);
                    gra.fillRect(0,0,this.getWidth(),this.getHeight());
                    //向右下移动1个像素点
                    s1.move(1, 1);
                    //将 s1 画在内存中
                    s1.paint(gra);
                    //将缓冲在界面上显示
                    this.flushGraphics();
                    Thread.currentThread().sleep(100);
```

```
            }catch(Exception ex){}
        }
    }
}
```

运行这个 MIDlet，便得到如图 19-1 所示的效果。

19.2 Sprite 旋转

19.1 节中已经讲述了 Sprite 的生成，但是，飞机在界面上运行的时候，是平移的。实际上，很多游戏中的角色还有旋转的效果。如一块石头飞出去，边飞边旋转，就可以用旋转的效果做到。在 Sprite 中，对旋转功能具有一定的支持。

旋转在游戏开发中应用较广，如图 19-3 所示的界面。

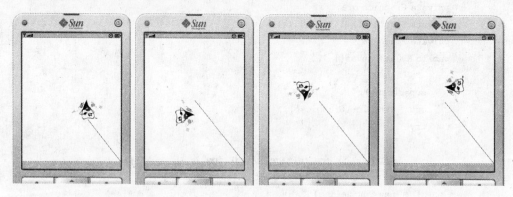

图 19-3　程序效果

界面上一个卡通人物绕着红线转动，就是一个典型的例子。

Sprite 对旋转具有较好的支持。打开文档，找到 javax. microedition. lcdui. game. Sprite 类，里面有一个重要函数：

```
public void setTransform(int transform)
```

参数是一个整数，决定旋转的方向。旋转方向有如下几种。

(1) Sprite. TRANS_NONE：不旋转。

(2) Sprite. TRANS_ROT90：旋转 90°。

(3) Sprite. TRANS_ROT180：旋转 180°。

(4) Sprite. TRANS_ROT270：旋转 270°。

(5) Sprite. TRANS_MIRROR：镜像。

(6) Sprite. TRANS_MIRROR_ROT90：镜像，然后旋转 90°。

(7) Sprite. TRANS_MIRROR_ROT180：镜像，然后旋转 180°。

(8) Sprite. TRANS_MIRROR_ROT270：镜像，然后旋转 270°。

在项目 Prj19_1 中，首先将卡通图片 img2. png 复制到项目中的/res 目录下，img2. jpg

效果如下：

然后在里面建立一个 MIDlet2，打开程序，将代码改为：

MIDlet2.java

```java
import javax.microedition.lcdui.Display;
import javax.microedition.lcdui.Graphics;
import javax.microedition.lcdui.Image;
import javax.microedition.lcdui.game.GameCanvas;
import javax.microedition.lcdui.game.Sprite;
import javax.microedition.midlet.MIDlet;
import javax.microedition.midlet.MIDletStateChangeException;

public class MIDlet2 extends MIDlet
{
    private MyGameCanvas mgc = new MyGameCanvas();
    private Display dis;
    protected void startApp() throws MIDletStateChangeException
    {
        dis = Display.getDisplay(this);
        dis.setCurrent(mgc);
    }
    protected void destroyApp(boolean arg0) throws MIDletStateChangeException {}
    protected void pauseApp() {}
    class MyGameCanvas extends GameCanvas implements Runnable
    {
        private boolean RUN = true;
        private Graphics gra;
        private Sprite s1;
        private Image img;
        //初始不旋转
        private int STATE = Sprite.TRANS_NONE;
        public MyGameCanvas()
        {
            super(true);
            gra = this.getGraphics();
            try
            {
                img = Image.createImage("/img2.jpg");
            }catch(Exception ex){ex.printStackTrace();}
            s1 = new Sprite(img);
            s1.setPosition(this.getWidth()/2, this.getHeight()/2);
            new Thread(this).start();
        }
        public void run()
        {
            while(RUN)
```

```
        {
            try
            {
                //用白色清空背景
                gra.setColor(255,255,255);
                gra.fillRect(0,0,this.getWidth(),this.getHeight());
                //画线
                gra.setColor(255,0,0);
                gra.drawLine(this.getWidth()/2, this.getHeight()/2,
                            this.getWidth(), this.getHeight());
                //设置旋转方向
                s1.setTransform(STATE);
                s1.paint(gra);
                this.flushGraphics();
                switch(STATE)
                {
                  case Sprite.TRANS_NONE:
                        STATE = Sprite.TRANS_ROT90;
                        break;
                  case Sprite.TRANS_ROT90:
                        STATE = Sprite.TRANS_ROT180;
                        break;
                  case Sprite.TRANS_ROT180:
                        STATE = Sprite.TRANS_ROT270;
                        break;
                  case Sprite.TRANS_ROT270:
                        STATE = Sprite.TRANS_NONE;
                        break;
                }
                Thread.currentThread().sleep(100);
            }catch(Exception ex){}
        }
    }
  }
}
```

运行这个 MIDlet，便得到如图 19-3 所示的效果。

19.3　Sprite 悬挂点

19.2 节中已经讲述了 Sprite 的旋转，但是，那个旋转效果让我们觉得不是太形象，因为图片实际上是绕着其左上角旋转的。为什么会出现这种效果呢？那是因为 Sprite 在画到界面上时，其位置确定是以其左上角的横纵坐标为准的。但是在实际项目中，有时候不一定要让左上角坐标作为参考点，比如在旋转时，希望图片绕着其中心旋转，或者一片树叶绕其悬挂点飘动。这里面就要用到悬挂点的概念。在 Sprite 中，对悬挂点功能具有一定的支持。

悬挂点在游戏开发中应用较广，如图 19-4 所示的界面。

界面上一个卡通人物绕着红线转动是以其中心为轴的。实际上就是以中心作为悬

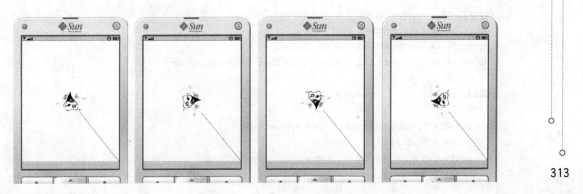

图 19-4　程序效果

挂点。

　　Sprite 对悬挂点设置具有较好的支持。打开文档，找到 javax. microedition. lcdui. game. Sprite，里面有一个重要函数来定义悬挂点：

$$\text{public void } \mathbf{defineReferencePixel}(\text{int x,}$$
$$\text{int y})$$

　　参数是 2 个整数，表示在 Sprite 上取一点作为悬挂点，(x,y)是悬挂点在 Sprite 上的位置。如果取 Sprite 中心作为悬挂点，那就可以取 x 为 Sprite 宽度的一半，y 为 Sprite 高度的一半，代码如下：

```
Image img = Image.createImage("/img1.png");
Sprite s = new Sprite(img);
s.defineReferencePixel(s.getWidth()/2,
                       s.getHeight()/2);
```

　　可以通过以下函数，将悬挂点定位在界面的(x,y)位置，画出这个 Sprite。

$$\text{public void } \mathbf{setRefPixelPosition}(\text{int x,}$$
$$\text{int y})$$

　　如下代码：

```
Image img = Image.createImage("/img1.png");
Sprite s = new Sprite(img);
s.defineReferencePixel(s.getWidth()/2,
                       s.getHeight()/2);
s.setRefPixelPosition(30,30);
```

　　表示将悬挂点定位在屏幕上的(30,30)位置，画出这个 Sprite。

　　在项目 Prj19_1 中，建立一个 MIDlet3，打开程序，将代码改为：

MIDlet3.java

```
import javax.microedition.lcdui.Display;
import javax.microedition.lcdui.Graphics;
import javax.microedition.lcdui.Image;
```

```java
import javax.microedition.lcdui.game.GameCanvas;
import javax.microedition.lcdui.game.Sprite;
import javax.microedition.midlet.MIDlet;
import javax.microedition.midlet.MIDletStateChangeException;

public class MIDlet3 extends MIDlet
{
    private MyGameCanvas mgc = new MyGameCanvas();
    private Display dis;
    protected void startApp() throws MIDletStateChangeException
    {
        dis = Display.getDisplay(this);
        dis.setCurrent(mgc);
    }
    protected void destroyApp(boolean arg0) throws MIDletStateChangeException {}
    protected void pauseApp() {}
    class MyGameCanvas extends GameCanvas implements Runnable
    {
        private boolean RUN = true;
        private Graphics gra;
        private Sprite s1;
        private Image img;
        //初始不旋转
        private int STATE = Sprite.TRANS_NONE;
        public MyGameCanvas()
        {
            super(true);
            gra = this.getGraphics();
            try
            {
                img = Image.createImage("/img2.jpg");
            }catch(Exception ex){ex.printStackTrace();}
            s1 = new Sprite(img);
            //定义悬挂点
            s1.defineReferencePixel(s1.getWidth()/2, s1.getHeight()/2);
            //将悬挂点定位在屏幕中心,画出这个 Sprite
            s1.setRefPixelPosition(this.getWidth()/2, this.getHeight()/2);
            new Thread(this).start();
        }
        public void run()
        {
            while(RUN)
            {
                try
                {
                    //用白色清空背景
                    gra.setColor(255,255,255);
                    gra.fillRect(0,0,this.getWidth(),this.getHeight());
                    //画线
                    gra.setColor(255,0,0);
                    gra.drawLine(this.getWidth()/2, this.getHeight()/2,
```

```
                          this.getWidth(), this.getHeight());
          //设置旋转方向
          s1.setTransform(STATE);
          s1.paint(gra);
          this.flushGraphics();
          switch(STATE)
          {
          case Sprite.TRANS_NONE:
              STATE = Sprite.TRANS_ROT90;
              break;
          case Sprite.TRANS_ROT90:
              STATE = Sprite.TRANS_ROT180;
              break;
          case Sprite.TRANS_ROT180:
              STATE = Sprite.TRANS_ROT270;
              break;
          case Sprite.TRANS_ROT270:
              STATE = Sprite.TRANS_NONE;
              break;
          }
          Thread.currentThread().sleep(100);
        }catch(Exception ex){}
      }
    }
  }
}
```

运行这个 MIDlet，便得到如图 19-4 所示的效果。

19.4　Sprite 的碰撞

很多游戏中的角色还有碰撞的效果。如飞机遇到子弹之后就爆炸，汽车撞到墙等，实际上是一个碰撞的问题。那么怎样知道两个物体碰撞了呢？在 Sprite 中，对碰撞检测也具有一定的支持。

打开文档，找到 javax.microedition.lcdui.game.Sprite，里面有一个重要函数：

```
public void defineCollisionRectangle(int x,
                                     int y,
                                     int width,
                                     int height)
```

该函数在 Sprite 上定义一个矩形区域，如果其他 Sprite 或者图片的像素点进入了这个区域，则视为碰撞。用户也可以不调用这个函数，因为默认情况下将 Sprite 的整个区域进行定义，也就是说，只要其他 Sprite 或图片进入当前 Sprite 占据的区域，则视为被碰撞。

怎样得知两个角色是否碰撞了呢？查看 Sprite 文档，可以发现有如下几个函数。

（1）

```
public final boolean collidesWith(Sprite s,
                                  boolean pixelLevel)
```

很明显，该函数的第一个参数是被检测的碰撞对象；第二个参数是一个 boolean 类型，意义如下。

如果为 true，则认为两个 Sprite 上不透明的点发生了重叠，就算碰撞；

如果为 false，则认为两个 Sprite 所在的矩形区域发生了重叠，就算碰撞。

显然，参数 2 取 true，会让碰撞效果更加生动。

(2)

```
public final boolean collidesWith(TiledLayer t,
                                  boolean pixelLevel)
```

该函数参数 1 表示和 Sprite 进行碰撞检测的 TiledLayer，关于 TiledLayer 将在下一章进行讲解；参数 2 和前面所述相同。

可以用一个程序来测试该函数，在项目 Prj19_1 中，建立一个 MIDlet4，输入以下代码：

MIDlet4.java

```java
import javax.microedition.lcdui.Display;
import javax.microedition.lcdui.Graphics;
import javax.microedition.lcdui.Image;
import javax.microedition.lcdui.game.GameCanvas;
import javax.microedition.lcdui.game.Sprite;
import javax.microedition.midlet.MIDlet;
import javax.microedition.midlet.MIDletStateChangeException;

public class MIDlet4 extends MIDlet
{
    private MyGameCanvas mgc = new MyGameCanvas();
    private Display dis;
    protected void startApp() throws MIDletStateChangeException
    {
        dis = Display.getDisplay(this);
        dis.setCurrent(mgc);
    }
    protected void destroyApp(boolean arg0) throws MIDletStateChangeException {}
    protected void pauseApp() {}
    class MyGameCanvas extends GameCanvas
    {
        private Image img1;
        private Image img2;
        private Sprite sp1;
        private Sprite sp2;
        private Graphics gra;
        public MyGameCanvas()
        {
            super(true);
            try
            {
                img1 = Image.createImage("/img1.jpg");
                img2 = Image.createImage("/img3.jpg");
                sp1 = new Sprite(img1);
```

```
        sp2 = new Sprite(img2);
        gra = this.getGraphics();
    }catch(Exception ex)
    {
        ex.printStackTrace();
    }
    sp1.paint(gra);
    sp2.move(100, 0);
    sp2.paint(gra);
    System.out.println(sp1.collidesWith(sp2, true));
    }
  }
}
```

运行这个 MIDlet,出现如图 19-5 所示的界面。

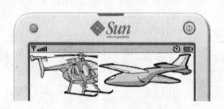

图 19-5　碰撞检测界面

控制台上将打印:

碰撞状态: true

19.5　带动画的 Sprite

前面所叙述的 Sprite,虽然可以运动,但是其内部的图片本身是不变的,也就是说,Sprite 内部没有动画效果。实际上,很多游戏中的角色还有自身动画的效果。如一只蚊子在移动的过程中,翅膀在拍打,就可以用带动画的 Sprite 做到。在 Sprite 中,对带动画的 Sprite 具有一定的支持,如图 19-6 所示的界面。

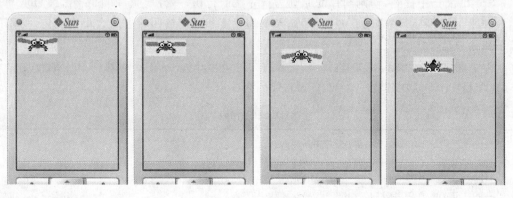

图 19-6　程序效果

界面上一个蚊子,在移动的过程中,翅膀也在不断拍打,其拍打的一个周期中有 4 个动作,周而复始。这就是带动画的 Sprite。

带动画的 Sprite 由其构造函数确定。打开文档,找到 javax.microedition.lcdui.game.Sprite 文件,前面介绍了一个最简单的构造函数,带动画的 Sprite 需要用到另一个较复杂的构造函数:

```
public Sprite(Image image,
              int frameWidth,
              int frameHeight)
```

参数 1 是一个 Image 对象,表示 Sprite 封装的图片,但是此时要注意,带动画的 Sprite 在运行的过程之中,实际上相当于按照顺序载入不同的图片。如案例中的蚊子,翅膀拍打 4 次,需要有 4 幅图片。那么这时传入的图片怎么确定呢? 方法是将这 4 幅图片放在一幅大图片里面一起传过来。那么,对于蚊子来说,实际上传入的图片如图 19-7 所示,在本文中,该文件名为 donghua.png。

图 19-7　传入的大图片

该图片传入之后,系统怎么知道它要被划分为 4 帧呢? 这就由构造函数的第 2 个参数和第 3 个参数决定了。参数 2 和参数 3 确定了单帧的宽度和高度,如图 19-7 所示的图片中,当单帧宽度确定为整个图片宽度的 1/4,单帧高度确定为整个图片高度时,图片被自动划分为 4 帧,从左到右分别编号为 0、1、2、3。如下代码:

```
Image img = Image.createImage("/donghua.png");
//以下代码将图片分为 4 帧
Sprite s = new Sprite(img,img.getWidth()/4,img.getHeight());
```

就是将图片切割成 4 只蚊子。

注意:该图片的宽度一定要能被 4 整除。

但是,有些图片可能不是 1 行 4 列的,这种情况下的标号是怎么确定的呢?

Sprite 文档中提到,切割图片的原则为首先按照行切,一行切完,取下一行,编号从 0 开始。如图 19-8 所示,左边的 3 幅图片,如果单帧宽度和高度按照右边的大小来确定,切割的结果和编号是一样的。

为了测试这个功能,将如图 19-7 所示的图片 donghua.png 复制到项目中的/res 目录下,在项目 Prj19_1 中建立一个 MIDlet5,代码为:

MIDlet5.java

```
import javax.microedition.lcdui.Display;
import javax.microedition.lcdui.Graphics;
import javax.microedition.lcdui.Image;
import javax.microedition.lcdui.game.GameCanvas;
import javax.microedition.lcdui.game.Sprite;
```

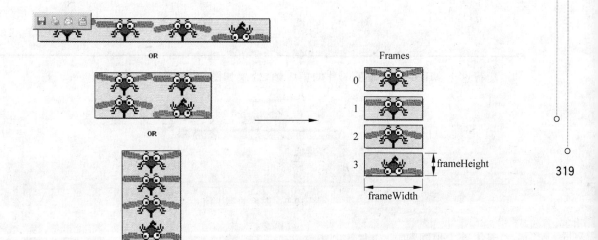

图 19-8 三幅图片切割效果相同

```java
import javax.microedition.midlet.MIDlet;
import javax.microedition.midlet.MIDletStateChangeException;

public class MIDlet5 extends MIDlet
{
    private MyGameCanvas mgc = new MyGameCanvas();
    private Display dis;
    protected void startApp() throws MIDletStateChangeException
    {
        dis = Display.getDisplay(this);
        dis.setCurrent(mgc);
    }
    protected void destroyApp(boolean arg0) throws MIDletStateChangeException {}
    protected void pauseApp() {}
    class MyGameCanvas extends GameCanvas
    {
        private Image img;
        private Sprite sp1;
        private Graphics gra;
        public MyGameCanvas()
        {
            super(true);
            try
            {
                img = Image.createImage("/donghua.png");
                //以下代码将图片分为 4 帧
                sp1 = new Sprite(img, img.getWidth()/4, img.getHeight());
                gra = this.getGraphics();
            }catch(Exception ex)
            {
                ex.printStackTrace();
            }
            sp1.paint(gra);
```

```
        }
    }
}
```

运行这个 MIDlet，便显示图片的第 1 帧，效果如图 19-9 所示。

图 19-9　图片的第 1 帧

关于各个帧的控制，还有如下函数。

（1）得到总帧数：

$$\text{public int } \textbf{getRawFrameCount}()$$

（2）显示下一帧：

$$\text{public void } \textbf{nextFrame}()$$

（3）显示上一帧：

$$\text{public void } \textbf{prevFrame}()$$

（4）显示某个编号的帧：

$$\text{public void } \textbf{setFrame}(\text{int sequenceIndex})$$

为了测试这个功能，接下来按顺序显示各帧。在项目 Prj19_1 中建立一个 MIDlet6，代码为：

MIDlet6.java

```java
import javax.microedition.lcdui.Display;
import javax.microedition.lcdui.Graphics;
import javax.microedition.lcdui.Image;
import javax.microedition.lcdui.game.GameCanvas;
import javax.microedition.lcdui.game.Sprite;
import javax.microedition.midlet.MIDlet;
import javax.microedition.midlet.MIDletStateChangeException;

public class MIDlet6 extends MIDlet
{
    private MyGameCanvas mgc = new MyGameCanvas();
    private Display dis;
    protected void startApp() throws MIDletStateChangeException
    {
        dis = Display.getDisplay(this);
        dis.setCurrent(mgc);
    }
    protected void destroyApp(boolean arg0) throws MIDletStateChangeException {}
```

320

```
    protected void pauseApp() {}

    class MyGameCanvas extends GameCanvas implements Runnable
    {
        private Image img;
        private Sprite sp1;
        private Graphics gra;
        private boolean RUN = true;
        public MyGameCanvas()
        {
            super(true);
            try
            {
                img = Image.createImage("/donghua.png");
                sp1 = new Sprite(img,img.getWidth()/4,img.getHeight());
                gra = this.getGraphics();
            }catch(Exception ex)
            {
                ex.printStackTrace();
            }
            new Thread(this).start();
        }
        public void run()
        {
            while(RUN)
            {
                sp1.paint(gra);
                this.flushGraphics();
                sp1.nextFrame();
                try
                {
                    Thread.currentThread().sleep(100);
                }catch(Exception ex){}
            }
        }
    }
}
```

运行这个 MIDlet,便能够按照帧的顺序循环往复地显示图片中的各帧,效果如图 19-10 所示。

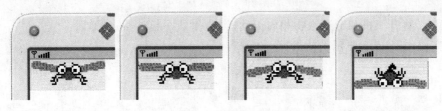

图 19-10　图片中的各帧

一般情况下,动画按照编号顺序显示:0-1-2-3-0-1-2-3-…但是有时候还可以进行调整,可以利用如下函数:

public void **setFrameSequence**(int**[ ]** sequence)

其参数是一个整数数组,可以确定帧的顺序,例如:

```
int[] seq = new int[]{0,3,2,1};
sprite.setFrameSequence(seq);
```

该代码会让动画的帧的顺序变为:0-3-2-1-0-3-2-1-…

如图 19-6 所示的效果,可在上机习题中完成。

19.6　小结

本章中对 Sprite 的功能进行了阐述,主要包括生成、旋转、悬挂点、碰撞检测、动画等内容。

19.7　上机习题

1. 完成如图 19-11 所示的界面。

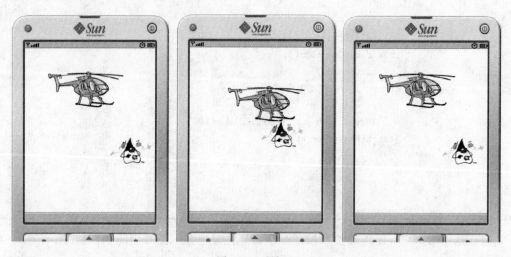

图 19-11　界面

界面上,直升飞机和卡通人物相向运动,当碰撞到一起时,各自弹回。

2. 完成如图 19-6 所示的效果。

第20章

TiledLayer和图层管理器

建议学时：2

第 19 章主要讲解了 Sprite，以及 Sprite 的一些基本功能。在 GameAPI 内，Sprite 是 Layer 的子类，Layer 还有另一个子类：TiledLayer。TiledLayer 是用于制作一些静态的目标，如地图、背景等。本章将对 TiledLayer 进行讲解。

本章内容主要包括 TiledLayer 的切割、填充以及与 Sprite 的配合使用。最后讲解图层管理器。本章用到的 GameAPI 主要包括以下两个。

（1）用于制作游戏背景的类：

> javax.microedition.lcdui.game.**TiledLayer**

（2）用于图层管理的类：

> javax.microedition.lcdui.game.**LayerManager**

20.1 切割和填充地图

20.1.1 地图基本原理

GameCanvas 显示之后，界面背景是白色，但是，很多界面上还有地图的应用，如图 20-1 所示。

在界面上有一块区域，是由墙壁和草地组成的地图。

地图可以用 TiledLayer 类实现。TiledLayer 是 Layer 的子类，也有 Layer 的所有功能。打开文档，找到 javax.microedition.lcdui.game.TiledLayer 文件，首先介绍其构造函数，构造函数有 1 个：

```
public TiledLayer(int columns,
                  int rows,
                  Image image,
                  int tileWidth,
                  int tileHeight)
```

从构造函数中可以看出，参数 3 是一个 Image 对象，表示 TiledLayer 封装的地图所对应的图片。但是此时要注意,为了节省资源,不可能将一整张地图单独作为一个图片。仔细观察图 20-1 中的地图,会发现,该地图实际上可以分为 4 行 4 列,16 个单元格,这些单元格,要么是墙壁,要么是草地,如图 20-2 所示。

怎样告诉系统将这幅地图分为 4 行 4 列呢? 这就靠构造函数的参数 1 和参数 2 了。参数 1 表示将地图分成的列数,参数 2 表示将地图分成的行数。

在图 20-2 中,地图被分割成了 4 行 4 列,行数标号为 0~3,列数也标号为 0~3。这 16 个单元格中的图片要么是墙壁,要么是草地,因此,这幅地图的源图片(map. png)实际上如图 20-3 所示。

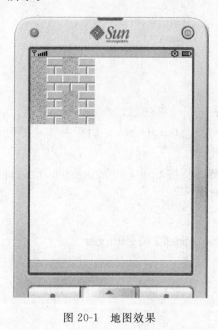

图 20-1 地图效果

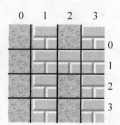

图 20-2 地图的分割

图 20-3 地图的源图片

所以,在 TiledLayer 的构造函数中,第 3 个参数应该传入的就是这幅源图片的对象,也就是类似于图 20-3 所示的图片对象。传入这幅源图片之后,系统将它分割成为 2 块,用左边的小块表示青草的区域,用右边的小块表示墙壁的区域。

该图片传入之后,系统怎么知道它要被划分为 2 块呢? 这就由构造函数的第 4 个和第 5 个参数决定了。参数 4 和参数 5 确定了每一小块的宽度和高度,如图 20-3 所示的图片,当每一小块宽度确定为整个图片宽度的 1/2,每一小块高度确定为整个图片高度时,图片被自动划分为 2 小块,从左到右分别编号为:1、2。

注意:不是从 0 开始。

例如,地图分为 4 行 4 列,将图 20-3 的图片分为两小块之后去填充这 4 行 4 列,图片用 Image 对象封装,名为 map,那么构造函数就可以写成:

```
Image map = Image.createImage("/map.png");
TiledLayer tl = new TiledLayer(4,4,map,map.getWidth()/2,map.getHeight());
```

注意:图片的宽度一定要能被 2 整除。

但是,有些图片可能不是 1 行 2 列的,这种情况下的标号是怎么确定的呢?

TiledLayer 文档中提到，切割图片原则为首先按照行切，一行切完，取下一行，编号从 1 开始。

如图 20-4 所示，左边的 3 幅图片，如果每一小块宽度和高度按照右边的大小来确定，切割的结果和编号是一样的。

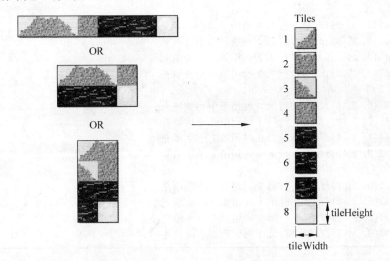

图 20-4　三幅图片切割效果相同

将源图片进行切割之后，怎样填充到地图上去呢？打开 TiledLayer 文档，会发现里面有一个重要函数：

```
public void setCell(int col,
                    int row,
                    int tileIndex)
```

该函数很容易理解，就是将源图片中的第 tileIndex 小块，填充到地图的第 row 行，第 col 列。

这样，如图 20-2 所示的地图的填充情况如图 20-5 所示。

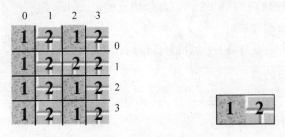

图 20-5　地图和源图片

当然，可以用如下函数将地图画在画布上：

```
public final void paint(Graphics g)
```

如下代码：

```
Image map = Image.createImage("/map.png");;
TiledLayer tl = new TiledLayer(4,4,map,map.getWidth()/2,map.getHeight());;
```

```
//填充第 0 行
tl.setCell(0, 0, 1);//第 0 行第 0 列用第 1 小块填充
tl.setCell(1, 0, 2);//第 0 行第 1 列用第 2 小块填充
tl.setCell(2, 0, 1);//第 0 行第 2 列用第 1 小块填充
tl.setCell(3, 0, 2);//第 0 行第 3 列用第 2 小块填充
//填充第 1 行
tl.setCell(0, 1, 1);//第 1 行第 0 列用第 1 小块填充
tl.setCell(1, 1, 2);//第 1 行第 1 列用第 2 小块填充
tl.setCell(2, 1, 2);//第 1 行第 2 列用第 2 小块填充
tl.setCell(3, 1, 2);//第 1 行第 3 列用第 2 小块填充
//填充第 2 行
tl.setCell(0, 2, 1);//第 2 行第 0 列用第 1 小块填充
tl.setCell(1, 2, 2);//第 2 行第 1 列用第 2 小块填充
tl.setCell(2, 2, 1);//第 2 行第 2 列用第 1 小块填充
tl.setCell(3, 2, 2);//第 2 行第 3 列用第 2 小块填充
//填充第 3 行
tl.setCell(0, 3, 1);//第 3 行第 0 列用第 1 小块填充
tl.setCell(1, 3, 2);//第 3 行第 1 列用第 2 小块填充
tl.setCell(2, 3, 1);//第 3 行第 2 列用第 1 小块填充
tl.setCell(3, 3, 2);//第 3 行第 3 列用第 2 小块填充
```

就是将各块进行填充,填充出如图 20-5 所示的地图。

另外,针对单元格的操作,还有如下函数。

(1) 得到某行某列的图片小块 index:

$$\text{public int } \mathbf{getCell}(\text{int col, int row})$$

如下代码:

```
int index = tl.getCell(1,1);
System.out.println(index);
```

将打印"2",因为在地图的第 1 行第 1 列,填的是 index 为 2 的小块,即墙壁。

(2) 得到图片小块的宽度:

$$\text{public final int } \mathbf{getCellWidth}()$$

(3) 得到图片小块的高度:

$$\text{public final int } \mathbf{getCellHeight}()$$

(4) 得到地图中小块的行数:

$$\text{public final int } \mathbf{getRows}()$$

(5) 得到地图中小块的列数:

$$\text{public final int } \mathbf{getColumns}()$$

了解了基本原理之后,就可以实现如图 20-1 所示的效果。打开 Eclipse,建立项目 Prj20_1,将如图 20-3 所示的图片 map.png 复制到项目中的/res 目录下,在项目 Prj20_1 中建立一个 MIDlet1,代码为:

MIDlet1.java

```java
import javax.microedition.lcdui.Display;
import javax.microedition.lcdui.Graphics;
import javax.microedition.lcdui.Image;
import javax.microedition.lcdui.game.GameCanvas;
import javax.microedition.lcdui.game.TiledLayer;
import javax.microedition.midlet.MIDlet;
import javax.microedition.midlet.MIDletStateChangeException;

public class MIDlet1 extends MIDlet
{
    private MyGameCanvas mgc = new MyGameCanvas();
    private Display dis;
    protected void startApp() throws MIDletStateChangeException
    {
        dis = Display.getDisplay(this);
        dis.setCurrent(mgc);
    }
    protected void destroyApp(boolean arg0) throws MIDletStateChangeException {}
    protected void pauseApp() {}
    class MyGameCanvas extends GameCanvas
    {
        private Image map;
        private TiledLayer tl;
        private Graphics gra;
        public MyGameCanvas()
        {
            super(true);
            try
            {
                map = Image.createImage("/map.png");
                gra = this.getGraphics();
                //用 map.getWidth()/2,map.getHeight()大小将 map 分割
                //分割之后去填充一个 4 行 4 列的网格地图(行列序号从 0 开始算)
                //图片小块 index 从 1 开始
                tl = new TiledLayer(4,4,map,map.getWidth()/2,map.getHeight());
                //填充第 0 行
                tl.setCell(0, 0, 1);//第 0 行第 0 列用第 1 小块填充
                tl.setCell(1, 0, 2);//第 0 行第 1 列用第 2 小块填充
                tl.setCell(2, 0, 1);//第 0 行第 2 列用第 1 小块填充
                tl.setCell(3, 0, 2);//第 0 行第 3 列用第 2 小块填充
                //填充第 1 行
                tl.setCell(0, 1, 1);//第 1 行第 0 列用第 1 小块填充
                tl.setCell(1, 1, 2);//第 1 行第 1 列用第 2 小块填充
                tl.setCell(2, 1, 2);//第 1 行第 2 列用第 2 小块填充
                tl.setCell(3, 1, 2);//第 1 行第 3 列用第 2 小块填充
                //填充第 2 行
                tl.setCell(0, 2, 1);//第 2 行第 0 列用第 1 小块填充
                tl.setCell(1, 2, 2);//第 2 行第 1 列用第 2 小块填充
                tl.setCell(2, 2, 1);//第 2 行第 2 列用第 1 小块填充
```

327

```
                    tl.setCell(3, 2, 2);//第2行第3列用第2小块填充
                    //填充第3行
                    tl.setCell(0, 3, 1);//第3行第0列用第1小块填充
                    tl.setCell(1, 3, 2);//第3行第1列用第2小块填充
                    tl.setCell(2, 3, 1);//第3行第2列用第1小块填充
                    tl.setCell[3, 3, 2);//第3行第3列用第2小块填充

                    //画出地图
                    tl.paint(gra);
                }catch(Exception ex)
                {
                    ex.printStackTrace();
                }
            }
        }
    }
```

运行这个 MIDlet,便显示如图 20-1 所示的界面。

20.1.2　代码改进

20.1.1 小节中已经讲述了 TiledLayer 的切割和填充,但是,其填充方法比较死板,是将单元格一个个进行填充,当地图较大时,手工写代码比较麻烦。在这里,可以使用数组的方法对其进行改进。

可以将各个图片小块的 index 存入二维数组。如图 20-1 所示的地图,实际上其 index 数组为:

```
int[][] cells = new int[][]{{1,2,1,2},
                            {1,2,2,2},
                            {1,2,1,2},
                            {1,2,1,2}};
```

而可以用循环来对各个 index 获取之后,进行填充。

```
for(int i = 0;i < 4;i++)
{
    for(int j = 0;j < 4;j++)
    {
        tl.setCell(j, i, cells[i][j]);
    }
}
```

利用该方法进行填充,读者可以在上机习题中完成。

20.1.3　地图的高级填充

20.1.1 小节中已经讲述了 TiledLayer 的切割和填充,但是,在填充方面,针对游戏开发的实际情况,还有一些高级的方法。地图如图 20-6 所示。

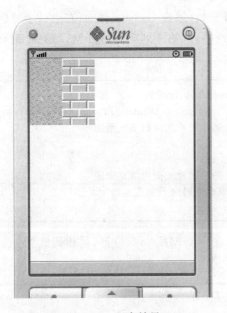

图 20-6　程序效果

该地图也被分为 4 行 4 列,如图 20-7 所示。

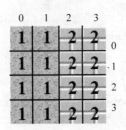

图 20-7　地图和源图片

该地图的特点是某一个小块占据了大片区域,比如,草地小块占据了地图的左半边,墙壁占据了地图的右半边。如果这时一个个小块进行填充,代码会出现很多重复,显得比较麻烦。对于同一种小块大面积填充的情况,有没有较好的方法呢?

TiledLayer 对同一种小块大面积填充具有较好的支持。打开文档,找到 javax. microedition. lcdui. game. TiledLayer 文件,里面有一个重要函数:

```
public void fillCells(int col,
                      int row,
                      int numCols,
                      int numRows,
                      int tileIndex)
```

首先讲解参数 5。参数 5 表示源图片中小块的编号,显然,如果用户要用草地填充大块区域,就取 1,如果要用墙壁填充大片区域,就取 2;参数 1 和参数 2 表示从地图的第 col 列第 row 行开始填充,参数 3 和参数 4 表示大面积填充时的列数和行数。

如图 20-7 所示的情况,左边一半就可以表示为用源图片中的编号为 1 的小图片大面积填充地图，从第 0 列第 0 行开始，填充 2 列，4 行；而右边一半可以表示为用源图片中的编号为 2 的小图片大面积填充地图，从第 2 列第 0 行开始，填充 2 列，4 行。

代码如下：

```
map = Image.createImage("/map.png");
tl = new TiledLayer(4,4,map,map.getWidth()/2,map.getHeight());
//用源图片中的编号为 1 的小图片大面积填充地图
//从第 0 列第 0 行开始，填充 2 列，4 行
tl.fillCells(0, 0, 2, 4, 1);
//用源图片中的编号为 2 的小图片大面积填充地图
//从第 2 列第 0 行开始，填充 2 列，4 行
tl.fillCells(2, 0, 2, 4, 2);
```

在项目 Prj20_1 中，建立一个 MIDlet2，打开，将代码改为：

MIDlet2.java

```java
import javax.microedition.lcdui.Display;
import javax.microedition.lcdui.Graphics;
import javax.microedition.lcdui.Image;
import javax.microedition.lcdui.game.GameCanvas;
import javax.microedition.lcdui.game.TiledLayer;
import javax.microedition.midlet.MIDlet;
import javax.microedition.midlet.MIDletStateChangeException;

public class MIDlet2 extends MIDlet
{
    private MyGameCanvas mgc = new MyGameCanvas();
    private Display dis;
    protected void startApp() throws MIDletStateChangeException
    {
        dis = Display.getDisplay(this);
        dis.setCurrent(mgc);
    }
    protected void destroyApp(boolean arg0) throws MIDletStateChangeException {}
    protected void pauseApp() {}
    class MyGameCanvas extends GameCanvas
    {
        private Image map;
        private TiledLayer tl;
        private Graphics gra;
        public MyGameCanvas()
        {
            super(true);
            try
            {
                map = Image.createImage("/map.png");
                gra = this.getGraphics();
                tl = new TiledLayer(4,4,map,map.getWidth()/2,map.getHeight());
                //用源图片中的编号为 1 的小图片大面积填充地图
```

```
        //从第 0 列第 0 行开始,填充 2 列,4 行
        tl.fillCells(0, 0, 2, 4, 1);
        //用源图片中的编号为 2 的小图片大面积填充地图
        //从第 2 列第 0 行开始,填充 2 列,4 行
        tl.fillCells(2, 0, 2, 4, 2);
        tl.paint(gra);
    }catch(Exception ex)
    {
        ex.printStackTrace();
    }
}
}
}
```

运行这个 MIDlet,便得到如图 20-6 所示的效果。

20.1.4　碰撞检测

地图填充好之后,如果界面上有一个 Sprite,可以用 Sprite 中的如下方法进行碰撞检测:

```
public final boolean collidesWith(TiledLayer t,
                                  boolean pixelLevel)
```

在一般的游戏内,在地图中,当 Sprite 接触到墙壁时,都不能运动,接触到草地时却能运动,因此想到一个策略,能否将所有的墙壁看成一个图层,将所有的草地看成一个图层呢?这样的话,碰撞检测时就可以较好地进行判断了。

这种策略是可以的,实际上,在游戏开发时,可以将相类似的地图元素做成一个图层。因此,一个完整的地图,实际上相当于是用很多的 TiledLayer 重叠起来的。

在该程序中,就应该定义两个图层,根据不同的情况来填充不同的图层,代码如下:

```
Image map = Image.createImage("/map.png");;
//草地图层
TiledLayer tlRoad = new TiledLayer(4,4,map,map.getWidth()/2,map.getHeight());
//墙壁图层
TiledLayer tlWall = new TiledLayer(4,4,map,map.getWidth()/2,map.getHeight());
int[][] cells = new int[][]{{1,2,1,2},
                            {1,2,2,2},
                            {1,2,1,2},
                            {1,2,1,2}};
for(int i = 0;i < 4;i++)
{
    for(int j = 0;j < 4;j++)
    {
        if(cells[j][i] == 1)
        {
            tlRoad.setCell(j, i, cells[i][j]);
        }
        else
```

```
        {
            tlWall.setCell(j, i, cells[i][j]);
        }
    }
}
```

在该项目中定义了两个图层,一个是墙壁,一个是草地,这样可以更好地进行碰撞检测。

20.2 图层管理器

上一节中已经讲述了 TiledLayer 的各种应用。实际上,GameAPI 中还提供了另一个类 LayerManager(图层管理器)。通过图层管理器可以更加方便地操作图层。比如,当界面上有多个图层需要统一工作时,用户可以将这多个图层用一个 LayerManager 对象管理起来,统一进行操作。最为常见的是滚动地图的效果,如图 20-8 所示。

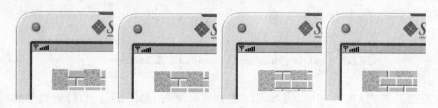

图 20-8　地图滚动效果

界面上的地图在一个小窗口里面从下到上进行滚动。

显然,这个地图由两个图层组成,一个为草地,一个为墙壁。如果用传统方法,这两个图层一起滚动,比较麻烦,可以用 LayerManager 将这两个图层统一管理起来工作。

LayerManager 对图层的统一操作具有较好的支持。打开文档,找到 javax. microedition. lcdui. game. LayerManager 文件,里面有一个构造函数:

public **LayerManager**()

通过该函数可以实例化 LayerManager 对象。

既然 LayerManager 是管理图层的,那么就应该能够在上面添加或者移除图层。在 LayerManager 文档内有如下函数。

(1) 在 LayerManager 中添加一个图层:

public void **append**(Layer l)

(2) 将一个图层从 LayerManager 中移除:

public void **remove**(Layer l)

(3) LayerManager 为了更好地对图层进行管理,还可以给加入的图层编号。以某个编号添加图层:

public void **insert**(Layer l,
                     int index)

（4）得到某个编号对应的图层：

$$\text{public Layer } \textbf{getLayerAt}\text{(int index)}$$

index 从 0 开始，index 越小的图层，越优先放在最前端。

当图层添加到 LayerManager 上之后，就可以将 LayerManager 中的图层全部画出来，用到如下函数：

```
public void paint(Graphics g,
                  int x,
                  int y)
```

333

该函数是将 LayerManager 中的所有图层画到画布上，其左上角在画布的(x,y)处。

更为奇特的是，在将 LayerManager 中的所有图层画到画布上时，还可以设定只画图层上的某一个小窗口区域。具体画哪一部分，是用如下函数在 LayerManager 上确定一个矩形：

```
public void setViewWindow(int x,
                          int y,
                          int width,
                          int height)
```

该函数表示在 LayerManager 中所有图层上，只设置其左上角为(x,y)，宽度为 width，高度为 height 的矩形可视。

如下代码：

```
Graphics gra = this.getGraphics();
Image map = Image.createImage("/map.png");
TiledLayer tlRoad = new TiledLayer(4,4,map,map.getWidth()/2,map.getHeight());
TiledLayer tlWall = new TiledLayer(4,4,map,map.getWidth()/2,map.getHeight());
LayerManager lm = new LayerManager();
//添加图层
lm.append(tlRoad);
lm.append(tlWall);
//将图层上左上角为(0,10)，宽度为80，高度为30的矩形区域设置为可视
lm.setViewWindow(0, 10,80,30);
//将图层管理器内可见的图层部分画到界面的(30,25)位置
lm.paint(gra, 30,25);
```

就是一个典型的应用。

很明显，如果让这个 LayerManager 上的可视的矩形块不断向下移动，但是将图层画到界面上的位置不变，就可以形成地图滚动的效果。

现在来实现地图滚动的功能。在项目中，建立一个 MIDlet4，打开程序，将代码改为：

MIDlet3.java

```
import javax.microedition.lcdui.Display;
import javax.microedition.lcdui.Graphics;
import javax.microedition.lcdui.Image;
import javax.microedition.lcdui.game.GameCanvas;
import javax.microedition.lcdui.game.LayerManager;
```

```java
import javax.microedition.lcdui.game.TiledLayer;
import javax.microedition.midlet.MIDlet;
import javax.microedition.midlet.MIDletStateChangeException;

public class MIDlet3 extends MIDlet
{
    private MyGameCanvas mgc = new MyGameCanvas();
    private Display dis;
    protected void startApp() throws MIDletStateChangeException
    {
        dis = Display.getDisplay(this);
        dis.setCurrent(mgc);
    }
    protected void destroyApp(boolean arg0) throws MIDletStateChangeException {}
    protected void pauseApp() {}
    class MyGameCanvas extends GameCanvas implements Runnable
    {
        private Image map;
        private TiledLayer tlRoad;
        private TiledLayer tlWall;

        private Graphics gra;
        private LayerManager lm;
        private boolean RUN = true;
        private int Y = 0;
        public MyGameCanvas()
        {
            super(true);
            try
            {
                map = Image.createImage("/map.png");
                gra = this.getGraphics();
                tlRoad = new TiledLayer(4,4,map,map.getWidth()/2,map.getHeight());
                tlWall = new TiledLayer(4,4,map,map.getWidth()/2,map.getHeight());

                lm = new LayerManager();
                //添加图层
                lm.append(tlRoad);
                lm.append(tlWall);
                int[][] cells = new int[][]
                    {
                        {1,2,1,2},
                        {1,2,2,2},
                        {1,2,1,2},
                        {1,2,1,2}
                    };
                for(int i = 0;i < 4;i++)
                {
```

```
                for(int j = 0;j < 4;j++)
                {
                    if(cells[j][i] == 1)
                    {
                        tlRoad.setCell(j, i, cells[i][j]);
                    }
                    else
                    {
                        tlWall.setCell(j, i, cells[i][j]);
                    }
                }
            }
    }catch(Exception ex)
    {
        ex.printStackTrace();
    }
    new Thread(this).start();
}
public void run()
{
    while(RUN)
    {
        gra.setColor(255,255,255);
        gra.fillRect(0,0,this.getWidth(),this.getHeight());
        //显示图层上左上角为(0,Y),宽度为80,高度为30的部分
        lm.setViewWindow(0, Y,80,30);
        //将图层管理器内可见的图层部分画到界面的(30,25)位置
        lm.paint(gra, 30,25);
        this.flushGraphics();
        Y++;
        try
        {
            Thread.currentThread().sleep(500);
        }catch(Exception ex){}
    }
}
}
```

运行这个 MIDlet,便得到如图 20-8 所示的效果。

20.3　小结

本章中对 TiledLayer 的功能进行了阐述,主要包括生成、填充以及和 Sprite 的碰撞检测等内容,另外,也讲解了 LayerManager 的用法。

20.4 上机习题

完成如图 20-9 所示的地图效果。

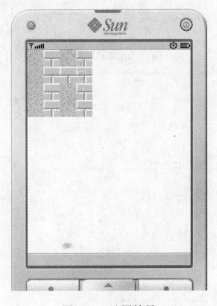

图 20-9 地图效果

第21章

课程设计5：赛车游戏

本章选学

前面的篇幅中，讲解了 GameAPI 中的一些重要知识，主要阐述了基于游戏画布开发过程中的若干问题。本章将利用赛车游戏，来深入探讨 Sprite 以及游戏图层的应用。

21.1　赛车游戏的实例需求

在本章中，将制作一个赛车游戏系统，该系统由 1 个 MIDlet 组成。系统运行，出现如图 21-1 所示的界面。

该界面右下角有一个"开始游戏"按钮。单击这个命令按钮，出现如图 21-2 所示的界面。

图 21-1　初始界面

图 21-2　游戏界面

该游戏具有如下功能。

（1）用户操作的车是屏幕中间的车（称为用户车），可以用"上下左右"键让其在屏幕中移动。开始时，用户车在屏幕正中央。初始分数是 100 分。用户车对应的文件名为 mycar.gif，效果如图 21-3 所示。

对手车辆文件名为 enemy.gif，如图 21-4 所示。

图 21-3　用户操作的车　　　　图 21-4　对手车辆外观

（2）在赛车时，用户车可能会遇到对手的车辆，对手车辆随机出现。如果用户车辆和对手车辆相撞，则扣 1 分。分数在屏幕上方显示出来。但是，用户可以用"上下左右"键来避开对手车。

（3）在屏幕右下方有一个"暂停游戏"命令按钮。单击该按钮，暂停游戏；命令按钮变为"开始游戏"，如果再单击按钮，游戏继续进行。

（4）如果分数减小到 0，游戏结束，系统提示"您输了"，并退出游戏，如图 21-5 所示。

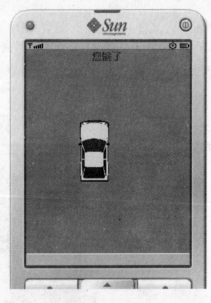

图 21-5　游戏结束

21.2　赛车游戏的系统分析

在这个项目中，只需要用到 1 个赛车游戏界面。这个界面比较简单，可以用一个类来完成，将这类用一个 MIDlet 组织起来，是比较好的方法。

但是，该项目有些特殊，主要是界面上的汽车显示以及汽车的移动。在这里，利用问题来讲解。

问题 1：每个汽车怎样在界面上画出来？

很简单，在前面学习了 Sprite，Sprite 内可以封装一幅图片，并能很方便地对图片的位置进行定位，还可以控制图片的移动。因此，使用 Sprite 来封装这些汽车。代码如下：

```
/****************** 用户汽车和 5 种对手汽车 ****************************/
private Sprite myCar;
private Sprite[] enemy = new Sprite[5];
/********************** 载入图片 ********************************/
try
{
    Image myImage = Image.createImage("/mycar.gif");
    myCar = new Sprite(myImage);
    for (int i = 0; i < enemy.length; i++)
    {
        Image enImg = Image.createImage("/enemy.gif");
        enemy[i] = new Sprite(enImg);
    }
} catch (Exception ex)
{
    ex.printStackTrace();
}
```

注意：上面的代码中，将 enemy.gif 进行了重复使用，生成了一个 Sprite 数组，该数组共有 5 个元素，每个元素都封装了 enemy.gif。

为什么这么做呢？这和汽车随机出现的策略有关，实际上，假定的对手车不只 1 辆，而是 5 辆（当然，用户也可以增加游戏难度，将 5 辆变为 10 辆），这 5 辆车随机出现在界面上，互不干涉。如果只有 1 辆车，那游戏就太简单了。

问题 2：对手的汽车怎样随机出现？

对手汽车的出现是随机的，并且能够反复出现。仿佛从屏幕后方跑出来，这怎么实现呢？

以一个对手车为例，游戏开始时，可以让对手车隐藏在屏幕的后方，即让其左上角的纵坐标为随机的负值。然后，让其左上角纵坐标慢慢变大，最后变成正数，就画到了屏幕上。纵坐标继续增大，当对手车运行到屏幕底部并消失时，又可以重新让对手车的左上角的纵坐标变为随机的负值。如此，周而复始。

这个随机的负值到底多大呢？因为这个游戏中对手汽车一共有 5 辆，如果你让这 5 辆汽车的左上角纵坐标太接近，那汽车就会扎堆出现，游戏难度太大。因此，可以设定汽车的左上角纵坐标在随机落在一个比较大的负数范围内，如界面的高度的 10 倍。

当然，用户还要考虑一个问题，那就是对手汽车随机给定一个位置，不能让两个对手汽车的位置重叠了，那样游戏就失真了。

因此，对手汽车的定位方法如下代码所示：

```
//设定第 en 个对手汽车的随机位置
public void setEnemy(int en)
```

339

```
{
    int x, y;
    while (true)
    {
        x = rnd.nextInt((int) this.getWidth() - enemy[en].getWidth());
        //取纵坐标为界面高度-10倍范围内的随机数
        y = -rnd.nextInt(this.getHeight() * 10);
        for (int j = 0; j < enemy.length; j++)
        {
            //不能让汽车和别的对手汽车重叠
            if (j != en && enemy [j].collidesWith(enemy [en], true))
            {
                continue;
            }
        }
        enemy [en].setPosition(x, y);
        break;
    }
}
```

问题 3：怎样控制界面上的道路滚动？

赛车之所以叫做赛车，就是因为车在动。而在游戏中，为了实现车在动的效果，一般采用的方案是让道路滚动。在本游戏中，其实道路并没有滚动。之所以有滚动的效果，是因为让道路中间的白线一直在移动。让道路上的白线移动，相当于让一个变量慢慢增大，在增大的过程中，反复重新将界面上的画面画出来。当该变量增大到一定程度，又从一个比较小的数字开始增大。代码如下：

```
private int road;
public void drawRoad()
{
    road += 80;
    //画道路中间的白线
    gra.setColor(215, 215, 215);
    gra.fillRect((int) this.getWidth()/2 - 10, road, 20, 150);
    if (road >= this.getHeight())
    {
        road = - 150;
    }
}
```

问题 4：怎样知道车辆碰撞，碰撞后车辆怎样避让？

很明显，对于车辆的碰撞，可以用 Sprite 的碰撞检测实现；碰撞后，车辆必须避让，否则就会出现一辆车从另一辆车的上方飞过去的效果，游戏失真。因此，可以在碰撞时，让对手的车和用户的车各自左右移动一个位置。策略如下。

如果用户汽车左侧撞到对手汽车，如图 21-6 所示。则让用户车右移，对手车左移。

如果用户汽车右侧撞到对手汽车，如图 21-7 所示。则让用户车左移，对手车右移。

图 21-6　用户汽车左侧撞到对手汽车　　　图 21-7　用户汽车右侧撞到对手汽车

该问题可以用如下代码实现：

```java
public void check(Sprite en)
{
    if (myCar.collidesWith(en, true))
    {
        score--;
        //如果用户汽车左侧撞到对手汽车
        if (myCar.getX() > en.getX())
        {
            en.move(-20, 0);
            myCar.move(20, 0);
        }
        //如果用户汽车右侧撞到对手汽车
        else
        {
            en.move(20, 0);
            myCar.move(-20, 0);
        }
    }
}
```

21.3　代码编写

21.3.1　编写 CarRaceCanvas 类

打开 Eclipse，新建项目 Prj21_1，将源图片 enemy. gif 和 mycar. gif 复制到项目中的/res 下面。

首先编写 CarRaceCanvas，在项目中建立一个 CarRaceCanvas 类，编写代码如下：

CarRaceCanvas. java

```java
package prj21_1;
import java.util.Random;
```

```java
import javax.microedition.lcdui.Command;
import javax.microedition.lcdui.CommandListener;
import javax.microedition.lcdui.Displayable;
import javax.microedition.lcdui.Font;
import javax.microedition.lcdui.Graphics;
import javax.microedition.lcdui.Image;
import javax.microedition.lcdui.game.GameCanvas;
import javax.microedition.lcdui.game.Sprite;

public class CarRaceCanvas extends GameCanvas implements CommandListener,Runnable
{

    private Graphics gra;
    /***************************** 用户汽车和5种对手汽车 ***************** /
    private Sprite myCar;
    private Sprite[] enemy = new Sprite[5];
    /************************* 命令按钮 *************************** /
    private Command cmdStart = new Command("开始游戏", Command.SCREEN, 1);
    private Command cmdStop = new Command("暂停游戏", Command.SCREEN, 1);
    /************************* 游戏线程 *************************** /
    private Thread game;
    private boolean loop = true;

    private int road;
    private Random rnd = new Random();
    private int score = 100;
    private Font font = null;

    public CarRaceCanvas()
    {
        super(true);
        this.prepareResource();
        this.addCommand(cmdStart);
        this.setCommandListener(this);
        gra = this.getGraphics();
        font = Font.getFont(Font.FACE_SYSTEM,
                            Font.STYLE_BOLD,
                            Font.SIZE_LARGE);
    }

    public void prepareResource()
    {
        /***************************** 载入图片 *************************** /
        try
        {
            Image myImage = Image.createImage("/mycar.gif");
            myCar = new Sprite(myImage);
            for (int i = 0; i < enemy.length; i++)
            {
                Image enImg = Image.createImage("/enemy.gif");
                enemy[i] = new Sprite(enImg);
```

```
            }
        } catch (Exception ex)
        {
            ex.printStackTrace();
        }
        for (int i = 0; i < enemy.length; i++)
        {
            setEnemy(i);
        }
        //将用户汽车画在界面正中央
        myCar.setPosition((this.getWidth()-myCar.getWidth())/2,
                (this.getHeight()-myCar.getHeight())/2);
    }


    //设定第 en 个对手汽车的随机位置
    public void setEnemy(int en)
    {
        int x, y;
        while (true)
        {
            x = rnd.nextInt((int) this.getWidth() - enemy[en].getWidth());
            //取纵坐标为界面高度 - 10 倍范围内的随机数
            y = -rnd.nextInt(this.getHeight() * 10);
            for (int j = 0; j < enemy.length; j++)
            {
                //不能让汽车和别的对手汽车重叠
                if (j != en && enemy [j].collidesWith(enemy [en], true))
                {
                    continue;
                }
            }
            enemy [en].setPosition(x, y);
            break;
        }
    }


    public void commandAction(Command cmd, Displayable dis)
    {
        if (cmd == cmdStart)
        {
            loop = true;
            game = new Thread(this);
            game.start();
            this.removeCommand(cmdStart);
            this.addCommand(cmdStop);
        } else if (cmd == cmdStop)
        {
            loop = false;
            game = null;
            this.removeCommand(cmdStop);
            this.addCommand(cmdStart);
```

343

```java
            }
        }

        public void run()
        {
            while (loop)
            {
                drawScreen();
                int state = this.getKeyStates();
                switch(state)
                {
                case GameCanvas. LEFT_PRESSED:
                    myCar.move( - 10, 0);
                    break;
                case GameCanvas. RIGHT_PRESSED:
                    myCar.move(10, 0);
                    break;
                case GameCanvas. UP_PRESSED:
                    myCar.move(0, - 10);
                    break;
                case GameCanvas. DOWN_PRESSED:
                    myCar.move(0, 10);
                    break;
                }
                try
                {
                    Thread. sleep(50);
                } catch (Exception e) {}
            }
        }

        public void drawScreen()
        {
            //将界面背景用灰色清空
            gra. setColor(120, 120, 120);
            gra. fillRect(0, 0, this. getWidth(), this. getHeight());
            //画道路
            drawRoad();
            //画出当前分数
            gra. setColor(255,0,0);
            gra. setFont(font);
            gra. drawString("当前分数: " + score,
                        this. getWidth()/2, 0,
                        Graphics. TOP | Graphics. HCENTER);
            //对手车辆下移
            for (int i = 0; i < enemy. length; i++)
            {
                enemy[ i].move(0, 15);
                enemy[ i]. paint(gra);
                if (enemy[ i]. getY() > this. getHeight())
                {
```

```
                setEnemy(i);
            }
            //判断是否碰撞
            check(enemy[i]);
        }
        myCar.paint(gra);
        this.flushGraphics();
}


public void drawRoad()
{
        road += 80;
        //画道路中间的白线
        gra.setColor(255, 255, 255);
        gra.fillRect((int) this.getWidth()/2 - 10, road, 20, 150);
        if (road >= this.getHeight())
        {
            road = -150;
        }
}


public void check(Sprite en)
{
        if (myCar.collidesWith(en, true))
        {
            score--;
            //如果用户汽车左侧撞到对手汽车
            if (myCar.getX() > en.getX())
            {
                en.move(-20, 0);
                myCar.move(20, 0);
            }
            //如果用户汽车右侧撞到对手汽车
            else
            {
                en.move(20, 0);
                myCar.move(-20, 0);
            }
        }
        if(score == 0)
        {
            loop = false;
            game = null;
            //将界面背景用灰色清空
            gra.setColor(120, 120, 120);
            gra.fillRect(0, 0, this.getWidth(), this.getHeight());
            gra.setColor(255,0,0);
            gra.setFont(font);
            gra.drawString("您输了",
                        this.getWidth()/2, 0,
                        Graphics.TOP|Graphics.HCENTER);
```

```
            this.removeCommand(cmdStart);
            this.removeCommand(cmdStop);
        }
    }
}
```

21.3.2　编写 CarRaceMIDlet

21.3.1 小节中的 CarRaceCanvas 类,实际上可以利用一个 MIDlet 来进行调用。
在项目中建立一个 CarRaceMIDlet,编写代码如下:

CarRaceMIDlet.java

```
package prj21_1;
import javax.microedition.lcdui.Display;
import javax.microedition.midlet.MIDlet;
import javax.microedition.midlet.MIDletStateChangeException;


public class CarRaceMIDlet extends MIDlet
{
    private CarRaceCanvas canvas = new CarRaceCanvas();
    private Display dis;
    protected void startApp() throws MIDletStateChangeException
    {
        dis = Display.getDisplay(this);
        dis.setCurrent(canvas);
    }
    protected void pauseApp() {}
    protected void destroyApp(boolean arg0) throws MIDletStateChangeException {}
}
```

运行这个 MIDlet,就可以进行赛车游戏。

21.4　小结

本章利用一个赛车游戏,对游戏开发过程中应该考虑到的一些问题进行了阐述,重点是
对基于 Sprite 的开发进行了复习。读者可以在此基础之上添加一些功能,如输赢判断、加速
减速等。

21 世纪高等学校数字媒体专业规划教材

ISBN	书　　名	定价(元)
9787302224877	数字动画编导制作	29.50
9787302222651	数字图像处理技术	35.00
9787302218562	动态网页设计与制作	35.00
9787302222644	J2ME 手机游戏开发技术与实践	36.00
9787302217343	Flash 多媒体课件制作教程	29.50
9787302208037	Photoshop CS4 中文版上机必做练习	99.00
9787302210399	数字音视频资源的设计与制作	25.00
9787302201076	Flash 动画设计与制作	29.50
9787302174530	网页设计与制作	29.50
9787302185406	网页设计与制作实践教程	35.00
9787302180319	非线性编辑原理与技术	25.00
9787302168119	数字媒体技术导论	32.00
9787302155188	多媒体技术与应用	25.00

以上教材样书可以免费赠送给授课教师,如果需要,请发电子邮件与我们联系。

教学资源支持

敬爱的教师:

　　感谢您一直以来对清华版计算机教材的支持和爱护。为了配合本课程的教学需要,本教材配有配套的电子教案(素材),有需求的教师可以与我们联系,我们将向使用本教材进行教学的教师免费赠送电子教案(素材),希望有助于教学活动的开展。

　　相关信息请拨打电话 010-62776969 或发送电子邮件至 weijj@tup.tsinghua.edu.cn 咨询,也可以到清华大学出版社主页(http://www.tup.com.cn 或 http://www.tup.tsinghua.edu.cn)上查询和下载。

　　如果您在使用本教材的过程中遇到了什么问题,或者有相关教材出版计划,也请您发邮件或来信告诉我们,以便我们更好地为您服务。

　　地址:北京市海淀区双清路学研大厦 A 座 708　　计算机与信息分社魏江江　收
　　邮编:100084　　　　　　　　　　　　　电子邮件:weijj@tup.tsinghua.edu.cn
　　电话:010-62770175-4604　　　　　　　邮购电话:010-62786544

《网页设计与制作》目录

ISBN 978-7-302-17453-0　　蔡立燕　梁　芳　主编

图书简介：

　　Dreamweaver 8、Fireworks 8 和 Flash 8 是 Macromedia 公司为网页制作人员研制的新一代网页设计软件，被称为网页制作"三剑客"。它们在专业网页制作、网页图形处理、矢量动画以及 Web 编程等领域中占有十分重要的地位。

　　本书共 11 章，从基础网络知识出发，从网站规划开始，重点介绍了使用"网页三剑客"制作网页的方法。内容包括了网页设计基础、HTML 语言基础、使用 Dreamweaver 8 管理站点和制作网页、使用 Fireworks 8 处理网页图像、使用 Flash 8 制作动画、动态交互式网页的制作，以及网站制作的综合应用。

　　本书遵循循序渐进的原则，通过实例结合基础知识讲解的方法介绍了网页设计与制作的基础知识和基本操作技能，在每章的后面都提供了配套的习题。

　　为了方便教学和读者上机操作练习，作者还编写了《网页设计与制作实践教程》一书，作为与本书配套的实验教材。另外，还有与本书配套的电子课件，供教师教学参考。

　　本书适合应用型本科院校、高职高专院校作为教材使用，也可作为自学网页制作技术的教材使用。

目　　录：